MACHADO QUEBRADEIRO

MACHADO QUEBRADEIRO

Organização

Heloísa Teixeira

Julio Ludemir

10 anos malê

Este livro foi revisado segundo o Acordo Ortográfico da Língua Portuguesa de 1990, em vigor no Brasil desde 2009.

EDITORA MALÊ

DIREÇÃO EDITORIAL
Francisco Jorge e Vagner Amaro

MACHADO QUEBRADEIRO
978-65-85893-52-7

ORGANIZAÇÃO E EDIÇÃO
Heloísa Teixeira e Julio Ludemir

COPIDESQUE
Laboratório da Palavra (Eduardo Coelho)

REVISÃO
Amanda Lopes, Eduardo Coelho, Eduarda Rocha, Juliana Monteiro, Lucas Ramos Fernandes, Mabel Boechat Telles e Orquídea Garcia

ORIENTADORES
Lilia Guerra, Fred Coelho, Maurício Barros, Luiz Mauricio Azevedo

PROJETO GRÁFICO, DIAGRAMAÇÃO E CAPA
Marcio Oliveira [Graphix Design]

ILUSTRAÇÃO DE CAPA
Senegambia

FLUP - FESTA LITERÁRIA DAS PERIFERIAS

DIREÇÃO GERAL
Julio Ludemir

DIREÇÃO DE PRODUÇÃO
Andrea Borges

ESTAGIÁRIA DE PRODUÇÃO
Gabriela Fialho

COORDENAÇÃO DOS PROCESSOS FORMATIVOS
Daiane Brasil

COORDENAÇÃO DE COMUNICAÇÃO
Teresa Dantas

COORDENAÇÃO INSTITUCIONAL
Patricia Hanna

DIREÇÃO FINANCEIRA
Janaína Martins

PROPONENTE
Associação na Nave

Dados Internacionais de Catalogação na Publicação (CIP)
(Câmara Brasileira do Livro, SP, Brasil)

Machado quebradeiro / organização Julio Ludemir.
-- Rio de Janeiro : Malê Edições, 2025.

Vários autores.
ISBN 978-65-85893-52-7

1. Assis, Machado de, 1839-1908 2. Literatura brasileira - Crítica e interpretação 3. Narrativas 4. Periferia na literatura I. Ludemir, Julio.

25-275358 CDD-869.9309

Índices para catálogo sistemático:

1. Machado de Assis : Literatura brasileira : Crítica e interpretação 869.9309

Eliane de Freitas Leite - Bibliotecária - CRB 8/8415

EDITORA MALÊ - Rua Acre, 83/ 202 - Centro. Rio de Janeiro – RJ CEP: 200.81-000
www.editoramale.com.br / contato@editoramale.com.br

SUMÁRIO

APRESENTAÇÃO 9

PALAVRAS DE LILIA GUERRA 21

PARA QUE NOMES? 23
André Salviano

ESPELHO 28
Arianne Marques (acasmurra)

SANTO DO LIVRAMENTO 33
Charles Luiz (Bardo)

ECO DAS CORRENTES 38
Chris Lima (Christine Lima)

UMA TRAGÉDIA DE COSTUMES 41
Denise Lima

QUE VIAGEM! 46
Ionara S. de Oliveira

AOS 27 50
Lina Neves (Lina N. Costa)

O MACHADO DA ZONA OESTE CARIOCA 61
Viajante Lírico

O BRUXO DA QUEBRADA 66
Vitória Machado da Costa / Preta Lírica

OTÁVIO 72
UMA FERIDA ABERTA NO TEMPO
WALLACE CRUZ

O AVESSO DO ESPELHO – 76
LEITURAS DAS RELAÇÕES EM DOM CASMURRO
YASMIN EL-HAGE

PALAVRAS DE FRED COELHO **83**

A VELHA E O MOÇO 85
ALAN MIRANDA

INOCENTE 94
ANNA SOL

REFLETINDO MACHADÃO 96
CLÁTIA VIEIRA

LAÇOS DESFEITOS: TRAGÉDIA DA GANÂNCIA 103
E DA DESCONFIANÇA
DANIELLE DELANELI

A CIGANA DE INHAÚMA 108
ELAINE BRITO SOUZA

VOCÊ VIU O ANTINÔMIO? 113
ERIC PAIVA

BALELA 118
JULIANA BERLIM

NEGÓCIO DE FAMÍLIA 123
LUZIA VASQUES

OS TRÊS MOSQUETEIROS 130
PEDRO ARAUJO

O APARELHO 137
TALES BORGES

MEMÓRIAS VIVAS DUMA *CALLIPHORIDAE* *147*
THAIS CARVALHO AZEVEDO

PALAVRAS DE MAURÍCIO BARROS **153**

UMA ESTÓRIA AFIDALGADA 155
Bianca Oliveira

FRAGMENTO DE AINDA MAIS UM DIA NO VAGÃO 158
Drielle Moura

A SINFONIA DA GAMBOA E A ALMA DE MACHADO DE ASSIS 161
Joselene Negra Black

MIRONGA 166
Juliana Correia

A MANAUARA 173
Leonice Moura

DESPEDIDA DE MARIANA 176
Lu Santos

CONTO DE TALARICAGEM 181
Marco Aurélio Correa

AS MEMÓRIAS DA POMBAGIRA CARTOMANTE 186
Marry Estery

O COVARDE 195
Renato Basquiat

MACHADO DE ASSIS x LIMA BARRETO NO CAIS DO VALONGO 200
Xandí Cassiano

PALAVRAS DE LUIZ MAURICIO **209**

NOS TEMPOS DE IAIÁ 211
Anelise Martins

CARNE EMBALADA A VÁCUO 216
Erik Maranhão

O FILHO DE REGINA 220
Fernando Batista

FININHO 224
Guilherme Prates

CRUAS CARNES E ROTEIRO DE FUGA 230
Jandeilsom

DESENCANTOS 237
Jenifer Agarriberri Gosmão (Lenora Jenii)

DO BAILE NA ABL OU, UM (OUTRO) APÓLOGO CRÔNICO 244
letícia w. magalhães

DANÇA 248
Matheus Goudar

CARAMUJO QUANTO MUITO 250
Raíza Hanna Milfont

BARTÔ 258
Ralph Duccini

CANETA PRETA 265
Rubria Ibañz Lourenço

O ENCONTRO DAS TRÊS MORTES 268
Sandira Macamba

MEIO MACHADO 272
Sarah Marques

APRESENTAÇÃO

Nunca foi tão difícil escrever um texto como este que estou escrevendo no dia 5 de abril de 2025, uma semana depois de me despedir de Heloísa Teixeira no salão nobre da Academia Brasileira de Letras. Por uma dessas inevitáveis coincidências da vida, hoje é o aniversário de Ecio Salles, que a trouxe para a Flup no momento mesmo em que voltei da Flip entusiasmado com a ideia de fazer uma festa literária semelhante em favelas cariocas, então em processo de pacificação. "A ideia é ótima, mas ninguém vai dar dinheiro a dois vira-latas", disse-me ele quando o convidei para aquela empreitada tida como impossível naquele momento da história do Brasil como um todo e das periferias, em particular. "Precisamos de alguém grande conosco." A Flup não existiria sem que ela tivesse nos acolhido da maneira como o fez.

Escrever esse texto (esse texto inevitável) está sendo difícil não apenas porque ele vai falar dessa relação tão amorosa com a Heloísa Teixeira, que, a despeito de tudo o que falou sobre a importância de incorporar o sobrenome da mãe no que ela mesma chamou de seu último ato, começou a habitar meu coração na condição de Heloísa Buarque de Hollanda. Está difícil (e doído) porque aqui também estou escrevendo todos os textos que represei desde a morte de Ecio Salles, fazendo um duplo luto. Não consegui escrever um texto sobre meu amor (e gratidão) por ele por diversos motivos, mas um deles é que sempre me senti culpado ao pensar nele. Ecio morreu com a idade que eu tinha quando começamos a fazer a Flup. É como se

Deus estivesse destinando a mim os anos que lhe surrupiou. É sempre mais difícil lidar com a partida dos mais jovens. As mães dos jovens assassinados pelo estado que o digam.

Heloísa Teixeira poderia viver mais – e certamente será difícil para todos nós reinventarmos novas categorias para o impossível sem contar com seu entusiasmo, com seu visionarismo, com o otimismo que apenas as pessoas geniais podem ter, enxergando o que será de todos nós depois passada a tempestade. Uma vez uma amiga disse, num momento em que ele esteve muito doente, que não estava preparada para viver num mundo sem Gilberto Gil. Eu poderia dizer o mesmo em relação a Heloísa Teixeira, principalmente a Heloisa Buarque de Hollanda, aquela que aprendi a amar intensamente inclusive por ser apenas um rapaz latino-americano, sem parentes importantes e vindo do interior. Um rapaz sem dinheiro no bolso parece encontrar alguma relevância em seus próprios fazeres quando passa a se relacionar com as grandes famílias. Mas todos nós, provincianos ou não, nos sentíamos legitimados diante da Helô. Somente ela enxergava futuros para nós. Sim, futuros, no plural. Helô sempre foi uma pessoa plural.

É imensamente difícil olhar para o mundo sem Helô, principalmente quando você tem a responsabilidade de zelar por algumas de suas obras, como a Universidade das Quebradas, motivo de nossos frequentes encontros nos últimos dois anos, quando a morte se tornou uma vizinha espaçosa e inconveniente em sua cobertura no Leblon, obrigando-nos a interromper alguns de nossos encontros de trabalho para que ela fosse se recuperar no quarto, respirando por intermédio de uma máscara de oxigênio. Mas ainda que seja difícil para nós acordar nesta nublada manhã de sábado sem a possibilidade de disputar sua atenção com seus verdadeiros filhos, netos e cachorros (ela os amava de uma forma igualmente intensa), nenhum de nós poderá dizer que Helô partiu cedo. Ou que tenha deixado uma obra inconclusa. Ela aproveitou cada segundo do generoso quinhão de tempo que os orixás lhe ofereceram – e não à toa intensificou a produção de livros nos últimos anos, organizando uma sequência inesgotável de coletâneas feministas, por meio das quais arquitetou um devir inevitavelmente feminino para o Brasil. Escreveu incansavelmente até os últimos dias de sua vida, mesmo quando lhe faltava ar em seus pulmões desde há muito enfraquecidos.

Esse está longe de ser o caso de Ecio Salles, que morreu aos 50 anos, tendo publicado apenas dois livros, além de ter produzido uma tese de doutorado insuficientemente citada para sua grandiloquência. Ecio Salles não produziu mais por muitos motivos – um deles porque dedicava um tempo extraordinário a cuidar dos amigos, do casamento e das duas filhas lindas que teve com o misto de pedagoga e jornalista Daniele Bernardino de Salles. Dói como faca de ponta ver a Malu e a Helô, que não podem mais comer o salpicão de frango que ele cozinhava para elas nos finais de semana, sempre reservados para o exercício do amor doméstico.

Agora me soa como uma nova coincidência inevitável que este texto me remeta a outro ponto em comum entre Heloísa Teixeira e Ecio Salles – que é a de dedicar um tempo de qualidade para os seus. Não à toa Ecio batizou sua filha mais nova de Heloísa, que, como a Heloísa Teixeira, todos nós a chamamos de Helô. Então o amor que reservou para ela era um amor cotidiano e naquilo que ele tinha de melhor – um amor de fruta mordida, oferecendo-lhe os sabores de seu salpicão de frango. A parceria entre ambos, iconicamente iniciada na virada deste século/milênio, teve como vetor uma outra pessoa igualmente pranteada, talvez o grande parceiro de vida de Helô, que foi o eterno poeta marginal Wally Salomão. Wally foi o caminho da Helô até as periferias territoriais, por meio de quem ela chegou ao Afro-Reggae, no coração de Vigário Geral. Da mesma maneira que não se pode falar de Helô sem considerar as noites de absinto compartilhadas com Wally Salomão, seria igualmente incompleta a biografia de José Júnior sem uma referência a Ecio Salles. É dessa época que vem o slogan da Flup (somos peixes do mesmo cardume), que Ecio tomaria emprestado de Wally Salomão.

O grandioso projeto que uniu esse quarteto foi o Conexões Urbanas, a partir do qual artistas do quilate de um Caetano Veloso, de um Gilberto Gil e de uma Marisa Monte atravessaram o viaduto que Wally Salomão, Heloísa Buarque de Hollanda, José Júnior e Ecio Salles construíram sobre o fosso que parecia apartar definitivamente os dois lados daquilo que não muito tempo antes Zuenir Ventura cunhara como Cidade Partida, fazendo shows antológicos nas favelas mais emblemáticas do Rio de Janeiro. Não seria a primeira arquitetura social re-projetada por Heloísa Teixeira, que décadas antes acolhera a produção poética da chamada geração mimeógrafo (Chacal, Bernardo Vilhena e Ana Cristina César) e os decibéis da revolução cênica proposta pelo Asdúbral Trouxe o Trombone (Regina Casé, Luis Fernando Guimarães, Fernanda Abreu e Evandro Mesquita). Desde sempre Helô prestou atenção ao que seus irmãos ouvem, se vale aqui uma referência a Adriana Calcanhoto.

Ecio foi o primeiro intelectual orgânico das periferias a nadar no cardume de Helô, que não à toa o incentivou a fazer um mestrado (UFF) e posteriormente um doutorado (UFRJ). Naquela época já existiam Sergio Vaz, Joselito Crispim e o próprio Paulo Lins, que não à toa a chamava de mãe. Mas todos eles desenvolviam seus trabalhos como estrelas solitárias no Firmamento, tão ocupados em seus próprios corres que não tinham tempo para se articular com os seus irmãos. Apenas Ecio sabia da existência de todos eles, aproveitando uma outra frutífera parceria que fez, essa com o jornalista Claudinei Ferreira, com quem trabalhou no Itaú Cultural mapeando os fazedores de cultura que namoravam com o social. Esse mapeamento ganhou ainda mais consistência quando, em seguida à leitura da dissertação que ele dedicaria à poesia de MV Bill, Gog e Mano Brown, Heloísa Teixeira idealizou a coleção Tramas Urbanas.

Com o objetivo de encontrar os Ecios que havia pelo país, a coleção foi lançada numa extraordinária noite de novembro de 2007 no Sesc do Flamengo, cujo pátio foi pequeno para as filas que se formaram para que a jornalista Cristiane Ramalho, a pesquisadora Erica Pessanha e o DJ Raffa, além do próprio Ecio e do DJ TR, assinassem seus livros. Cristiane Ramalho narrava a experiência do site jornalístico Viva Favela, ligado ao Viva Rio. Já Erica Pessanha discutia a chamada literatura marginal, particularmente aquela produzida na Zona Leste de São Paulo, que ressignificaria o rótulo que a própria Helô ajudou a difundir, então colado sobre a produção dos poetas cariocas da década de 1970. O DJ Raffa apresentava a cena do hip hop brasiliense, enquanto o DJ TR produziu uma espécie de enciclopédia, em nível mundial, do hip hop.

Não se pode dizer que a primeira fornada da coleção Tramas Urbanas coubesse no rótulo de "Ecios espalhado pelo Brasil", mas logo em seguida vieram relatos sobre a Cooperifa (Sérgio Vaz), o Bagunçaço (Joselito Crispim), os Devotos (Cannibal), o Tecnobrega, o Circo Crescer e Viver (Júnior Perim), Daspu e a Avenida Brasil (Marcus Vinicius Faustini), além de outras expressões que explicariam a emergência de uma nova, poderosa e surpreendente geração de intelectuais e artistas que criariam uma nova geografia para o fazer cultural no Brasil, definitivamente associada e influenciada pelas periferias. O Brasil nunca mais foi o mesmo desde então. E justiça seja feita: ali tiveram início os principais projetos de periferia do Brasil, inclusive a Flup. Mesmo aqueles que existiam antes ganharam uma nova relevância a partir daquelas publicações, que se tornaram como que espelhos que confirmavam a existência daquelas instituições em processo de amadurecimento. Esses livros também foram uma troca de tecnologia, a partir da qual esses grupos aprenderam bastante entre si. Pelo menos parte de sua consolidação e amadurecimento passa por essas publicações.

Enquanto Ecio Salles esteve vivo Heloísa Buarque de Hollanda foi uma existência luminosa para mim, mas jamais me senti à vontade para me aproximar (e não apenas por causa do particular amor que os dois nutriam um pelo outro, perante o qual sempre me senti um intruso). Admirávamo-nos, sorríamos sempre quando nos víamos na Flup ou nas Cheganças da Universidade das Quebradas, mas tínhamos nossos próprios projetos, nossas próprias prioridades, não compartilhávamos cotidianos. Ela era uma sócia da Flup, mas suas ocupações acadêmicas, sua militância feminista, a infindável produção de novos livros a impediam de estarmos juntos com a constância que entrevíamos em nossos encontros fortuitos. Mas aí Ecio se foi e aos poucos fomos perdendo o pudor de lidar com seu inventário, que abrimos em definitivo quando ela entendeu que precisava que alguém cuidasse de sua última e mais querida invenção: a Universidade das Quebradas, um projeto que levou para o Instituto de Letras da UFRJ com o intuito de aproximar o saber acadêmico das populações mais pobres.

Tínhamos feito alguns ensaios de parceria, como a curadoria de um ciclo dedicado a Lima Barreto no âmbito da Flup de 2022, de que participaram autores como Lázaro Ramos, Marilene Felinto, Elisa Lucinda e a própria Angélica Ferrarez, que chamamos para compartilhar a escolha e o conceito dos debates da semana que organizamos no Muhcab no mês de novembro. Mas nossa convivência se tornou real e mais frequente quando, ela já tendo tomado posse na Academia Brasileira de Letras, me perguntou o que havia em comum entre a Universidade das Quebradas, a Flup e a mesma ABL. "Machado de Assis", disse eu num dos meus clássicos arroubos de convicção. Estava vindo de um ano inteiro dedicado a homenagear o criador da Academia Brasileira de Letras, razão de um dos eventos mais marcantes da história da Flup, quando levamos Gilberto Gil, Haroldo Costa e Eliana Alves Cruz para a Samol, na esquina da Ladeira do Livramento e da Rua do Monte, a geografia que pariu o autor de *Memórias póstumas de Braz Cubas*, que foi contemporâneo e vizinho do Cais do Valongo. Heloísa Teixeira estava na plateia daquele debate memorável.

Era a primeira vez que algum membro da instituição criada por Machado de Assis ia no local de nascimento do maior escritor da história do Brasil, o que seria impensável em qualquer outro país do mundo. Mas essa está longe de ser a grande conquista daquele evento, que atraiu mais de mil pessoas para um equipamento cultural no qual não se organiza nada sem um diálogo explícito com o chamado poder paralelo. Também nesse dia (13 de maio de 2023) percorremos as ruas do entorno com um conjunto de 13 escritoras negras, que leram seus livros para crianças tão negras quanto o próprio Machado de Assis. Aquele evento ainda seria seguido de um processo de formação, que organizamos em parceira com as instituições que trabalham com as crianças e adolescentes da Providência e seu entorno, chamado Batalha da Memória Machado é Cria. Durante todo o ano de 2023, trabalhamos com a ideia de que as bases da literatura brasileira haviam sido criadas por um homem de origem popular, negro, pobre, gago e epiléptico. Um cria da Providência, favela do outro lado da Ladeira do Livramento, mas no mesmo morro.

Faltava, no entanto, aquilo que mais marcou a história da Flup: produzir um livro decorrente de um processo formativo com autores da periferia dialogando com a obra de Machado de Assis, usando-a como uma provocação para que entendêssemos a sociedade atual. O livro que você tem em mãos começou a ser construído em longas reuniões (sempre compartilhadas com seus filhos, netos e cachorros) na sua cobertura do Leblon, na qual a morte ia ocupando cada vez mais espaço, mas sem jamais lhe sequestrar o olhar para o futuro, para o que seria o mundo depois dela, principalmente se continuasse investindo o que lhe restava de força e energia para fazer dele um lugar melhor para nós todos.

Incluímos alguns parceiros naquelas conversas, como o professor Pedro Meira, um professor da Princeton University que na ocasião estava aproveitando seu período sabático para escrever um livro sobre o mesmo Machado de Assis e, mais do que seu entusiasmo, trouxe sua infindável rede de amigos e parceiros para que levássemos autores como Jeferson Tenório, Geovani Martins, Ana Flávia Magalhães Pinto e Paulo Dutra para debatermos o Machado que eu chamava de cria e Helô, de quebradeiro. Acima de tudo, corroboramos, no coração da própria ABL, aquilo que aprendi no primeiro encontro com Silviano Santiago, quando o convidamos para um de nossos processos formativos no icônico Complexo do Alemão, no remoto ano de 2012: "a cidade literária está mudando", vaticinou ele ao conhecer uma turma de escritores periféricos, negros e não binários em sua maioria.

Não foi fácil adentrar a Academia Brasileira de Letras com a Universidade das Quebradas, como percebemos já nos primeiros encontros de um ciclo de oito meses, com a tensão surgida depois que um desses problemas de produção terminam repercutindo de uma forma extraordinária, como no caso da escritora trans que teve seu nome social esquecido na divulgação do resultado dos escolhidos. Mas o maior problema mesmo, para além de termos um bode na sala da Academia Brasileira de Letras, era a ausência de Helô, sempre forçada pela sua saúde cada vez mais debilitada. No próprio dia da abertura, não pudemos ter o que Helô chamava de Chegança, na qual reunia participantes de outras edições para que eles recebessem e abençoassem o grupo. Se você foi na retumbante posse de Helô na própria ABL, use isso como referencial para entender o que era a potência da Chegança de cada novo ano da Universidade das Quebradas. Mais do que compartilhar conhecimento, Helô celebrava a possibilidade de fazê-lo.

Outro momento para sempre colado na retina, em que todos celebramos o compartilhamento dos saberes da Helô, foi na formatura dessa mesma turma, uma manhã em que eu não pude desfrutar como queria e me acreditava merecedor porque aconteceu em meio à Flup de 2024. O auditório principal da própria Academia Brasileira de Letras recebeu naquela manhã mormacenta de novembro um público que o lotou com a felicidade e o entusiasmo que eu pude testemunhar em todas as pessoas que conviveram com essa Yemanjá branca, se é que falar de uma Yemanjá branca não nos coloca num incômodo campo da apropriação cultural. Ela estava plena naquela manhã de novembro, com a certeza de que mais uma vez tinha cumprido sua missão. Não sabíamos como, mas a mágica tinha se dado depois de oito meses de convivência com o grupo de escritores periféricos que todas as tardes de terça-feira colocou em prática aquilo que Helô mais desejava, que era usar o saber para questionar o cânone. E não havia lugar melhor para as periferias questionarem o cânone do que a Academia Brasileira de Letras. Que o diga o próprio Ailton Krenak, a quem eles se apresentaram como o coletivo Surubão do Machado.

Agora, quando o pior ganhou a materialidade da cerimônia de despedida que levou o Rio de Janeiro ao salão nobre da Academia Brasileira de Letras e nos preparamos para uma nova edição da Universidade das Quebradas, estamos nos perguntando como podemos seguir adiante sem ela, ainda que todos nós tenhamos o inarredável compromisso de seguir adiante com seu projeto de usar a universidade para aproximar a Academia Brasileira de Letras das periferias. Ela deixou bilhetinhos, deu ordens explícitas e debateu o quanto pôde o que seria essa formação de escritores que ela se propôs conduzir. Mas nada disso substituirá sua presença, seu carisma, sua inteligência, sua enorme capacidade de transformar crises em possibilidades de crescimento. É possível que ela tenha dado essa aula a muitas outras pessoas, mas eu, que faltei tantas aulas em minha vida, não fui àquela em que possivelmente ensinou o mundo a viver sem ela. Ou, como diria seu mano Caetano, você não me ensinou a te esquecer. Sabemos todos que será puro exercício de desespero tentar nos trocar por ela para tentar encontrá-la.

Este texto, por exemplo, normalmente seria escrito por ela. E por isso a minha primeira decisão ao assumir o desafio de escrevê-lo foi tentar não ser Helô. Ninguém será Helô, mesmo que passe os próximos 80 anos ensaiando para fazê-lo. Nem que recorra à IA. Tanto a Helô quanto a Heloísa Teixeira e a Heloísa Buarque de Hollanda jamais, qualquer que seja a versão dessa mulher de braços e sorrisos sempre abertos, será reproduzida nem agora nem em qualquer outro período da história. Ela é como um Machado de Assis, como a própria Ana Cristina César, um desses gênios que a gente admira e tenta aprender o máximo possível seja por intermédio da leitura ou mesmo da convivência, um privilégio que eu e muiiiiiitas pessoas pudemos desfrutar nos cerca de 50 anos em que dedicou sua vida a fazer do mundo um lugar melhor, seja em sua militância acadêmica, feminista, periférica ou mesmo como amiga, mãe, avó ou cuidadora de cachorros. Só há um lugar em que essa experiência chamada Helô pode ser repetida: em nossos corações partidos.

PALAVRAS DE LILIA GUERRA

As reuniões aconteciam num ambiente inicialmente imaginário, batizado "Bairro Machado". A proposta sugerida nos exercícios era a construção de diversas situações, que se desenvolviam nesse "lugar Machado". Machado circulando pela lonjura, observando, ouvindo. Conversando com a vizinhança, aspirando os aromas, deixando seu perfume pelas esquinas. Machado brasileiro. Suburbano, periférico. Quebradeiro.

A liberdade foi exercitada na escolha do gênero literário, assim como na definição de tempo e espaço. Surgiram crônicas, contos, poemas, roteiros para teatro. Palavras livres. Libertas. Machado pisou manso no passado e firme no futuro, nosso presente. Abismado com o progresso, com as mudanças. Curioso. Atento. As histórias que ele, certamente teria criado, baseado na observação e na escuta, foram tecidas pelos autores apresentados nesta coletânea.

Propostos os temas de base, como por exemplo: um passeio de ônibus ou a pé, que propiciavam encontros entre os personagens e o ilustre homenageado, no formato oficina ou ateliê de criação literária, os textos eram compartilhados através da leitura em voz alta. Analisados e discutidos em diferentes etapas de evolução, nas primeiras versões e durante o tratamento, com a aplicação das adequações recomendadas, respeitando-se o estilo, a espontaneidade oratória e as variadas contribuições culturais, ancestrais. Um compartilhar de saberes valioso.

A musicalidade nos acompanhou durante o processo. A trilha sonora foi uma aliada essencial, bem como os textos de apoio designados.

O lugar Machado se ergueu, através dos escritos. Deixou de ser fictício e se materializou neste livro. Em visita, o leitor vai identificar a presença de Machado. Sua estadia em cada título apresentado por essa seleção de escritores brasileiros. Suburbanos, periféricos. Quebradeiros.

PARA QUE NOMES?

André Salviano

Nasceu em Nova Iguaçu (RJ), em 1978. Mestre em Literatura Brasileira pela UFRJ. Foi finalista do Prêmio UFF de Literatura na categoria contos em 2009. É autor de amoridades (Rubra, 2017), livro de contos. Participou como organizador e autor da antologia de contos Clube da Leitura volume 4 (Rubra, 2017). Teve contos publicados nos livros em homenagem aos 80 anos do Martinho da Vila (Conta forte, Conta Alto; Flup e Funarte, 2019), LER Novos Autores (Jaguatirica, 2019) e em duas antologias Off Flip (2021 como finalista e 2022). É organizador (e um dos autores) de Era uma vez, Flamengo: vinte e dois contos em vermelho e preto, pela editora Faria e Silva. Atualmente cursa o doutorado no Programa de Pós-Graduação em Ciência da Literatura, na Universidade Federal do Rio de Janeiro.

A rua é a eterna imagem da ingenuidade, dizia João do Rio. Aprendi que, embora não seja muito comum, as ruas, além de ingênuas, também costumam mudar de nome. Quando era menino, em Nova Iguaçu, cresci em uma chamada Mococa e, às vezes, quando me perguntavam onde morava, a resposta era motivo de pilhéria dos amiguinhos da escola. Mesmo assim, sempre achei o nome simpático e nunca me importei com as zoações. Se a memória não me falha, eu associava Mococa à propaganda de uma vaquinha, de mesmo nome, e muito bonitinha, ao menos é como lembro. Acabou que as zoeiras não duraram muito, pois quando tinha lá pelos meus onze anos, mudou do prosaico Mococa para o formalíssimo Professor Gilberto Alves dos Santos. Quanta saudade desse tempo, em que voltava pra casa tarde da noite, com os gritos da minha mãe e as canelas russas de tanto jogar bola em chão de terra batida. Meu apreço pela rua vem de longe.

Muitos anos se passaram até que eu viesse morar e viver as ruas da cidade do Rio de Janeiro. Foi numa dessas que a vi pela primeira vez. Eu caminhava pela Riachuelo, que durante pouquíssimo tempo se chamou rua de Matacavalos, por conta dos atoleiros causadores de sérias lesões nos bichinhos, em muitas das vezes era preciso sacrificá-los. Apesar de ter ficado com essa denominação por menos de vinte anos, o nome acabou imortalizado pelo Machadinho, em Dom Casmurro. Desculpem-me o atrevimento, o tenho lido tanto que já me sinto íntimo. Reparei que fiz uma digressão deveras longa, espero não ter aborrecido o leitor: voltemos à rua. Saí da Riachuelo e entrei na Lavradio, que ao que me consta sempre teve esse nome. Passava das 18 horas, alguns postes começavam a acender suas luzes, e eu vinha distraído, pensando na vida, em direção ao bar Arco Íris, ali pediria um sanduíche de filé com queijo e uma Original pra rebater. Mas não cheguei ao meu destino, arrastado por ela, que acabara de sair do *Subway,* na calçada oposta, e não foi amor à primeira vista, porque eu tinha quase a certeza de já tê-la visto antes, mas onde? E por que no início dessa conversa eu disse que a vi pela primeira vez? Foi mesmo tudo meio confuso, ela sorria, pouco depois de guardar o celular, estava sozinha, não percebeu que eu a olhava de longe, seguiu e dobrou na avenida Mem de Sá, que foi aberta como parte das grandes obras de urbanização do Rio que se afrancesava, no início do século XX, tanto que nela tivemos o primeiro lampadário ornamental da cidade, olha aí outra digressão, alguns amigos me pilham por eu gostar tanto de falar sobre o Rio antigo, voltemos, antes de segui-la hesitei um bocado, mas acabei indo atrás, mantendo uma certa distância, não queria repetir o erro do narrador de Primas de Sapucaia, que acabou deixando seu flerte se perder na multidão por estar acompanhado das primas, coisa bem século XIX, e mais não direi, quer dizer, preciso ao menos deixar claro que se trata de um conto machadiano, se puderem, leiam. Sem mais digressões agora, sigamos com a história e não percamos minha heroína de vista, que após caminhar mais um bocado parou no outro Arco Íris. Sim, a Lapa tem dois bares de mesmo nome e dono, um na Mem de Sá, um na Lavradio. Isso confere certo ar poético à coisa, imagina pular de um arco-íris pro outro em apenas poucos metros. Fiquei parado na esquina, pensando no que dizer, enquanto a via sentar e pedir uma cerveja. Sinal vermelho, atravessei, cheguei manso, devagar.

– Boa noite, sei que vai parecer uma cantada pra lá de batida, mas tenho quase certeza que te conheço de algum lugar.

– E conhece, não lembra? Você não é o Santiago?

– Sim, minhas sinceras escusas, mas realmente não tô lembrado.

Ela sorriu e continuou.

– Bem, já fomos apresentados, numa festa, da Juliana, e você estava acompanhado, com uma amiga de outra amiga minha, a Carlinha, isso tem um tempinho, né? Eu não esqueci, mas você sim.

Fiquei bem sem graça, pigarreei colocando o punho direito fechado tapando a boca, e tentei sair daquela situação.

– É que quando eu te vi na rua, algo me fez atravessar e vir falar contigo, mas não sabia bem o quê, mas agora tá explicado. É como se eu estivesse te vendo pela primeira vez, mas na verdade é a segunda, né?

– Errou de novo – disse e abriu um apaixonante sorriso, enquanto eu a olhava num misto de incredulidade e admiração. – Bem, de certa forma é a segunda vez que você me vê sim, pelo visto, mas eu te vi uma outra vez antes da festa, foi numa palestra que você deu naquele charmoso café, como é mesmo o nome? Ah, lembrei, Café Capitu. Até fiquei surpresa quando veio com esse papo de "te conheço de algum lugar". – Gargalhou e me convidou pra sentar e acompanhar na cerveja.

Sentei meio sem graça, e o que vou dizer tem cheiro e gosto de clichê, é que eu estava me achando o caçador, mas na verdade era a caça, coisa bem século XXI. Conversamos sobre a palestra que dei sobre Machado, a festa, e nesse ponto ela acabou me fazendo recordar, foi exatamente naquele dia que comecei a terminar o namoro com a amiga da amiga dela. Minha namorada, agora ex graças ao cosmos, era, ou ainda é, vá saber, possessiva ao extremo, me apresentou a muita gente, mas não lembro de quase ninguém, principalmente dos rostos femininos daquela noite, só de estar tenso, de ter ido porque ela insistiu "é niver da minha amiga, é só você se comportar", hoje eu rio de nervoso, o "me comportar" significava agir como um robô, conversar com outra mulher? Fora de cogitação, enfim, coisas desse tipo. Agora, entre um copo e outro eu ia distribuindo sorrisos, diferente da sisudez da fatídica noite, e me dando conta que Gabriela sabia mais de mim do que eu imaginava. Depois de um tempo, que pareceu menos do que realmente foi, me perguntou se não queria acompanhá-la até a escadaria Selarón, iria encontrar uns amigos, roda de violão, fumar um, disse pra mim mesmo "por que não?", e pedimos a conta. Era uma agradável noite de quarta-feira, tempo ameno, poucas nuvens e uma lua cheia daquelas, típica de filmes de lobisomem. Fomos pela calçada esquerda, tagarelando, e eu me peguei pensando, "quem de nós dois está mais feliz?". Caminhamos pelos Arcos e atravessamos para o outro lado da rua, no final da Mem de Sá passamos pela travessa do Mosqueira, e entramos na pequena rua Visconde de Maranguape, para virar na Teotônio Regadas, subir o outrora Beco do Império, e *voilá*, chegamos ao nosso destino. Na entrada da escadaria, um ambulante vendia cerveja, Gabriela me apresentou aos amigos, alguns sentados, outros em pé, em animada cantoria, "Oba, lá vem ela, estou de olho nela", Jorge Ben Jor, lua cheia, cerveja gelada, Gabi e aquele cigarrinho esperto que ia passando de mão em mão. Lembrei de quando, junto com meus amigos, fomos ao Cosmopolita, restaurante onde foi criado o clássico filé à Oswaldo Aranha – e que fica aqui pertinho, fazer o esquenta pra um show do Jorge Ben, no Circo Voador. Enquanto eu viajava com o som e a lembrança, esse show tem mais de dez anos, ela me trouxe de volta à roda, "vai mais um tapinha?" Depois de dar uma bola, tomei coragem e a convidei pra ir pegar uma cerveja comigo, no caminho falei algo sobre a lua, mandei alguns versos olhando aqueles olhos garços, sorrimos e nos beijamos. "desde aquela festa que eu esperava por isso, que bom que o acaso adiantou as coisas." Voltamos de mãos dadas, os amigos vibraram, mandaram um "eu já sabia" e começaram a tocar Djavan, "Eu quero ver você mandar na razão..." Mais umas três idas ao ambulante e nos demos conta do quanto de tesão éramos nós dois ali, decidimos nos despedir da galera e ir pra minha casa.

– Sabia que essa rua onde estamos esperando o Uber foi a rua que a Rita seguiu sozinha depois de se despedir do Camilo na véspera da morte dos dois.

– Que Rita? Que Camilo?

– Os personagens do conto A cartomante, é do Machado, já leu?

Ela sorriu e mandou um "me beija". Ao entrar no carro emendei que na época em que a história deles se passa, no entanto, o nome era outro, não se chamava Visconde de Maranguape, e sim rua das Mangueiras. Lembro que os dois, ao se despedirem, estavam contentes, ela por ter a certeza de ser amada por Camilo, ele por, além disso, vê-la se arriscando por seu amor. E ali, banhados por uma iluminada e grande lua, quem estava mais feliz, eu ou Gabriela?

Nossa noite foi, como diriam os poetas românticos, inefável! Eu até poderia entrar em detalhes, não fossem os sábios versos drummondianos, "O que se passa na cama / é segredo de quem ama". Mas lhes garanto que a história não acaba aqui e, sim, eu e Gabriela vamos muito bem obrigado, nunca mais tive notícias da amiga da amiga dela. O que penso agora, antes de me despedir de vocês, foi o que aprendi tarde demais, que assim como as ruas os amores também mudam de nome. Afinal de contas, como dizia Quintana, o camisa 10 do meu time de poetas, as únicas coisas eternas são as nuvens.

ESPELHO

Arianne Marques (acasmurra)

acasmurra, carioca, formada em Letras - Português/ Literaturas, pela UERJ. Escreve desde nova, incentivada pela mãe a escrever sobre aquilo que eu lia. Participou da oficina de Ficção, Poesia e Crítica (UERJ). Formada em Dramaturgia pela Fundação das Artes de São Caetano do Sul e em oficinas oferecidas pelo Midrash. Atualmente escreve contos, crônicas, dramaturgia e romances, disponíveis no Medium, no instagram @tudo.equalquercoisa. Autora de Insana - um conto em quatro atos, disponível na Amazon Kindle, e Despertencimento (In: O Caos que Habita em Mim), pela Editora Hope.

Cenário

Lado esquerdo: uma penteadeira, com artigos de maquiagem e acessórios. Cama ao centro. Lado direito: uma escrivaninha, com livros empilhados de um lado, um notebook ligado ao centro, pilhas de papéis do outro lado, uma caneca de café vazia e um mural em cima. A cadeira da escrivaninha com roupas em cima.

Personagens

Escritora

Espelho
Notebook

CENA 1

Do espelho, a escritora vê o notebook ligado, piscando. Continua seus movimentos, alternando o olhar entre o que fazia e para o notebook.

Escritora – (*Sussurrando*) Não adianta continuar me gritando e implorando que eu escreva e cumpra o combinado de dar a resposta à pergunta feita para mim. Por que eu escrevo? Em que mundo eu vivo? Que raio de perguntas são essas e como isso tem relação entre si?

A personagem para seus movimentos e, através do espelho, direciona o olhar para o notebook piscando.

Escritora – Um verdadeiro caos. Definitivamente esse é o mundo em que vivo. Um caos difícil, na maior parte do tempo.

Retorna seus movimentos.

Espelho – Mas, a rigor, o caos é difícil o tempo todo.

Escritora – (*Após um leve susto*) Mas você sabe que para mim não é bem assim. Às vezes é sufocante, sem muitos escapes. Às vezes é tão bom, que acredito que quem vê de fora deve, com toda a certeza que podem ter, intuir que saí, sem a devida permissão, de um CAPS.

Espelho – Você conversa comigo. Isso já basta para intuir. Saudar o caos que habita em você nem se compara.

Escritora – O que eu posso fazer, se vivo na eterna dor e delícia de ser o que sou? Ou melhor, segundo minha mãe, eu "vivo num mundo de Alice". Justo, não?

O notebook para de piscar.

Espelho – Ela não faz por mal. (*Em tom baixo*) Agora, imagina se ela soubesse que fala comigo... (*Retornando ao tom usual*) Bom, já tem sua resposta sobre seu mundo. Fora as inúmeras coisas que você faz, em relação ao seu... Como você diz?

Escritora – Meu trabalho de verdade? (*Apontando para o notebook*) Isso eles já sabem. Eles sabem que tenho que ser a professora da educação infantil que é um pouco distante da professora de literatura, que atualmente vive mais em uma secretaria do que em uma sala de aula. Que tenho que ser a que escreve dramaturgia, assiste a peças e escreve suas impressões para si por medo de ocupar outro espaço elitizado, mas que, às vezes, publica essas impressões disfarçadas de elogio a determinado ator ou atriz que admira. (*Em pé, andando pelo ambiente*) Isso sem contar que, nessa mesma constelação da escrita, essa escritora se divide entre histórias longas e curtas, com temáticas tão... Distintas? Na tentativa de se encontrar porque, mesmo tentando muito não dar ouvidos, acaba escutando as discutíveis...

Espelho – (*Por cima da fala da Escritora*) É muita gente dando pitaco e a maioria nem sequer exerce o ofício.

Escritora – ...palavras sábias que ecoam à sua volta: um escritor de verdade precisa encontrar seu nicho e, assim, sua voz. (*Para um momento*) Isso, exatamente isso. Eles nem sequer escrevem. (*Para si, andando*) Não sabem o que é isso, como fazer isso, porque fazemos isso...

Espelho – E por que você faz isso?

Escritora – (*Para*) Quê?

Espelho – Por que você escreve?

Escritora – Você sabe.

O notebook volta a piscar.

Espelho – Eu sei?

A personagem olha para o notebook através do espelho. Pausa.

CENA 2

Espelho – Por que você escreve? Será que... Talvez seja porque algumas coisas são melhores quando imortalizadas em palavras do que dentro de si. Por que escreve seus pensamentos sobre personagens de peças a que assiste?

Escritora – Porque pensar o outro também é uma forma de falar de si.

Espelho - Mecânica essa resposta, não?

Escritora – Talvez. Ou talvez eu goste de me enganar dizendo que uso isso com o propósito de fugir de mim. É como um jogo que eu jogo mesmo sabendo que, no final, o resultado é o mesmo: minha derrota. E é viciante.

Pausa. A personagem se senta na ponta da cama, olhando para os espectadores.

Escritora – Escrever é uma maneira de não se deixar embrutecer. Isso eu ouvi de duas pessoas: um professor do curso de escrita e minha terapeuta, quando a questionei se eu não seria uma melhor paciente se eu tivesse a ajuda dos remédios. O choque de realidade que eu não esperava foi ela jogar na minha cara que eu odeio tomar remédios. Já sou refém de alguns, não preciso de mais. Lembro até hoje dela falando que a escrita é meu remédio e eu não deveria tomar em doses homeopáticas. Deveria ser bem radical nisso. Mas esquecem que a vida adulta exige radicalidades com limites sociais bem aceitos e estruturados.

O notebook para de piscar.

Escritora – Às vezes acho que escrevo para garantir minha voz. O jeito com que eu conto minha história. Ainda que eu não faça a menor ideia desse tal jeito com que conto minhas narrativas. O que eu sei disso vem dos retornos que tenho quando tenho a oportunidade e o privilégio de ouvi-los. Um deles foi o que eu ouvi de uma outra aula – ou foi a mesma? – onde o professor disse que minha voz nasce daquilo com que me relaciono, daquilo que eu converso, vivo.

A personagem vai até o mural e retira alguns pequenos papéis e escreve a frase: Por que eu escrevo?

Escritora – (*Se afastando do mural*) Para me conhecer. Mesmo que eu ainda não tenha tempo para me conhecer. Que a vida adulta exige muito, todo mundo sabe. Mas imagina o quanto isso quintuplica quando seus corres têm como cruzes pesadas para atrapalhar – e que insistem em usá-los em você como algo negativo – sapatos assim denominados: sua cor, seu local de residência de concreto e o de pensamentos, seu gênero e sua sexualidade. Por mais explicações que joguem em mim, eu ainda não consigo entender como isso é transformado em empecilhos. E por que motivo eu deveria aceitá-los desse jeito? (*Apontando para a frase*) Por que eu escrevo? Porque, quando senti que meus textos não são (só) mais meus, eu comecei o processo de expor, de mostrar e, assim, dou oportunidade deles se encontrarem com quem passarão a pertencer. É um processo que chamei de despertencer para pertencer.

CENA 3

Tirando uma a uma as roupas de cima da cadeira e jogando-as na cama.

Escritora – Recentemente bati a cabeça numa quina. Num daqueles momentos onde você se desliga de si e o automático tem uma falha no processador. Dentre o medo de dormir e não acordar mais, passei a pensar em muitas coisas. Bem, não muitas. A dor de cabeça tinha ofuscado tudo. Mas o melhor de tudo, muitas vezes, está à margem. Está nos cantos. Nas flores de parede. E está na hora dessas flores de parede se tornarem o centro, o visto por todos.

Senta na penteadeira. Olha mais uma vez para a frase e volta seu olhar para o espelho.

Escritora – Porque sim. Nem tudo precisa de resposta. É a pergunta que me move e move o mundo. Atualmente eu estou mais preocupada em aprender a ser o máximo possível de mim mesma. Na vida e na escrita.

Enquanto as cortinas se fecham, a Escritora continua seus movimentos.

FIM.

SANTO DO LIVRAMENTO

Charles Luiz (Bardo)

Escritor de fantasia urbana e épica, Charles Luiz, apelidado de Bardo, é estudante de literatura da UFRJ e pesquisador em Teoria Literária, com foco em escritores periféricos. Autor do livro "O Guardião Imortal" e fundador do Gabinete de Estudos Literários Machado de Assis, onde guia novos escritores nos estudos de escrita e narrativa.

Consta de crônicas inéditas e secretas que, pelo ano de 2019, os oradores, feiticeiros do discurso e da palavra, disputavam o território do Rio de Janeiro no domínio da literatura. Entre eles vivia Milena, da Lâmina de Ébano, moça de coragem e boa índole, iniciada nos versos, autodidata, e retinta como sua mãe.

Tinha então exatos dezoito anos, munida da infame sagacidade carioca e do ímpeto comum nos jovens. Queria mudar o mundo, mudar o injusto mundo. E decidiu usar seu maior talento para tal empreitada, já que foi com a oratória que se destacou na Baixada Fluminense. As batalhas *pra lá da cidade* nem pareciam perigosas. Ao longo dos meses de conflitos, a poesia deu forma à sua voz e seus feitiços se tornaram cada vez mais perigosos. Não à toa, dois anos de estrada lhe renderam a fama.

E com destaque, quero dizer, consagrou-se como a melhor entre os piores aos olhos alheios à verdade. Por onde Milena transitava havia feiticeiros com duas décadas de carreira. Os pontos altos, no entanto, não valiam a entrada de uma casa própria. Eram os Poetas no Topo, cuspiam versos de improviso e vinham do mesmo berço, as praças do subúrbio. Lá, pela cultura, formavam-se rodas de batalha. Uma peneira que filtrava os melhores entre eles, em disputas de feitiços nas quais os pontos altos seriam as rimas.

A alcunha Lâmina de Ébano pegou, estava na boca do povo. Isso porque toda vez que entrava nas fervorosas batalhas uma faca de madeira escura como a noite aparecia na sua mão. Era a materialização do seu ímpeto, muito mais do que uma arma meramente assassina. Era o foco do arcano que conjurava com as palavras dando forma a um artefato tão primoroso quanto primordial nas disputas. Alguns diziam que a Lâmina intensificava seu poder, mas poderiam ser apenas rumores. Fato é que, com ela em punhos, parecia invencível. Só que Milena precisava fazer diferente disso. Para novos resultados, jogar um novo jogo, e o jogo de abates entre poetas da periferia não seria o caminho.

Precisou ser muito além de esperta. Mergulhando nas reflexões e bate-bocas na praça, alcançou o véu que conectava a poesia aos feitiços. Viu que a fenda entre o *slam*, as batalhas e os livros era um problema artificial criado propositalmente por certas mãos vis da história brasileira, até que se tornou grande e mostrou-se inconveniente o suficiente para impedir que os seus semelhantes alcançassem essa literatura.

Entendeu. Então foi até lá. Fez a travessia do ramal Japeri quase de ponta a ponta até a Central do Brasil. Depois, pegou um ônibus em que nunca entrara na vida e desceu no Cosme Velho. Odiava a zona sul, tinha péssimas memórias das poucas vezes em que foi até lá. Todavia, ali, no sopé do morro do Corcovado, não planejava ficar. Tomaria para si o grande símbolo de poder que buscava e retornaria à periferia. Como um elixir, tinha fé que aquilo mostraria de uma vez por todas que a poesia também pertencia aos favelados.

Porém, como tudo na vida, nada ali seria entregue de mão beijada. Milena entrou sem trocar uma palavra sequer com as figuras que transitavam na recepção e abriu de supetão a porta do salão principal da Casa Machado de Assis. Sabia o que procurava e, assim como esperava, tinha lá quem protegesse o artefato.

– A quem devo a desonra desse fatídico inconveniente? – disse o engravatado em voz monótona. Ele retirou os óculos, fechou o livro e arrumou-se na cadeira para encará-la.

Entre os bustos de ferro e a imensa pintura do Bruxo do Cosme Velho, igualmente engravatado, porém barbudo, descansava Maurício Rui de Leão. Neto do homem que fora imortal por mais de dois séculos e preservou até ali seu maldito poder. Este imortal, nascido das folhas amargas do próprio Machado de Assis, talvez tenha sido sua falha mais miserável. E talvez a única. Rui de Leão pôs-se a defender, como bastião da elite a que pertencia, o lugar de Machado na literatura. O homem que foi divino em obra, impecável na percepção mundana de sua época e o maior feiticeiro que já existiu. Torcido em articulações minuciosas ao ser embranquecido, reforçando por gerações o lado da balança que ele tentava podar.

Milena conhecia muito bem a história de Rui de Leão e seus descendentes. Maurício, imóvel na sua frente naquele luxuoso e monumental salão, já beirava os setenta anos mesmo aparentando ainda estar nos quarenta. Longevidade herdada do imortal que foi seu avô.

– Ébano – declarou o guardião do lugar. Reconheceu a lâmina nas mãos da garota, pelos rumores que percorriam a cidade, bem como na *internet*. Conhecia pouco sobre Milena, mas entendeu as intenções dela com prontidão assassina.

– Vim buscar o que vocês nos roubaram – ela anunciou, com os dentes rangendo por ansiedade ou raiva, sem um pingo de medo. – Vou levar o poder de volta, de onde ele veio.

– Muito bem – disse Maurício Rui de Leão ao se erguer da cadeira. Ereto, não tirava os olhos de Milena nem por um piscar. – Sendo desafiado, dou o tom da batalha. Faço o primeiro lance.

Ela não contestou. Apertou a lâmina com força e esvaziou a mente. Sentiu o coração palpitar com força, barulhento. Era tudo ou nada.

– Para desvirginar o labirinto do velho e metafísico mistério... – conjurou Maurício. Verborrágico, ele não se poupou. A figura do guardião se transfigurou em um predador mortal logo de início. Caminhou para fora das sombras sob uivos e lançou sua bocarra de dentes contra a jovem. – *Torno-me um lobo* neste cemitério; de sua antropofagia, estou faminto.

– Sonhar alto feito drones. O combustível? A fome. Sou *a caçadora* que veio do lado de lá da ponte – ela rebateu à altura. A cavalo, experiente em matar lobos como se fossem cordeiros. Das mãos hábeis voou uma flecha, precisa, e perfurou o estômago de Maurício como uma vulnerável presa. – Pra que o amanhã não seja só um ontem com um novo nome.

Era Maurício quem deveria manter a figura de Machado de Assis intocada. A mera possibilidade de falhar o apavorou. Seu trabalho era manter a mítica figura restrita à burguesia brasileira, destilada da substância que tinha enquanto indivíduo. Se fracassasse como guardião, de quem seria Machado?

Foi espantoso para ele ver o sangue escorrendo pelo terno. Temeroso, refletia: poderia mesmo uma qualquer, sem mestre ou sobrenome, responder seus feitiços à altura como se fosse digna de alguma posição? Talvez fosse a sorte, que concedeu a Lâmina de Ébano que empunhava. Se não fosse tal equipamento refinando o misticismo da garota, ela não seria nada...

Certo ou errado, se enfureceu. Divagações não o salvariam. Condensou o cosmos e revidou ligeiro.

– A digestão desse manjar funéreo, tornado sangue, transformou-me o instinto. De rastejantes impressões que eu sinto, um bote no cavalo derruba a caçadora, que sucumbe às presas do *vipéreo.*

Milena reclamou ao sentir o veneno da serpente fluir pelo sangue. Era doloroso, deixou o sangue saltar da boca quando suas veias, roxas, ressaltaram na pele. No instante seguinte, sua visão estava turva. Mal conseguia enxergar seu vilão com clareza, apenas um borrão. A dor foi aguda e agonizante, mas não se deixou abalar. Ataques como esse eram comuns nas batalhas a que assistiu e, de tanto ver, aprendeu a responder.

– Fui o abutre que ronda, ansioso pela queda. Findei mágoas, sou maior que essa merda. Lacerando mente, alma, corpo, vejo sua queda. Dos ventos de longe, devorando a serpente; *ave de rapina* das garras de pedra.

O contra-ataque foi certeiro. Partiu metade do pescoço de Maurício Rui de Leão em dois e destruiu um braço e uma perna, como quem entra em um moedor de carne.

Com o cadáver no chão, podia por fim pôr as mãos no prêmio. Suspirou aliviada com o sucesso. Não era prazeroso matar, porém, sentia que havia feito o certo ao encerrar a linhagem do imortal. Ironicamente, não tinha ali o que comemorar ou chorar. Seu trabalho estava só começando e a tomada daquele espaço era apenas o início.

Caminhou até o outro lado do salão sem sujar os pés no sangue. Colocou a pintura do Bruxo do Cosme Velho no chão, com todo o respeito, e vislumbrou o segredo por trás da obra. Era um livro muito bem conservado. De capa marrom e lá pras suas quinhentas páginas. *Joaquim Maria Machado de Assis* deixara ali os segredos de sua técnica, uma autobiografia da trajetória nas artes místicas do maior feiticeiro que já pisou na terra.

Fenomenal. Milena sentia estar segurando a própria materialização do que se considerava conhecimento. Com aquilo em mãos, resgataria um poder que jamais deveria ter saído da periferia. Era um reforço para o movimento do povo preto, mais uma prova de que a literatura também era deles.

Assim, reclamou a individualidade do homem Joaquim Maria. De pessoa preta, periférica, que ascendeu através do talento com as palavras — tão autodidata quanto ela mesma. Milena saiu dali com um símbolo. Resgatando o divino Machado de Assis de volta à periferia. Não mais o Bruxo do Cosme Velho, mas o pai da literatura brasileira. Na prática, uma régua para qualquer poeta ou feiticeiro que viveu após ele. Nas ruas, o *Santo do Morro do Livramento.*

ECO DAS CORRENTES

CHRIS LIMA (CHRISTINE LIMA)

É psicóloga, especialista em Direitos Humanos, dançarina, produtora cultural, escritora e quebradeira. Pernambucana, vive no Rio de Janeiro, onde atua com foco em saúde mental e direitos sociais. Seu trabalho e pesquisa se destaca pela abordagem antirracista e contracolonial, promovendo o bem viver e o autocuidado. Além da psicologia, é apaixonada pela arte e pela resistência das periferias como ferramentas de transformação social.

No centro do Rio de Janeiro, onde outrora as carruagens de aluguel deslizavam pelas ruas de pedra, agora se estendem avenidas tumultuadas. O ruído incessante de motores e vozes desesperadas esconde o eco das correntes que um dia ali tilintaram, reverberando até os dias atuais. No coração desta cidade pulsante, duas figuras emergem da história e da desigualdade social: Manuel, um escravocrata debochado, e Joaquim, seu primo, um abolicionista convicto. Ambos descendentes de famílias de prestígio em Pernambuco, chegam ao Rio de Janeiro carregando consigo heranças opostas.

Enquanto Manuel ostentava com ironia as vantagens da exploração e da supremacia branca, Joaquim se inquietava com as ruas do centro da cidade, onde o luxo de uns contrastava violentamente com a miséria de outros. Era

14 de maio, e o passado ainda sussurrava nas esquinas o dia seguinte ao da abolição formal dos escravizados no Brasil, mas, para Joaquim, parecia que nada havia mudado de fato.

Sentados em um café no Centro, os dois debatiam com fervor. "Ora, Joaquim, para que tanta indignação? O que mais querem esses miseráveis? Já estão livres, e ainda assim continuam nas ruas como se esperassem algo!", disse Manuel, rindo, enquanto acendia um charuto. Seus olhos percorriam as figuras desoladas ao redor, como se fossem meras sombras do passado.

Joaquim, por outro lado, sentia o peso da injustiça histórica. "Livre, Manuel? Como alguém pode ser livre, sem terra, sem casa, sem trabalho? Eles não têm nada, absolutamente nada. A abolição foi só no papel, e o que você vê aqui são as correntes invisíveis de uma sociedade que nunca deixou de ser escravocrata. A liberdade sem cidadania é apenas um novo tipo de prisão."

A conversa entre os dois se desdobrava enquanto observavam o vaivém dos transeuntes. Entre eles, a figura de uma mulher negra, magra, mas barriguda, de vestes sujas e olhar perdido, chamava a atenção de Joaquim. Ela vagava pelas ruas como se estivesse à margem de tudo e de todos, ignorada por aqueles que cruzavam seu caminho. Celina, uma assistente social que também estava no café, notou a mulher e comentou com Ana, uma amiga professora: "Essa é Maria, ou ao menos assim a chamam. Ninguém sabe ao certo seu nome, mas ela está sempre por aqui, invisível para a maioria."

O olhar de Ana acompanhou a figura trôpega, reconhecendo a tristeza e o abandono. "Ela não é louca por acaso," disse Ana, "ninguém suporta tanta dor sem enlouquecer."

Celina suspirou. "É a herança que esta cidade carrega. Uma loucura social, que vem de longe, dos dias de escravidão. As Marias do passado continuam vivas no presente, e quem se importa?"

Enquanto o grupo conversava, algo perturbador aconteceu. Maria, em meio a um surto esquizofrênico, começou a gritar palavras desconexas. Seu ventre inchado revelava uma gravidez avançada, mas ninguém se aproximou para ajudar. Ali, no meio da rua, ela entrou em trabalho de parto, mas o que se seguiu foi um aborto. A criança não veio ao mundo. Sangue escorria pelo asfalto quente, mas as pessoas passavam ao redor como se nada vissem, apressadas em suas rotinas.

Manuel olhou a cena de relance, incomodado, mas não expressou compaixão. "Eis o que digo, Joaquim. Eles são assim. Não importa o que façamos, a miséria é parte deles, é como nasceram e como morrerão. É a natureza, meu caro."

Joaquim, indignado, levantou-se abruptamente. "É de pessoas como você que esta cidade está cheia, Manuel. Gente que ignora o sofrimento alheio, que trata a vida como uma mercadoria. Maria é o resultado de séculos de exploração. Não há loucura maior que uma sociedade que trata os seus como ela é tratada."

Celina e Ana correram para tentar ajudar, mas sabiam que pouco poderiam fazer. A ambulância chegou, mas o que aconteceria depois com Maria era previsível. Seria levada para um hospital psiquiátrico ou algum lugar de isolamento, e a cidade seguiria seu curso, indiferente.

Naquela tarde, o Rio de Janeiro, com suas avenidas caóticas e ruínas históricas, mostrou que o 14 de maio ainda persistia. A abolição nunca foi completa. As Marias do presente são os ecos das correntes que ainda tilintam. Joaquim, ao ver a ambulância levar Maria, compreendeu que a liberdade não basta sem dignidade, sem terra, sem futuro. E assim, o grito de liberdade continua sufocado, tanto para os que a perderam no passado quanto para os que ainda a buscam no presente.

UMA TRAGÉDIA DE COSTUMES

DENISE LIMA

Jornalista com curso de extensão em Letras e formação pedagógica. Participou da cobertura na feira inaugural da FLUP e integra o grupo de escritores desde 2016. Publicada nas coletâneas "Narrativas Curtas" (2016), "Je suis ancore favela" (2017), "Conta forte, conta alto" (2018), "Carolinas" (2021), "Quilombo do Lima" (2023), "Contemporary Afro-brazilian Short Fiction" (2024). Selecionada para integrar três novas coletâneas em 2025: "Machado Quebradeiro", "Cartas para Exú" e "Yabás".

Com toda a delicadeza, abri a perna torneada. Senti que a mulher estava tremendo de medo: não de mim, mas do que iria acontecer depois que eu tivesse despedaçado suas ilusões, suas fantasias de amor correspondido, de família comercial de margarina, de segurança. Ela me encarou quase com desafio, querendo que eu terminasse logo aquilo e a deixasse sofrer em paz. Mas eu não sou egoísta assim. Dei água e remédio pra ela se acalmar e até dormir um pouco, o que iria favorecer a minha ação no seu corpo.

Sou extremamente cuidadoso e não me afundo mais do que o necessário na vagina delas. Meu toque é sutil e consigo sentir toda a anatomia na ponta dos meus dedos até o colo do útero. Geralmente, as mais novas são as que me procuram, minha fama cresceu rápido entre elas e faço questão de mantê-la em alta. Afinal, sabem que nossa relação é só de interesse, nada esperam de mim. Eu preciso delas para acalmar minha alma, digo sempre que não quero ver nenhuma depois de tudo acabado. Nunca fui desobedecido, o que me dá esperança de que suas vidas tenham mudado de vez, nem sei o que faria se alguma me achasse novamente. Por isso, jamais atendo duas vezes no mesmo local, anoto todos os seus dados e arquivo. Converso só o essencial e jamais deixo pistas sobre meu paradeiro.

Sou uma sombra nas comunidades. Nunca mexeram comigo, nunca me intimidaram, pela maleta todo mundo sabe o propósito quando chego. Considero essa a minha cruzada pessoal, construída com auxílio de intermediários que respeitam as decisões das que são mais atingidas em sua vulnerabilidade. Acima de leis idiotas. É como venço a covardia, o pecado e o segredo dos predadores. Sem culpas.

Aprendi a rezar com meu pai, embora ele nunca tenha sido exemplo de bom cristão para mim, depois que comecei a entender certas coisas. Era um escroto com minha mãe. Comigo e com minha irmã, também. Nada do bom marido, bom pai, filho exemplar, do cidadão de bem que vivia se gabando pelos quatro ventos. Sabe o ex-coroinha hipócrita? Ele todinho!

Percebi isso gradualmente, depois que Maria de Fátima foi trabalhar conosco. Ela era uma moleca aparentada bem de longe com papai e tinha lá seus quatorze, quinze anos, pele preta reluzente, cabelos longos trançados e uma linda boca carnuda. Me disseram que ela vir do interior para a cidade grande melhoraria seus estudos, só que ninguém cuidou de transferir a matrícula da garota para escola alguma. Na verdade, nem precisávamos de ninguém para ajudar mamãe em casa, mas meu pai queria demonstrar status. E Dona Carmen queria ser igual às amigas, curtindo o ócio. Eram donas de casa de classe média alta, dopadas, alcoólatras e fumantes de Chanceller. Saíam todas as tardes tentando vencer o vazio existencial, ao invés de cuidar de suas casas. Típicas esposas troféu: gastando o dinheiro dos maridos com consumo desnecessário em butiques e deitando com amantes.

Eu era um rapazote introspectivo, com poucos amigos e afeito às artes. Escondido de minha família, fazia de tudo para ajudar no serviço de Fatinha. Isso não era difícil porque, durante a semana, estávamos o dia inteiro sozinhos: papai no consultório com sua clientela chique, minha irmã na faculdade e mamãe flanando pelas ruas. Queria que sobrasse tempo para a gente conversar, eu admirava sua criatividade e, naturalmente, a amizade virou paixão. O primeiro amor de um menino de doze anos, privilegiado por raça, gênero e classe.

Nos fins de semana, sempre recebíamos visitas ou íamos viajar para cidades próximas. Nessas ocasiões, Fatinha funcionava para mim como uma babá ou acompanhante, papai dizia sempre pra que ela não deixasse eu me envolver em encrencas, nem ir sozinho na casa dos meus amigos "maricotas". Dessa forma, acabei ganhando também uma parceira de música: eu tocando violão e ela cantando, com voz baixa e aveludada.

Foi por acidente que a vi despida pela primeira vez. Era sábado e eu sairia pra jogar bola com os garotos do prédio, no Tijuca Tênis Club. Entrei no quartinho sem bater, a porta estava destrancada. Fátima saindo do banho, com a toalha caída aos seus pés, no exato instante de vestir a calcinha. Essa imagem grudou na retina e ficou repassando na minha cabeça durante o jogo inteiro. Se tivesse apenas deixado um bilhete preso à geladeira, o incidente não ocorreria e ninguém iria se preocupar comigo.

Acreditando ser um completo idiota, na volta, fui à cozinha pedir desculpas. Ela me disse que estava tudo bem e, se eu quisesse, podia voltar para conversar depois que meus pais fossem dormir. Essa foi a segunda vez que a vi nua e a primeira que me despi para uma mulher.

Com o passar dos meses, ela se afastou de mim. Percebi tristeza em seu olhar e certo medo quando a chave de papai fazia barulho na porta do apartamento, o corpo retesado e a fuga sutil dos cômodos onde minha mãe estivesse. Dona Carmen abandonou os longos passeios e rodeava pela casa, inventando tarefas para afastar nós dois.

Uma tarde, quando cheguei do colégio, Fatinha me pediu para sair com ela e pegamos um ônibus da Tijuca até Copacabana. Disse que papai marcou uma consulta com um amigo porque ela estava mal do estômago. Era um prédio misto, residencial e comercial. Pediram-me que ficasse vendo televisão na recepção e foram para o consultório.

O tempo se arrastava, foi querendo anoitecer e nada de aparecerem. Me deu fome, sede, vontade de ir ao banheiro e impaciência, muita impaciência. Fui atrás deles, queria ir embora, mas a porta estava trancada. Bati forte, gritei o nome da Fátima e o velho apareceu com o rosto transfigurado. Me pediu para telefonar pro trabalho do meu pai para vir me pegar, porque a menina estava passando muito mal. Aproveitando a confusão e o descuido dele, entrei no cômodo. Vi a pior cena da minha vida: o corpo dela aberto sobre a maca, com sangue escorrendo pelas pernas e pedaços de uma massa gelatinosa na bandeja ao lado. O local era improvisado, fedendo a éter.

"Doutor Murilo", meu pai, chegou dominando o ambiente, puto da vida por me ver ali, gritando com o colega e dizendo que ele perdeu a mão de fazedor de anjos! A tiracolo estava o delegado Domingos, parceiro de encrencas, cerveja e futebol. Foi esse quem tomou a frente de tudo e transferiu a menina para um hospital bem longe dali. Alegou tê-la encontrado sangrando, caída na rua e prestado socorro imediato.

Durante todo o trajeto de volta para nossa casa, meu pai brigou comigo e me fez entender como a vida funciona. Só então fiquei sabendo que ele e mamãe decidiram meu futuro, importando Fatinha para me tornar homem, só não contavam com uma gravidez. Mas, diante do fato consumado, planejaram o aborto. Imagina se iam legar nosso sobrenome à criança e criar um retinto como membro da família! Eu nasci e fui preparado para ser um doutor renomado, como meu pai e meu avô, nada iria atrapalhar! Revoltado, eu não conseguia ver nossa "distância social". No meu mundo, ela era a melhor pessoa que conheci a vida inteira!

Como se não soubessem da desastrosa intervenção médica, deram queixa do desaparecimento de Fátima na delegacia de nosso bairro. Rezei muito por sua recuperação, queria que me perdoasse por ser tão criança, por ignorar as verdades da minha vida cerceada e interpretar errado sua tristeza, seus silêncios. Dois dias depois, recebemos em casa a visita do delegado Domingos para dizer da morte de Fatinha. Ela nunca recobrou os sentidos. Não houve inquérito, escândalo com nosso nome, nem ninguém vindo reclamar ou pedir explicação. A família dela era uma gente ignorante e paupérrima, que se contentou com a ajuda mensal que papai passou a mandar.

Naquele dia, Fatinha me levou para a armadilha com ela por puro acaso, cumprindo o que exigia um sistema montado para nos separar, antes mesmo de nascermos. Essa especulação foi o que me fez prosseguir com os planos de me tornar ginecologista e ajudar mulheres a não morrerem em momentos desesperados. Claro que atendo também às filhas de alta classe, só que delas cobro caro.

Fui juntando cacos do passado, depois de me perder de mim, de purgar minha alma na dor. Tudo por causa de uma paixão trágica, congelada no meu peito, interrompida pela hipocrisia dos meus pais. Tornei-me um meio amoral de reparação histórica, em carne e osso, um colecionador de ilusões perdidas.

QUE VIAGEM!

Ionara S. de Oliveira

Carioca, da zona oeste, graduada em Letras (Língua Portuguesa e Literaturas - UERJ); Especialista em Literatura Infantojuvenil (UFRJ) e Literatura Brasileira (UERJ), Mestra em Cultura e Territorialidades (PPCult -UFF); professora das Redes Públicas Estadual e Municipal, do Rio; mediadora de leitura, brincante de danças populares, aluna do Curso de Formação de Escritores "Machado Quebradeiro" (Universidade das Quebradas), poeta e coautora, nas coletâneas "Literalmente Elas", da qual é uma das organizadoras, também), "Memórias e Práticas Antirracistas: desafios, possibilidades e avanços" (com o artigo, feito em parceria, "Carolina(s): um mundo de papéis") e "Cartas para Conceição Evaristo". É, também, autora do livreto artesanal "Mares e Marés", organizado, em parceria com a @aparideira.

Seria um dia como outro qualquer, na rotina exaustiva de Ismênia da Silva, mas como a vida não segue um roteiro, algo de diferente aconteceu com aquela moça, ao entrar no ônibus, num subúrbio do Rio de Janeiro.

Ismênia era professora da Rede Pública e dividia sua semana profissional entre duas escolas: uma, municipal, com estudantes do sexto ano (só quem já passou por essa experiência sabe o que significa, cara leitora!). A outra é um CIEP estadual, onde leciona Literatura para o Ensino Médio. Um desafio não deixá-los entediados!

Apesar de desafiadoras, ela gosta de trabalhar com as séries iniciais, independentemente das redes. A sensação é a de estar abrindo caminhos, no escreviver de meninas e meninos e, com eles, esperançar por um futuro melhor.

Sentia-se cansada não pela escolha da profissão, que amava, mas pelos quarenta e dois tempos semanais de aulas. Uma carga que a fazia sentir-se como uma "operária", uma mão-de-obra "barata", sem estímulos para crescer profissionalmente, e sonhar.

Ela, também professora de Língua Portuguesa, respirava literatura. Seu nome, inclusive, é o de uma personagem de Lima Barreto, em *Triste Fim de Policarpo Quaresma*. Pobre Ismênia! A do romance, porque a professora, mesmo em seus dias mais difíceis e com os desprezos do sistema e os de uma sociedade quase inteira, não aceitava esse rótulo. Sábia, tinha a consciência da importância de sua profissão e a de que não a escolhera em vão.

Contrariando o sistema, ela era muito estudiosa. E mesmo com o salário aquém do merecido, era uma mulher honrada e que não deixava de lutar, coletivamente, pelos direitos da categoria. Além disso, era apaixonada por artes, o que certamente colaborava para o seu não embrutecimento.

Vivia cansada, é verdade! Sonhava em retornar à Academia, acreditava que a vida, em algum momento, poderia ficar mais leve. Soube outro dia - você que me lê, agora, que o seu desejo foi realizado. Ismênia fez o Mestrado em Cultura e Territorialidades e a intelectual e escritora Conceição Evaristo foi uma grande inspiração e uma das suas principais referências.

Ela não esperava sentada pelas mudanças! Com as poucas "armas" que tinha, lutava. E a principal delas, o livro, uma "bússola", como dizia Carolina Maria de Jesus, outra de suas autoras preferidas.

Voltando agora àquele dia que se mostrou atípico, depois de uma eternidade no ponto, rumo a mais um dia de trabalho, ela subiu no ônibus. E não foi que conseguiu um lugar para sentar?! Ela pensou: os humilhados têm o seu dia a exaltar! Ah, ela não perdia o humor, outro antídoto para o sofrimento...

Era uma viagem que costumava ser longa e cansativa. O começo de uma sexta-feira e, sonolenta, pelas horas semanais perdidas no trânsito e alheia ao que se passava ao redor, ela se jogou no assento. Não havia percebido até então que, no cantinho ao seu lado, estava sentado um senhor imponente, observando a vida prosaica, através da janela. Parecia absorto em seus próprios pensamentos. Vestido com um terno bem passado e, no entendimento dela, inapropriado para a ocasião, juntamente com um relógio de bolso, uns óculos redondos e com correntes douradas, de um modelo que ela jamais vira pessoalmente. Eram como os descritos em alguns livros e mostrados em novelas de época. No colo, uma caderneta, com uma capa de couro, e uma caneta sofisticada. Detalhes, nem tão pequenos, e que a deixavam ainda mais intrigada.

O sono que sentia dera lugar a uma enorme curiosidade, que se aguçava a cada sutil olhar.

É preciso dizer que, pontos depois, o ônibus já estava lotado! Acostumada ao transporte, naquele mesmo horário, e vendo praticamente nas mesmas faces cansadas e "conhecidas" o reflexo da sua, era de se espantar a presença inusitada daquele que mais parecia um personagem. Teria ele saído de algum livro?

Pronto, começava mais uma de suas viagens! Quem nunca, minha cúmplice leitora?

Quem seria aquele homem que estava num transporte coletivo, cujo ponto final ficava no suburbano bairro do Machado? Seria lá o seu domicílio ou, assim como o dela, o local de trabalho?

Ela tentava olhar discretamente, mas creio que tenha falhado. Não sabia se era realidade ou sonho, mas aquela visão trouxe-lhe à mente uma propaganda emblemática, que fora retirada do ar. Perdoe-me, leitora, mas esqueci de dizer que Ismênia era aficionada por comerciais de TV, revistas etc. e, inclusive, os utilizava em suas aulas criativas e bem planejadas.

Foi num antigo comercial da Caixa Econômica Federal que ela vira alguém tão parecido, só que totalmente embranquecido. Seria o senhor bem-vestido um sósia do escritor Machado de Assis, apenas um pouco diferente do mostrado na TV e nos livros didáticos, que ela tão bem conhecia? Ou seria o próprio que, reencarnado, estaria ao seu lado? Ela estava acordada ou dormindo? Era um sonho ou um delírio?

Ria de si mesma ao se perceber confusa, como nos tempos de estudante, quando se sentia impelida a procurar, no dicionário, sinônimos para tantas palavras desconhecidas dos livros clássicos. Que viagem no seu imaginário!

Quando o senhor pediu licença e desceu, uns dois pontos antes dela, parecia um gentil cavalheiro a sair de um tílburi.

Que cousa mais esquisita, pensara! Era o mago-bruxo do Cosme Velho, sim! O que faria ele, ali?

Depois de uns segundos, ela se beliscou porque, sonho ou realidade, já não lhe importava. Se revelasse o que vivenciou seria levada para a Casa Verde por Simão Bacamarte, aquele de *O Alienista*.

Loucura por loucura certamente ela preferia a da sala de aula!

AOS 27

Lina Neves (Lina N. Costa)

É professora de inglês, historiadora, contadora de histórias, de historinhas e de piadas de tiozão nas horas vagas. É lésbica e romântica, daquelas que sabe que vai casar logo no primeiro dia. Acredita em musas inspiradoras (mais ainda na que ela tem em casa!). Apaixonada pelo samba e pela cidade do Rio de Janeiro e uma defensora voraz da educação pública, gratuita e de qualidade, ela acredita piamente que a educação muda vidas!

1.

Resolvi escrever sobre mim no final da minha vida. Desde que aprendi a escrever, venho escrevendo sobre tudo o que vejo. E aprendi a escrever muito nova, aos quatro anos de idade. Minha mãe, que é professora primária, fez de mim seu projeto pessoal. Antes mesmo de eu poder entrar na escola, ela usava seu tempo livre para me ensinar a desvendar os mistérios dos grifos que enfeitavam os velhos livros espalhados pela nossa casa. Quando então viu meu entusiasmo no aprendizado, tratou de me ensinar, também, a reproduzir aqueles símbolos. Rapidamente, eu já conseguia escrever pequenos bilhetinhos para ela, ao longo do dia, enquanto não a via. Eu sempre gostei de escrever, desde que aprendi. Colocar no papel a bagunça de dentro da minha cabeça acalmava o meu coração. Nada mais justo do que atar estas pontas da minha vida exatamente no momento em que eu decidia acabar com ela. Coisa triste, vamos mudar de assunto.

2.

Falemos de minha mãe. Vivíamos só nós duas numa pequena casa de um quarto, numa comunidade à beira da Avenida Brasil. Ela precisava nos sustentar, então pegava o emprego que podia. Tinha um trabalho fixo em uma creche-escola particular de bairro, no asfalto próximo de onde morávamos, mas tinha sempre que completar a renda fazendo faxinas. Uma aqui, outra ali, sempre disposta a fazer os extras. Era assim que ela conseguia pagar o nosso aluguel, a nossa comida e a vizinha que cuidava de mim enquanto ela tinha que trabalhar.

3.

Nunca passei fome. Embora visse ao meu redor a escassez que dominava a vizinhança, minha mãe jamais deixara me faltar nada. Mesmo assim eu tinha algumas memórias de vê-la sentar à mesa e me dar de comer, sem que ela levasse nem uma colherada de comida à própria boca. Lembro que era a época em que minha mãe mais passava tempo comigo. Eu fiquei muito feliz de ter ela comigo com mais frequência. Depois, um tanto mais velha, me contou que naquela época as faxinas estavam mais difíceis de aparecer. O dinheiro só dava para o mínimo do mínimo. E minha mãe fazia questão de me manter alimentada neste mínimo, mesmo que ela não estivesse.

Pouco tempo depois nossa vida deu uma melhorada. Ela conseguiu passar no concurso da prefeitura para ser professora primária. Acho que nunca a vi tão feliz.

4.

Minha mãe está doente. Ela tem câncer na garganta, que se espalhou para os pulmões. Até tentamos lutar contra, perdi a conta de quantas vezes fomos ao INCA, na Cruz Vermelha. Os médicos nos informaram que a doença estava em metástase. Tudo o que podíamos fazer era manter alguns tratamentos paliativos e esperar pelo inevitável. Ver minha mãe definhando é excruciante.

Decidi então que tinha vivido o suficiente. Eu e minha mãe só tínhamos uma à outra. Além dela eu só tinha os livros, o gosto de ler que ela havia plantado em mim. Nunca consegui me conectar com ninguém: eu era muito tímida. Por isso, fiquei muito isolada. E se ela se fosse agora, ficaria eu singular, sozinha. Como eu suportaria isso? Simples, não suportaria, iria eu com ela.

5.

Os 27 eram uma idade significativa. Muitos roqueiros do século XX (que minha mãe adorava) haviam morrido aos 27. A maioria desses ídolos havia se matado. Alguns artigos e notícias falavam sobre ser uma idade de transição, um período difícil para os jovens-adultos. Para mim, estava sendo ainda mais desafiador. Logo após o meu aniversário de 27, minha mãe havia recebido o diagnóstico. Com as nossas idas e vindas ao médico, perdi o emprego no supermercado de rede. Tentamos nos manter com bicos. Corri atrás de aposentar minha mãe, mas tudo é demorado neste país. Enquanto estávamos esperando, vi as coisas faltarem na nossa casa, e a lista de remédios aumentar, o preço dos mantimentos subir, e a saúde da minha mãe diminuir, o nosso dinheiro se esvair.

O meu desespero era sufocante.

Quanto mais eu tentava, menos eu conseguia dar conta das demandas.

Tinha chegado ao meu limite. 27 anos eram suficientes para estar aqui. Minha mãe tinha apenas alguns meses. Eu não ficaria sem ela.

6.

- Helena, você viu que saiu o resultado do ENEM? – minha mãe disse entrando na sala. Sua voz rouca, quase um suspiro. Eu estava espalhada na mesa, fazendo contas, cortando aqui, puxando ali, tentando cobrir todas as despesas que tínhamos. Eu sentia como se estivesse esticando um elástico para passar por uma cama. Em algum momento ia arrebentar e me machucar, mas eu não tinha escolha a não ser continuar puxando.

- Não, mãe, eu tô fazendo conta, não vou parar agora pra ver isso. E você sabe que eu não me importo mais.

- Mas minha filha...

- Mãe, eu tô tentando desde os 18. Você acha que vai ser agora, logo quando a gente tá na merda, que vai acontecer? Que que eu vou fazer com isso?

Minha mãe fez bico e fechou a cara. Ela iria superar. Ou não, o tempo que tínhamos era curto demais para ficarmos brigadas. Ouvi os seus passos voltando para o quarto.

Suspirei.

Continuei.

7.

Ando muito estressada. Não tenho amigos para desabafar, compartilhar um pouco do fardo. Este papel e caneta têm virado meus melhores amigos neste processo doentio. Desde a piora na saúde da minha mãe até a minha própria cabeça em desalinho. Eu desabafo aqui, e meu peito alivia um pouquinho.

Para além disso, o que eu posso fazer é achar formas de me desestressar, e assim eu faço com os livros. Desde sempre eles me acompanham. Os livros eram meus amigos, companheiros de brincadeira, irmãos de traquinagem infantil. Agora, na vida adulta, eu continuava vivendo através dos livros. Embarcava em aventuras, romances avassaladores, morria mil vezes. A ideia que tive de planejar a minha morte me veio de um dos meus livros favoritos, de um personagem de pouca coragem. Como ele, eu não me sentia das mais corajosas criaturas. Mas eu ainda tinha o tempo de construir essa coragem, pelo menos isso. Sigamos.

8.

Em uma dessas semanas em que o turbilhão de compromissos faz um esforço hercúleo de me engolir, ouvi o uivo de minha mãe vindo do quarto e o meu sangue gelou. Meu deus, e agora? O que que eu vou fazer?

- Mãe? – minha voz falhou, como se a doente fosse eu. Corri para o quarto. Que percurso longo de uma casa tão pequena, da nossa pequena cozinha para o quarto que dividíamos.

A cena que encontrei era assustadora. Minha mãe sentada na beira da cama, tossindo e chorando, celular apertado na mão esquerda.

- Calma, mãe, respira. Peraí, deixa eu pegar água. – Minha mãe segurou meu pulso com força.

- Espera – a voz quase sem som. – Olha aqui – ela me mostra a tela do celular. Meu nome escrito em negrito, letras garrafais.

"Helena da Silva". Eu fui aprovada no vestibular. Finalmente!

- Você passou, minha filha, finalmente! Você passou! – Minha mãe continuava tossindo e chorando. A voz dela continuava quase sem som... mas seus olhos brilhavam como um fio d´água sob o sol de meio-dia.

Minha mãe estava feliz.

9.

Os procedimentos de matrícula em uma universidade pública eram cheios de burocracia. Por ordem expressa de minha mãe eu tive que, além de todas as minhas outras responsabilidades, correr atrás dos documentos necessários para me inscrever em uma universidade que eu sabia que não iria completar. Para apaziguá-la, lá fui eu catar um boletim escolar aqui, um diploma ali. Tudo dentro de um prazo específico, entregue num local específico, no formato específico. Caso contrário, minha vaga passaria para outra pessoa.

- Ai de você se me perde uma oportunidade dessas, Helena! - Minha mãe soltou, enquanto eu fechava os documentos em uma pasta para levar pessoalmente até a faculdade do curso de licenciatura em que eu queria me inscrever.

- Pode deixar, mamãe, eu vou fazer a matrícula direito, calma. Vai deitar, descansa.

- Eu estou ótima, Helena, ótima! Estou me sentindo uma nova mulher! Acho que os tratamentos paliativos estão finalmente fazendo efeito! Olha, até a minha voz tá saindo melhor! Eu vou viver mais 100 anos! Vou viver para te ver formada professora, por uma universidade pública!!!! - disse ela, segurando meu rosto com carinho e sorrindo.

De fato, minha mãe estava com a aparência melhor, mais saudável, mais disposta. Depois de uma semana inteira vomitando tudo que comia, nos últimos dias ela se mostrava com mais vitalidade, com mais energia. Uma ponta de esperança apontava no meu coração. Tudo bem, eu estava fazendo a inscrição para apetecer minha mãe, mas entrar numa universidade pública, virar professora, sempre foi meu maior sonho. Levar o amor pela leitura para as crianças e para os adolescentes, o mesmo amor que eu tinha pelos livros, era um sonho que parecia quase impossível nessa altura do campeonato. Ver minha mãe com mais vigor me fez reacender uma chama, quão pequena e tímida fosse, de que talvez, quem sabe, eu conseguisse viver o suficiente para ver esse sonho realizado.

- Vai com Deus, filha. Que os santos guiem seu caminho e que os anjos te protejam.

Com a bênção dela eu saí. Ela estava bem, eu estava razoavelmente feliz. A esperança de fato é a última a morrer.

10.

O negócio dentro da faculdade era um pouco caótico. O prédio era grande e de largos corredores, o campus, muito bonito, com um gramado grande e com muitas árvores frondosas. Mas dentro da construção, os corredores pareciam caminhos de formigueiro, com pessoas andando para cima e para baixo em uma energia de excitação quase tangível. Muitos adolescentes animados, alguns rostos mais velhos de pais de adolescentes. Alguns ainda com a mesma animação dos adolescentes estampada no rosto. Cruzei com um senhor com caminhos de lágrimas na pele escura. Surpresa, me peguei observando-o com mais afinco e vi o sorriso encabulado despontando no seu rosto. Descobri depois que ele carregava a mesma folha que eu recebi após entregar meus documentos de matrícula na secretaria, então eu entendi o porquê daquele choro. Aquele senhor, como eu, estava realizando um sonho de anos, provavelmente mais anos do que os meus. A felicidade estampada no rosto curtido de um trabalhador sempre foi algo muito caro de observar para mim. Desde vê-la refletida no rosto castigado pela doença de minha mãe, a animação dela quando me viu aprovada no vestibular. De outras vezes, no riso fácil de vizinhos amigos de minha mãe, de meus avós já falecidos. A alegria de uma pessoa mais velha de vida difícil é mais rara do que as pedras mais preciosas que as entranhas da terra pudessem produzir.

11.

Depois da inscrição, uma jovem me abordou, me deu os parabéns por ser a nova caloura de licenciatura da faculdade e me convidou para participar das atividades da calourada. Sorri e ensaiei um não, mas me contive antes de dizer qualquer coisa. Minha mãe estava bem, eu não tinha a urgência nem de voltar para casa nem de cuidar dela. Qual o motivo de não querer participar de um espaço que também era para mim?

Acenei e segui a menina para uma roda de conversa. Muita animação, muitos gritos de excitação, muita juventude.

Me senti uma velha caquética. Foi incrível. A energia daquela roda de novidades foi tão contagiante que eu, muitas vezes, me peguei rindo, gargalhando timidamente com certas tiradas. Me senti em comunhão com aquelas pessoas, mesmo ouvindo coisas tão diversas de pessoas tão visível e audivelmente diferentes.

- E você aí atrás, você de cinza! Qual o seu nome?

Era para mim que apontavam. Eu desfiz o sorriso de imediato. E agora? Queriam que eu falasse? O que eu poderia falar? O que eu poderia dizer sobre mim mesma?

Eu não queria falar sobre minha mãe, era íntimo demais para abrir para uma roda de pessoas que eu nunca vira. Então o que eu poderia dizer? Quem era eu sem o que a minha mãe era? O que eu era?

Acho que demorei tempo demais para responder, um riso de nervoso dominou a roda por um momento.

Qual havia sido a pergunta? Ah, sim!

- Helena. Como a de Troia.

- Legal, Helena de Troia! Você já causou alguma guerra?

- Nunca! Mas quem sabe um dia? - eu disse, sem pensar, causando alguns risos. Que estranha essa sensação de ser a responsável pelo divertimento alheio. De uma piada tão comum que fazíamos em casa, entre eu e minha mãe, para um grupo de pessoas diferentes. Aqueceu um pouquinho o meu peito.

- Ótimo Helena! Quantos anos você tem?

- 27.

- E você ri em algum momento, Helena?

- Só com uma boa piada, internamente. - Eu soltei mais uma vez, sem muito pensar, causando novos risos.

- Bem-vinda então, Helena!

Eu assenti e finalmente sorri para a minha interlocutora, uma menina de aparência um pouco mais velha do que a da roda.

Suspirei aliviada, havia conseguido quebrar um pouco a minha bolha de timidez.

Havia sido um bom dia.

12.

Minha mãe morreu. Não sei como explicar o que aconteceu, não sei como me sentir, não sei nem o que sentir. Só sei que minha mãe morreu. A dor lateja na minha cabeça e abre um buraco violento no meu peito. Meu deus, ela morreu e eu estou sozinha nessa casa, nessa vida, nesse mundo. Me falha a memória neste momento. Lembro de poucas partes daquele dia fatídico, a vista turva só de tentar lembrar. Do que eu lembro são partes, uma miscelânea de cenas em relativa sequência temporal. Me lembro do rosto daquele senhor negro, das interações na roda de calouros, dos risos provocados por mim. Também me lembro de chegar em casa animada, de esperar encontrar minha mãe feliz e pensar em sentar com ela para contar todas as coisas novas que eu tinha visto e vivenciado. O que eu encontrei foi ela caída no chão da cozinha, olhos fechados como se estivesse dormindo. Ela parecia tão pequena, tão mirrada sobre o ladrilho branco simples. A doença havia tirado boa parte de suas carnes, a morte havia tirado o resto. Toda a energia vital que circundava minha mãe como uma aura estava ausente. Eu suspirei e como numa piscada de olhos, eu vi o giroflex da ambulância diminuindo a distância, carregando o corpo dela, deixando aqui só o vazio da ausência. Depois disso só mais papéis, caixas, assinaturas. Confirmar a morte dela, a causa do câncer avançado, falência múltipla dos órgãos. Me disseram que ela havia se sentido bem porque era comum o corpo ter um último suspiro de energia antes de morrer completamente. Olhei minha casa vazia, tudo arrumado do jeito que eu havia deixado. Não tinha mais ninguém para mexer ali agora. Procurei o frasco que eu havia guardado. Um remédio de farmácia, macerado. Em altas doses, me levaria exatamente ao ponto onde eu queria estar. Respirei fundo, fiz um café, coei. Adicionei o pó branco do frasco. Até breve mãe. Ouvi um barulho no quarto. Alguma coisa caindo. Olhei de novo para o café, mas agora estava intrigada. Fui ver o que era. Quando cheguei lá, estava no chão o pente da minha mãe. Nada muito chique, apenas um pente simples de plástico que ela usava para se pentear todas as manhãs. Eu agachei para resgatá-lo do chão, alguns fios ainda presos nele. Ainda tinha o cheiro dela. Eu não percebi quando meus joelhos bateram no chão, mas as lágrimas que molhavam minhas bochechas foram notadas. Pela primeira vez desde que eu a encontrei caída no chão eu chorei. Copiosamente. Acho que a ficha tinha caído.

13.

Quase não fui naquele primeiro dia de aulas. Estava indo como um último desejo de minha mãe, mas também estava convencida de que pararia ali, que não voltaria mais àquele lugar. Ela havia me pedido e eu jamais lhe negaria qualquer coisa em sã consciência. Por isso estava ali, com toda aquela gente de energia caótica. Todos muito felizes, muito agitados e muito barulhentos. Eu entendia o porquê, é claro. Passar no vestibular de uma universidade pública era algo muito difícil, um privilégio para poucos. Essa galera barulhenta sabia o quão difícil era, do mesmo jeito que eu também sabia. A diferença entre nós é que estávamos em pontas diferentes da vida.

Era interessante vê-los enérgicos assim. Vibrantes e cheios de vida, como se fosse um show particular para mim, seja na tentativa de me convencer que as coisas podiam ser melhores ou na celebração de tudo que eu havia vivido até aqui. Tentativa válida mas vã, eu ainda estava decidida a terminar tudo hoje.

Até eu tropeçar nela.

- Ah, me desculpa! – ela começou, se segurando nos meus braços ao mesmo tempo em que tentava não cair. Pés descalços, cabelos soltos, blusa manchada de tinta branca. – Eu te machuquei?

- Porra, Carolina, tu foi tropeçar logo na Helena de Troia! Vai que a caloura resolve começar uma guerra por sua causa! – gritou uma outra menina por trás da Carolina, rindo. Carolina riu também, apertando seus olhos. Olhos de cigana.

- Eu tô descalça, desculpa! Fico meio atrapalhada sem sapatos! – Ela continuou rindo para mim enquanto eu só conseguia balançar a cabeça assentindo, como se eu a conhecesse e estivesse concordando com sua própria descoordenação. Carolina não havia me soltado ainda.

- Tudo bem? Por que te chamam de Helena de Troia? - Dei de ombros. – É o seu nome? Você fala? Sabe libras? – ela disse enquanto gesticulava com as mãos. Achei a cena tão absurda que me foi difícil entender a sequência de fatos que se desenrolavam na minha frente. Por que essa menina descabelada estava gesticulando para mim?

- O que você está fazendo? – eu murmurei absolutamente confusa.

- Falando em libras!

- Por quê?

- Porque você não fala!

- Mas eu tô falando!

- Ah! – As mãos dela repousaram nos quadris e senti uma enorme vontade de rir. De um jeito que não sentia há tanto tempo que me foi um tanto assustador. Veio borbulhando do pé do estômago, escalando pelo meu esôfago até eu sentir como se quisesse vomitar, e quando abri a boca uma gargalhada saiu, alta e sonora, como um arroto que se solta logo depois de tomar o gole de um refrigerante bem gelado.

Eu ri e ri. Tanto que lágrimas invadiram meus olhos. Carolina gargalhou comigo, em uma risada fácil, gostosa, simples.

Pela primeira vez desde a morte da minha mãe, eu não estava mais sozinha.

Ela estava comigo.

O MACHADO DA ZONA OESTE CARIOCA

Viajante Lírico

É cria de Paciência, na zona oeste carioca, e um representante da poesia falada e da literatura periférica. É arte-educador, poeta, escritor, MC, ator, fotógrafo, filmmaker, produtor cultural, comunicador popular, artista do selo Marginow, co-fundador do Portal Comunicria e do Movimento Organizado de Valorização Artística (MOVA).

Na ladeira íngreme do cotidiano
Ele desce e pega o trem lotado
Carregando o peso da vida
A dor das feridas e do que tem passado

Mas com o sorriso no rosto
Ele segue seu corre e não joga a toalha
Com a certeza de quem conhece a justiça
De Xangô, orixá de batalha
A força que vem dos terreiros,
Das suas raízes de origem na favela

Fazem guerreiras e guerreiros
Que de cabeça em pé vencem as mazelas

São os comerciantes parceiros
O mototáxi ligeiro, o entregador, o vassoureiro
As matriarcas da comunidade
Que deram vida a esse povo brasileiro

É o senhorzinho com seu chapéu de palha
É o barbeiro que faz o disfarce na navalha
O caldo de cana desce geladão
E quem anda com fé sabe que ela não falha

Nos vagões, sonhos amassados
Entre corpos apertados ele sabe
Que é na correria do dia a dia
Onde cada desafio vira aprendizado

Nas esquinas onde a ginga nunca para
O povo dança, mesmo quando a vida pesa
O batuque da alma não silencia
E faz do samba terapia, uma reza

No coração da Zona Oeste
Os fios de contas brilham como esperança
Os filhos de Oxalá carregam o axé
Contra as marés da intolerância

Na avenida que é de celebração
Mas também é memória de quem veio antes
É uma ginga em cada andar
E em cada olhar alegria marca o semblante

Escreve sua história nos trilhos do subúrbio
Na poesia dos dias difíceis
Nas raízes das quebradas
Nascem os heróis invisíveis

Periferia é o fundamento
E humildade é disciplina
Seja na mesa de bar, entre os bambas no samba
E na roda de rima

Os sonhos encontram morada na palavra
E a voz ecoa ao som do batidão
O grito é forte, nunca foi sorte
E sim resistência contra a opressão

Na laje improvisada, o DJ se arma
Vinil girando, sampleando o som
É o ritmo frenético que move a quebrada
Então aumenta o volume que é 'rap du bom'

É o som que denuncia o aperto
E explana o subúrbio que a cidade não vê
A luta que rompe o concreto
E transforma dor em poder

Enfrentando a desigualdade
A falta de oportunidades e o racismo do Estado
Juventude favelada é brilhante, um diamante
Esculpido a Machado

Ibejada com lápis na mão
Poetiza esperança e cria o imaginário
Seus versos são como um abraço
E marca o compasso do itinerário

O sorriso da inocência faz nascer o sol
Que desperta esse povo potente
E essa luz é o que guia o caminho
Se tornando pilar pra essa gente

No trilho de ferro, ele segue seu rumo
Cada estação, um pedaço de luta
Resistindo, na cara, coragem, no prumo
Sua família no peito e o foco na labuta

Ele confia no processo, constrói e refaz
Não olha pra trás e bota fé no caminho
Na favela que o abraça, onde aprendeu a viver
É o lugar onde ele não está sozinho

Ele é cria do Rio, raiz e calor
Verso na pele, na voz, o ardor
De quem sente o peso, mas nunca recua
Nas quebradas que ama, onde o sonho flutua

A chuteira no fio revela o esporte
O caramelo que se tornou mascote
É a rotina que pulsa na simplicidade
E a sensibilidade do mundo ao norte

Com a malandragem carioca
Ele quer tudo como quem não quer nada
Conexão entre o morro e o asfalto
Se comunica e aproxima as encruzilhadas

Sabe chegar e sabe sair
Joga o jogo, pode acreditar
Cria suas redes, se cerca de pessoas
E tem todos os lugares possíveis pra ocupar

Esse é o poeta das ruas
E da comunicação
Mestre do improviso
Da palavra e da ação

Aprendeu que o papo não faz curva
E vale o que tá escrito
Por isso ele faz da poesia
O seu maior feitiço

Assim percorre o poeta
Sem perder a sua essência
Sabe que pra toda Providência
Haverá de existir Paciência

Na literatura e na vida
Ele segue seu proceder
Com o machado que não falha...
Kaô kabecilê!

O BRUXO DA QUEBRADA

Vitória Machado da Costa / Preta Lírica

É cria da Baixada Fluminense, São João de Meriti. Tem 24 anos e é estudante de Letras/Espanhol pela UERJ. Possui formação como Normalista e se arrisca nos ofícios de escrever e declamar. Cria do Slam BXD (Duque de Caxias), encontrou a poesia à medida que encontrou a sua eu artística, Preta Lírica, e faz da oratória a sua existência nesse mundo de Deus dará.

Minha mãe prosava sobre uma lenda de um tal de Joaquim Maria. Contava que a mãe da mãe dela contou para a mãe dela que contou pra ela e ela me contava. Dizia para eu tomar cuidado ao passar na porta do terreiro de Mãe Maria Inês. Ela tinha medo. Será que não era medo das entidades de mármore, dos padês que faziam ponto na encruzilhada ou do uivo do cachorro que ficava preso na casa que tinha sua parede encostada na do terreiro? Ela tinha medo da lenda urbana. Lembro do dia em que me contou bem baixinho, quase ao pé do ouvido, e sussurrava que isso não era assunto para se ter dentro de casa, pois trazia mau agouro e, mesmo assim, me contou.

Quando eu tinha quatorze anos, Mariana, minha mãe, versou que ouviu de Eugênia, minha avó materna, que o terreiro localizado entre a Rua Cosme Velho e Brás Cubas é um local misterioso. A idosa contava a esotérica história de um Pai de Santo do seu tempo de criança, o Pai Joaquim Maria. A vó contava que o religioso Joaquim Maria era bastante procurado por mulheres que não estavam felizes em seus relacionamentos ou por jovens vistas pela sociedade como encalhadas. Ambas pediam amarrações.

Minha avó chegou a presenciar com os seus próprios olhos em dia de gira: o sujeito Joaquim Maria segurava com força as duas mãos da jovem que solicitava a amarração a ser feita e pedia que voltasse depois, em outra ocasião. E elas indagavam: "Mas Pai Joaquim Maria, é só isso que o senhor tem a me dizer? É só isso?" O espanto no rosto das jovens era perceptível e um fenômeno recorrente nas giras de sábado. A casa contava com sete moças que, segundo o intercessor Joaquim Maria, se dispunham a resolver o mesmo problema... serem amadas por homens.

D. Eugênia contava que o homem era um macumbeiro dos bons, que aprendeu o ofício com o pai, Francisco, outro que entendia de mandinga. Iniciou o rebento no terreiro da Mãe Maria Leopoldina, no Morro do Livramento. A anciã também contava que o líder espiritual, em seus dias de descanso, desfrutava do prazer de sentar em sua cadeira de balanço e solicitava que algum rapaz que jogava bola na rua deixasse a calçada. De imediato, um dos sujeitos atendia e a brincadeira de pelota mudava de lugar. Nas minhas lembranças sobre o que a minha mãe me contou, a vizinhança tratava o guia espiritual com respeito.

Os bebuns que ciscavam no bar ao lado do terreiro colocavam cerveja para o Malandro ao pé do portão da casa. O boêmio esperava com gosto o cair da noite para matar a sede com os seus camaradas de copo. Depois de certo tempo, achavam injusto a companheira do cavalheiro não ter um agrado e compartilhavam a cachaça com a Dona da Rua.

O Bairro Jardim Helena estaria ao completo relento se não fosse pelos atos de bondade do religioso. O mentor era um velho carismático, sedutor com as palavras e pensava em cada passo dado. Também, né, era filho de Xangô. Era o único que colocava a cara pra bater no Bairro Jardim Helena. Reivindicava sobre as oportunidades de cursos que poderiam ser oferecidos pros jovens, sobre a precariedade das cestas básicas distribuídas aos moradores e sobre a falta de instruções aos camaradas que necessitavam dos auxílios sociais.

Sua ginga não discriminava ninguém. Em dia de sexta-feira apareciam homens, mulheres, travestidos, curumins, os mais velhos, os simpatizantes, os curiosos, até os ex-evangélicos e os misseiros de domingo. Ninguém escapava da magia daquele homem. Até que um dia chegou Carolina. Carolina era, aparentemente, uma mulher de origem cigana, trajava um longo vestido branco, tinha cabelos negros que caíam pelos ombros e um olhar oblíquo que vestia boa-fé.

Ela não participou do alvoroço da fila, esperou a sua vez com mansidão. Queria ser acudida por Deus e pelo homem Joaquim Maria.

– Qual é o nome da moça? — Os que presenciaram a cena contam que a dama cravou o olhar no sujeito com ardor.

– Sou Carolina Xavier, pai. Eu quero um filho. Um filho. Mas um filho só meu. E se ele tiver que ter um pai, que não seja o ciumento do meu marido, Bento. Quero uma criança para que eu possa viver uma vida de amor, mas sem o meu marido.

O intercessor pediu que ela o acompanhasse até um canto do terreiro. Solicitou o auxílio do médium Escobar. Juntos, rezaram um pai-nosso, uma ave-maria e um anjo-da-guarda.

Ao contrário das outras mulheres, que tinham como costume perguntar: "É só isso?", Carol agradeceu e beijou as mãos do guia espiritual. Ele a interrompeu.

– Não é necessário agradecer. Vá em paz, que o Senhor a acompanhe, mulher! – Carol assentiu com a cabeça e seguiu porta afora.

* * *

O batuque do tambor na casa do mentor comia solto. Yabás dançavam ao som do canto de proteção que era batucado pelo ogã.. A gira estava repleta de bênçãos. Os curumins corriam entre os adultos, que não se importavam, pois sabiam que estavam em casa, onde o rebento de um é de todos. O canto e as batidas nas palmas das mãos ecoavam com mais intensidade à medida que os participantes se sentiam envolvidos.

Pedra rolou pra Xangô lá na Pedreira, segura a pedra, meu Pai, na Cachoeira
Pedra rolou pra Xangô lá na Pedreira, segura a pedra, meu Pai, na Cachoeira

O líder batia forte com as mãos, estava de olhos fechados sentindo a presença de seu orixá regente, que era chamado ao solo sagrado. Houve um som de tiro e depois o baque de um corpo caído.

– A minha mulher! A minha mulher! Foi ele que engravidou a minha mulher?! Foi o Pai de Santo!

Era um desvario coletivo. Ninguém entendia nada. Homens e mulheres berrando, vozes infantis. As testemunhas do episódio se atiravam por caminhos opostos. Foi uma correria bruta.

* * *

Por um longo tempo o terreiro fica fechado. Por anos. Depois de toda a confusão, da morte do babalorixá, é a Mãe Maria Inês quem reabre o local. Quem dá vida onde brotou morte. Mas, se você parar pra pensar, vida e morte andam juntas. Uns ficam animados com a reabertura do terreiro. Surgem os curiosos, os praticantes, os não praticantes, os travestidos, os ex-evangélicos, os misseiros, os homens, as mulheres, os mais velhos e os simpatizantes. Outros temem. E não era medo das entidades de mármore, dos padês que faziam ponto na encruzilhada ou do uivo provocado pelo cachorro que ficava preso na casa que tinha sua parede encostada na do terreiro. Eles tinham medo da lenda urbana. A lenda do Pai Joaquim Maria.

Quando a ialorixá é questionada sobre a lenda de que o babá havia virado uma cobra coral, ela convida a pessoa a ir até o terreiro e ver com os seus próprios olhos. Muitos sentem medo. Outros, curiosidade. E têm os que ameaçam: dizem que se pegarem cobra ou macumbeiro fazendo o mal por aí é assunto de morte na certa. Incrédulos! Não acreditam nem no primeiro mandamento de Cristo.

* * *

É mais um dia de gira. A religiosa prepara a casa, acende uma vela branca ao pé do portão e o deixa entreaberto para quem chegar. Da rua, é perceptível o som que ecoa dentro do terreiro:

> *Pedra rolou pra Xangô lá na Pedreira, segura a pedra, meu Pai, na Cachoeira*
>
> *Pedra rolou pra Xangô lá na Pedreira, segura a pedra, meu Pai, na Cachoeira*

A cantoria entona forte. Um homem cabisbaixo pede licença para a ialorixá. A líder segura firme em sua mão.

– Diga com fé, meu filho, Xangô lhe ajudará. – Nota que a mão dele transpira.

– Mãe... Mãe Maria Inês, eu te peço desculpas... matei um homem. – Ela suspira.

– Meu filho, vá até o início da mata que fica à frente do terreiro e busque erva de aroeira. – O homem estava prestes a se levantar, quando ela o indaga.

– Filho, qual é o seu nome? – Antes que o homem possa responder, a Mãe de Santo entranha a bola ocular no ínfimo de humanidade da criatura em sua frente. A sensitividade que carrega em seu sangue, vinda de seus antepassados, a solicita que a balança deixe de pender. Se você parar pra pensar, vida e morte andam juntas. Para morrer basta estar vivo.

– Bento.

> *Pedra rolou pra Xangô lá na Pedreira, segura a pedra, meu Pai, na Cachoeira*
>
> *Pedra rolou pra Xangô lá na Pedreira, segura a pedra, meu Pai, na Cachoeira*

A mãe da mãe da minha mãe contou para a mãe da minha mãe que não deu nem tempo dele sentir que foi engolido pela cobra-coral. A justiça foi feita.

Pedra rolou pra Xangô lá na Pedreira, segura a pedra, meu Pai, na Cachoeira

Pedra rolou pra Xangô lá na Pedreira, segura a pedra, meu Pai, na Cachoeira

OTÁVIO
UMA FERIDA ABERTA NO TEMPO

WALLACE CRUZ

Escritor, guitarrista, compositor, artista de rua nos trens, bares, praças e até grandes palcos, poeta, romântico, introvertido e leonino. Ainda criança juntava palavras e versava, por influência do meu pai e tia. Na adolescência surgiam minhas primeiras bandinhas, ia afiando meus versos e rimas, sem perceber lapidava minha escrita. Mais maduro a coisa ficou mais consistente, com a Banda Gente participei do coletivo Baixada Nunca se Rende em 2017 e uma de minhas letras (Rede) circulou o mundo no projeto da ONU Música para Avançar no Desenvolvimento Sustentável, representando a ODS 16, gravada em Documentário e exibida em diversos países. Além disso, com a banda ganhei festivais de música e como já era letrista, bastava um pulo pra literatura. E foi assim, quase que de repente, com a escrita estreitei meu laço, foi positivo e surpreendente. Quero escrever sobre as experiências que noto ao olhar o mundo, o ser humano é a base do conteúdo, é complexo para além do dual, contraditório, temível, profundo.

Na parede o relógio apontava 11h30, um objeto formidável, trabalhado em madeira, com os ponteiros de ferro e com números romanos, fabricado no final do século XIX. Ele também tinha um pêndulo e sua estrutura contava com uma portinha de vidro, como se guardasse o tempo. Era um relógio de família, dessas que tinham seus empreendimentos ligados a terras.

Otávio se sentava em sua poltrona na sala e gastava seu tempo olhando o tal relógio, acompanhado de uma xícara de café italiano feito no Brasil e das memórias de histórias que ouvia na infância. A casa de Otávio ficava na rua Primeiro de Março, uma herança de família, dos tempos dourados, onde as bênçãos do trabalho tinham lá sua recompensa.

Otávio já passava dos quarenta, abandonou há pouco um curso de advocacia, mas isso não o colocava à prova; tinha uma santa mãe que o garantia. Apesar dos confortos e de dispor de tempo pra desfrutar a vida, Otávio tinha uma enfermidade, uma ferida aberta e horrenda no pescoço e apesar de não ser discreta ninguém falava nada sobre ela. Algumas vezes precisou ir ao médico pra fazer exames de rotina, mas a ferida nunca foi tratada: pomadas não foram receitadas, nem limpa com soro e nem usou ataduras. Estava lá exposta, podre, cheia de pus, cheirando mal, feito Lázaro ao terceiro dia antes de ser ressuscitado por Jesus. A tal ferida era hereditária, estava na família por gerações, tanto por parte de pai quanto por parte de mãe.

Otávio era bonito de rosto (vamos ignorar a ferida aberta e putrefata por ora), físico magro, porte médio, pouco carismático, mas mesmo assim sempre tinha companhia em volta, amigos que o abraçavam e garotas dispostas ao compromisso amoroso. Otávio era convidado para muitas festas, gostava de usar álcool e vez ou outra fumava o tabaco e as ervas que circulavam à livre disposição de quem as desejasse. Mas o álcool era a melhor delas na opinião deste ser, que não tinha muitas habilidades sociais: no lugar de letárgico, ficava desinibido, mais disposto a aventuras. Às vezes pegava nos braços das moças que serviam drinks nas festas e dançava com elas. As moças quase sempre mostravam desconforto, tentavam manter alguma distância no corpo a corpo, algumas enjoavam, mesmo com ânsia de vômito mantinham o carisma, uma mistura de profissionalismo e agonia. Otávio percebia uma certa discrepância entre as trabalhadoras e as pessoas do seu convívio, a postura mais rígida, o olhar mais atento, uma ansiedade latente, observava desconfiando de algo não dito, e assim, foi se interessando em uma moça que parecia o rejeitar, ela tinha um crespo cabelo trançado, pele preta, e com um olhar de dignidade constrangedor com o qual Otávio não estava acostumado. Mesmo que ela tentasse disfarçar, ele notava mais e mais toda aquela repulsa, e quanto mais o nojo, mais ele se atraía.

Otávio se via atraído por essa mulher, que o fazia se sentir repugnante. Era como se algo viesse à tona, algo que sempre esteve ali com ele, camuflado, incompreendido e finalmente pudesse se mostrar. Sentia que estava perto e que era sua chance de compreender tal sensação. A moça disfarçava outros afazeres evitando contato, atendia outros clientes, sumia das vistas de Otávio. Se chamava Ivana, uma mulher ativa e sóbria, apesar de beber um pouco nos intervalos da festa. Bebia pra suportar o cheiro de alguns frequentadores como Otávio. Dizia consigo, o que me dizem não é elogio, o que me dizem é escárnio, me obrigam a sorrir enquanto quase vomito, e quando estou a servir, me olham de todo jeito, como eu queria que essa gente sentisse o próprio cheiro.

Otávio mais uma vez se aproxima, faz elogios, pergunta o nome de Ivana. Ela responde com educação, mas diz não poder dar atenção, pois está cheia de serviço. Otávio fala, não seja por isso, o dono aqui é meu amigo, não precisa fazer mais nada, só me faça companhia. Ivana ergueu a cabeça altiva olhando no rosto de Otávio, disse sem a menor simpatia, por que eu deveria deixar meu trabalho pra atender seu capricho? Otávio ficou surpreendido, sentia os papéis invertidos, dizia por dentro, quem você pensa que é pra falar assim comigo, mas por fora tentava manter a calma, estava mexido e com o orgulho ferido, respirou fundo, ajeitou a gola da camisa, olhou pra Ivana com o rosto vermelho, estava desconcertado. Otávio pergunta pra Ivana, por que você me rejeita? Ivana não disfarça, vai ao ponto e diz, você tem uma ferida no pescoço, aberta e horrenda, fedendo a carniça. Otávio reage dizendo que Ivana perdeu a sanidade, que gente como ela só presta servindo bebida. Ivana avança pra cima, tentando acertar um tapa, acaba botando um dedo na ferida, Otávio se perturba, ela o agarra e não solta, vai colocando mais um dedo, o pus vai escorrendo, a ferida se abrindo, Otávio começa a enjoar com o próprio cheiro, Ivana enfia mais um dedo, Otávio urra de dor e desconforto, pede pra que ela o solte, Ivana enfia a mão inteira, o sangue escorre lavando a ferida, aliviando o mau odor, Otávio agora entendia...

O AVESSO DO ESPELHO – LEITURAS DAS RELAÇÕES EM DOM CASMURRO

Yasmin El-Hage

É árabe suburbana, professora e multiartista. Dançarina de cabarés e violonista de roda de samba, caiu nos encantos das ruas bem cedo, o que a levou a aprender a ouvir suas histórias com muito respeito e admiração. Mestre em Ciência da Literatura, é por entre as palavras que se protege do caos cotidiano e também com elas que se arma dos mais firmes e bonitos saberes. Segue cinicamente deslumbrada com a vida e suas possibilidades.

A primeira vez em que li a frase de Marilyn Frye, que diz que a relação entre homens heterossexuais é homoafetiva, senti um clarão se abrir dentro da mente. Busquei por todas as histórias por mim vividas, assistidas e lidas em um movimento frenético de revisão moral, compreendendo melhor o que antes me escapara e, ao mesmo tempo, questionando muitas das coisas em que já acreditei. Por entre esses devaneios, estacionei a mente em meu livro preferido e a relação que, nele, sempre me pareceu muito mais central do que aquela que gerara inúmeros tribunais escolares armados em defesa de seus personagens: Bentinho e Escobar em Dom Casmurro.

Começo por dizer que este texto não traja cartola emplumada ou bengala de prata, mas sim vestes esvoaçantes e despretensiosas, como as que farfalham e angariam curiosidades. É um grandíssimo "e se", pensando possíveis leituras para um livro já consagrado, mas também visto a partir de um viés - ouso dizer - engessado e que pouco considera um aspecto que entendo enquanto fundamental nas obras de Machado: ele era um homem negro e sua existência foi atravessada por isso. Não escrevo afirmações, mas questionamentos, a fim de traçar uma jornada sem rumo definido, junto a você, explorando as implicações de uma leitura racializada da obra de meu admirado Machadinho.

Pois então, sinta-se livre, caro leitor contrariado, para discordar da minha audácia. Acolho contestações, pois considero que não há melhor forma de aperfeiçoar minha retórica. Assim, caso sinta a necessidade de romper a unilateralidade deste debate, assino meu texto com prazer à espera de que traga questionamentos que me perturbem o sono.

Sempre considerei curiosa a relação entre Bento e Escobar, porque, cá entre nós, Bentinho se perdia entre as letras e rasgava elogios a seu amigo de forma que nem mesmo Capitu, seu suposto grande amor, recebera. Porém, dizia-se que eram apenas amigos, em uma suposição que aceita a heterossexualidade enquanto norma. Um pouco como aqueles quadros antigos de mulheres fazendo sexo onde lê-se em análises: melhores amigas em atividade desconhecida. Porém, pouco me interessa a sexualidade de Dom Casmurro ou de seu grande amigo em si. Proponho-me apenas a ler o que nos foi entregue de forma menos marcada por leituras sociais dicotômicas e que não dão conta da complexidade do real.

Creio ser Escobar o objeto do afeto e admiração de Bento. Este não economizava ao exaltar seu imaginário rival, que colecionava qualidades das mais variadas, desde o sorriso largo às boas maneiras. Escobar, dizia Bentinho, o seduzia com as palavras, e fez-se entrando em sua confiança, empurrou as portas da alma do amigo mais jovem e lá ficou.

O galante traíra não estava distante do próprio narrador: refletia-o. Ambos moços seminaristas com desejos de conhecer outras vidas; homens brancos; com certa condição financeira – Bento, talvez, pouco mais que o amigo, que parecia sempre interessado em suas finanças, mas que logo desconversava e se colocava enquanto igual. Dentro dessa relação, a admiração é quase narcísica. Bento andava na corda bamba não de Capitu – conforme coloca a minissérie feita em seu nome – e sim do seu próprio desejo, equilibrando-se entre o ser e o querer.

E Capitu nisso tudo? Acredito que a relação com a moça seja de outra ordem. Bento tenta, em vão, controlá-la. É ressentido com a possibilidade de Capitu não ter feito exatamente o que ele queria, ainda que não saibamos – diante de um narrador estudado para ser padre e advogado, que nos conduz por entre os fatos a partir de seus recortes tendenciosos e suas envolventes palavras – o que de fato ocorrera. Entretanto, se Escobar era o afeto de Bentinho, Capitu, em minha leitura cínica e assumidamente subjetiva, era propriedade.

Veja bem, Bento era um homem branco e bem-sucedido de seu tempo. Desses que, desde o nome, se veem próximos ao divino, tamanho o ego e a capacidade de não se verem como realmente são: hipócritas, exploradores, escravagistas. "Bentinho", tal qual tantos homens adultos e irresponsáveis chamados pelo diminutivo diante de sua condição gravíssima de homem, age até o fim como um garoto que perdeu seu brinquedo preferido e agora chora e bate os pés no chão em frustração e raiva.

Bento trata Capitu como posse. Não a admira, não a quer livre. O lugar da moça, em sua ótica, é subjugada ao seu poder. Esse é justamente o sentimento a ser investigado enquanto pista de quem verdadeiramente é Capitu. É dito no livro que ela usa roupas remendadas por si mesma e que não tem a mesma condição financeira que seu vizinho. O pai, Pádua, é descrito como um homem de bom coração e companhias duvidosas, que comprara a casa em que viviam com o prêmio de um bilhete de loteria. Ganhara um pouco mais de dinheiro por um tempo ao substituir um colega de trabalho que, ao voltar, quase levou Pádua a dar fim de sua vida diante da mudança financeira brusca. Ao recuperar-se, Pádua adquire gosto por negócios domésticos e passarinhos. Capitu, então, assume em casa função pouco comum a uma dama da época, sendo, ainda jovem, envolvida nas finanças de casa.

Em uma cena, Bentinho compra cocadas para a menina, que parece se incomodar com o fato de não poder pagá-las sozinha. Ela recusa o doce presenteado e ele não compreende suas razões. Há, então, duas questões a serem consideradas ao pensarmos em como Bento se relaciona com a moça: ele a vê como inferior, ao passo em que se incomoda com sua autonomia e inteligência desde o início da relação — "Capitu era Capitu, isto é, uma criatura mui particular, mais mulher do que eu era homem." Porém, ainda insisto em pensar: será isso o suficiente para todo o tratamento violento que ela recebera?

Talvez. Inegavelmente, o machismo de Bentinho já o faria espernear de frustração, o que o leva a tentar esmerilhar em Capitu tudo aquilo que ele não consegue ser, nem controlar. Poderíamos encerrar nossa leitura por aqui, mas a imagem difusa de Capitu não me escapa à mente e insisto em retornar nas poucas descrições que nos foram dadas em busca de mais.

Na famosa passagem de Dom Casmurro em que José Dias, o interesseiro agregado da família, crava o epíteto de Capitu enquanto dona de olhos "de cigana oblíqua e dissimulada", também sua família é mencionada de uma forma muito menos ambígua e poética. Contextualizando o trecho, José Dias e Bento caminhavam no Passeio Público a conversar, até que o mais velho puxa assunto sobre "a gente Pádua", a família de Capitu. Diz José Dias que andar com o Pádua em si, quando Bentinho era criança, seria aceitável para a sociedade, já que ele poderia passar por criado. Porém, Bentinho moço, ao andar com ele, lhe daria certa confiança que sua mãe poderia não gostar. Ele, então, prossegue dizendo que a gente Pádua não era de todo má e fala dos olhos da menina e adiciona: "Pois, apesar deles, poderia passar, se não fosse a vaidade e a adulação." Poderia passar por criada. Capitu, se vista ao lado de Bentinho, poderia passar por criada dele, apesar de seus olhos de cigana oblíqua e dissimulada, mas suas atitudes indicavam que esse não era seu lugar.

Pensemos, então, quais características físicas são essas apresentadas pela moça, que a levariam a ser confundida com uma criada. Por que seus olhos são dignos de uma concessão, por que "apesar deles", ainda assim ela poderia ser vista de tal forma? E mais, como a vaidade e a adulação seriam marcadores de sua posição social?

Mais adulador que Capitu, com certeza era o próprio José Dias. Talvez por saber os efeitos que uma boa bajulação traz a um agregado, sentia-se ameaçado pela boa recepção da família de Albuquerque Santiago à moça. Quem sabe esperava de alguém como ela uma postura subalternizada, que sua dita vaidade a prevenia de assumir. Capitu colocava-se diante do mundo enquanto dona de si, ainda que sua aparência denotasse, para aquela sociedade escravocrata, que a menina poderia ser "criada".

Afinal, quem eram essas pessoas com as quais Capitu poderia ser confundida? De acordo com "Criados ou empregados? Sobre o trabalho doméstico na cidade do Rio de Janeiro no antes e no depois da abolição da escravidão", de Flavia Fernandes Souza, é alta a probabilidade de que fossem descendentes de africanos. Em seu estudo sobre o trabalho doméstico na época da escravidão, traz a informação de que o censo realizado em 1890, no Rio de Janeiro, apontava que "52,75% dos trabalhadores domésticos foram classificados como 'negros' e 'mestiços'". Já os "criados" de origem europeia configuravam apenas 16,54% do montante. Apresenta-se, então, uma chance de Maria Capitolina não ser uma menina branca como tantas capas de livros paradidáticos a fizeram parecer.

PALAVRAS DE FRED COELHO

Em todos os encontros de nossa oficina, era posta para o grupo de escritores a mesma pergunta: quem seria o Machado quebradeiro? Qual das múltiplas facetas do escritor carioca poderia ganhar a mobilidade, a inteligência urbana, a sagacidade das ruas e a liberdade de formas que um quebradeiro traz em suas escritas? A pergunta, evidentemente, era retórica. Não precisávamos atualizar Machado para os tempos atuais abrindo mão de sua história. Como o próprio autor nos ensinou em *Dom Casmurro,* não era necessário provar se o Machado quebradeiro já estava dentro do escritor de vida pessoal pacata no casarão do Cosme Velho. A ideia era entender, em sua vasta obra literária, se as quebradas podiam ser vistas nas entrelinhas de suas frases e palavras.

E o que seria ver as quebradas na obra de Machado? Era, justamente, lê-la pelos olhos dos quebradeiros. Debater, em prazerosos encontros, o que um autor do século XIX poderia nos dizer sobre as vidas de agora, as vidas que atravessam a cidade e que trazem experiências de diferentes vozes, diferentes formas e diferentes tons. No desejo de fazerem literatura, de transformarem essas vozes em textos, de criarem, através da narrativa, conversas íntimas com um autor canônico. Com abertura e questionamentos, com surpresas e sensibilidades, a turma produziu uma escuta generosa não só para os contos, poemas e romances de Machado de Assis, mas também para, principalmente, trocarem seus próprios textos. As leituras coletivas ampliavam os sentidos do que era escrito e ouvido, e cada texto autoral compartilhado fazia com que Machado se transformasse, sim, em um quebradeiro.

Afinal, as personagens que aparecem nessa parte da coletânea são, direta ou indiretamente, ligados ao mundo machadiano. Mundo esse que fomos construindo juntos em nossos encontros e leituras, na percepção do que, nessa obra, ainda ressoa no tempo presente. A loucura, o ciúme, as relações pessoais atravessadas pelas condições de classe, a percepção permanente de uma tensão racial em um país escravocrata, as ruas da cidade, foram eixos que detectamos desde de seu primeiro conto, publicado em 1858 com o título "Três tesouros perdidos". Lá, também já se encontra a verve ácida, o humor de canto de boca que tanto fez a fama do escritor. Na definição desses eixos e na leitura desses escritos pelo prisma sagaz de quem é quebradeiro, os contos foram surgindo em suas forças singulares de escrita. Vermes, armas, ciganas, distopias, relacionamentos e dores, correrias e crimes, epifanias e violências, irmãos e casais, tudo ganha nesses escritos o movimento da vida que, sem dúvida, faz sim de Machado, um quebradeiro.

E se Brás Cubas nos diz que seu saldo ao fim de suas memórias póstumas é positivo por não ter filhos e não transmitir ao mundo o legado de nossa miséria, após a publicação deste livro, ele pode retornar mais uma vez da morte para dizer que, dessa vez, o novo saldo positivo é ter novos escritores dando ao mundo o legado de nossas quebradas.

A VELHA E O MOÇO

ALAN MIRANDA

É cria da Cohab de Realengo. Capoeirista, iniciou a aprendizagem quando se tornou pai, a fim de legar mais riqueza à descendência. Ama os ritmos e as linguagens. Formado em jornalismo pela UFRRJ, já escreveu para a revista Piauí e teve uma reportagem utilizada no vestibular da UFJF. Em 2020 e 2023 participou das coletâneas de contos da Flup, em homenagem a Marcelo Yuka e Lima Barreto, respectivamente. Atuou como pesquisador e roteirista na série "A história de uma planta", para o canal GNT. É compositor e baterista da banda Ascendentes.

A história das coisas certamente compõe algumas páginas no livro da vida. Antes da gênese, há o sonho e a imaginação, pois todas as coisas são fruto de um desejo. Assim as armas tiveram sua ocasião de vir ao mundo. Talvez nem todos apreciem nosso valor, mas uma vez que existimos, fazemos parte do ciclo da vida e nos incorporamos rigorosamente à ordem natural, social e humana. Isso mesmo, sou uma arma. Na verdade, uma velha arma, munida de recordações e carregada de experiências. Ora, tudo que é velho morre, mas as memórias perpetuam as glórias.

Creio que seria pouco relevante explicar como me tornei vivente e memoriosa. Apenas garanto aos céticos que vivi o suficiente para saber desconfiar da razão. Por quarenta anos fui empregada por homens que depois dos quarenta nada aprenderam, pois já estavam forjados numa grossa placa de duro caráter e qualidade duvidosa. Com quarenta anos aprende-se o que se pode aprender na vida, depois o que resta são arrependimentos e conveniências. Posso assegurar que as coisas não apenas desfrutam do viver, como também o ponderam. Mas são circunstâncias que só se manifestam à sombra da dissimulação e do absurdo. A mágica vive nas histórias. Esta é a minha:

Com o primeiro fôlego tombei um corpo ao chão. Os olhos opacos e semicerrados. Eu firme, ainda em riste. Tudo estava claro. Minha existência, meu objetivo. Soube que o universo começou com uma explosão. Bang! – meu primeiro berro. Vi pouco mais que o semblante do meu alvo, notei que não usava camisa nem calçado. Jazido, era manso e inocente. Os colegas de Sérgio o parabenizaram com tapinhas nas costas e o levaram para comemorar, pois meu amigo também estava fazendo aniversário.

Quem era Sérgio? Ah, Sérgio! O primeiro a me empregar foi um jovem e sonhador sargento da Polícia Militar do Rio de Janeiro. Com o tempo cresceu, virou Tenente Sérgio. Homem sério e implacável, que por vinte anos fez valer nossa autoridade. Nasceu para combater o crime, que já naquela época se alastrava por todo o estado.

Há quarenta anos as favelas estavam crescendo e consequentemente a bandidagem. Minha função junto ao tenente era pôr ordem na bagunça, levar segurança pro povo. E "quanto menos bandido no mundo, melhor pro povo". Sérgio tinha tanta fé nisso, que não combatia o crime apenas nas operações oficiais. Filiou-se a um grupo de policiais justiceiros que caçava os criminosos nos becos, nas casas e nas madrugadas, para cortar o mal pela raiz. Em duas décadas sem passar nenhum dia longe de sua empunhadura, vi esse homem trabalhar com o mesmo brilho nos olhos do jovem sonhador que me trouxe à luz. Até chegar o dia em que a simples menção de seu nome inspirava tanto temor quanto minha presença. O que não aconteceu de uma hora pra outra, é claro, mas através de seu empenho – ou do nosso, se me dispensam a modéstia.

Criado nas ruas, Sérgio conhecia a língua da bandidagem, estava sempre "ligado". Mesmo no seu lazer, quando ouvia um moleque falando gíria de morro, ele já roçava meu cão e ficava escoltando pra pegar distraído. Ocasionalmente era bom otimizar a logística. Em vez de ir atrás dos viciados no varejo, Sérgio botava um informante na esquina anotando nome e endereço. Na temporada de caça, a gente entrava no carro e liquidava tudo numa noite só. O povo, com bom humor, nos apelidou de "carro da linguiça". Era importante deixar os corpos amanhecerem na rua para inibir os desavisados.

Homem de ação na hora da ação, mas também de dar ideia na hora da ideia, Sérgio socorria até nas questões domésticas. Era seu jeito de cuidar do bairro. Certa vez, um pastor muito seu amigo veio lhe pedir um favor. Ele me benzeu, disse que daquele momento em diante eu estava limpa de todo mal que tivesse praticado, que eu servia à mão da justiça, era guiada pelo sangue de Jesus. Um homem piedoso. Disse ainda que o bispo fazia muito gosto de um dia ver Sérgio vereador. Acho que Sérgio até sorriu. Após o rodeio, disse o favor: queria vingança – uma de minhas especialidades, diga-se – por uma traição no casamento. Fomos então à casa do pecador, botamos ele no carro e levamos pro meio do mato. Sérgio disse que não era caso sem jeito, o rapaz ganharia apenas um corretivo. Era um jovem rústico e avantajado. Pude constatar isso porque ele ficou nu para levar a coça. No início não queria, mas eu tenho o dom da persuasão. Chego no ouvidinho e digo clic!, eles mudam de ideia. Daí em diante eu só assisti à surra de perna de três. Tenho que admitir, ela não tem minha eficiência, mas é um pedaço de pau que tem seu valor. Se não fosse tão boa, não tinha emprego até hoje, nesses dias tão difíceis.

Nunca mais eu veria empregador como aquele. Anos após sua morte, cheguei a ouvir pelas ruas que, "na época do Sérgio, não era essa bagunça". Mas bem antes disso, fui encaminhada a um sucessor: Wilson, seu sobrinho. Assim como o tio, era policial, justiceiro e aspirava trilhar seus passos. O tenente contou como eu fui valiosa, confiável e amada por ele; narrou minhas glórias e seu legado. No dia em que Wilson celebrou o décimo terceiro homicídio, tornei-me seu presente. Sérgio gostava do treze, jogava sempre no galo.

O vigor da juventude é um sopro arrebatador. A serviço daquele homem, eu própria rejuvenescia. Wilson era um monstro! Tinha disposição para correr atrás de seus sonhos; crescia em carreira, fama e dinheiro. Tudo era familiar, embora o rapaz tivesse mais urgência do sucesso. Era muito bom no que fazia, mas também era maluco. Não chegaria aos quarenta anos para deixar um legado e nosso contrato se encerraria de modo trágico. Agora, antes que eu me deixe levar pela vertigem das lembranças, vejamos o momento crucial. Digo logo como este ciclo chegou ao fim.

Havia um cara chamado Peixão, que era responsável por uma parte importante da comunidade. Era bom de tiro, tinha moral com os moradores, dava muita dor de cabeça pro batalhão de Wilson. Nunca conseguiram tomar o morro que ele administrava. Numa dessas tentativas frustradas, Wilson foi baleado na perna, o que não apenas o tirou de combate como fez perder o legado de seu tio. Na fuga, fiquei para trás e terminei nas mãos de Peixão, fui conquistada, por assim dizer. Eu só podia me conformar com o novo emprego, a adaptação não seria um grande desafio. Os homens não são assim tão diferentes, eu descobriria.

Peixão comemorava a vitória, lançando meus disparos aos céus, quando seu telefone tocou.

– Quem é?

– Sou eu, seu arrombado!

Era Wilson que, ainda no hospital, ligava para ameaçar o inimigo.

– Fala, minha putinha perneta. Tá viva?

Sob a posse de Peixão, ouvi os dois trocando farpas como tiros. Wilson lhe fez duas promessas:

– Eu vou te matar aí dentro da favela e pegar minha peça de volta.

– Bota a cara, meleca! Vem que eu vou te matar com ela mermo.

Matar na própria casa, matar com a própria arma... Para homens movidos por poder e paixão, muitas vezes eliminar o inimigo não é o bastante: a humilhação é fundamental!

Morei na favela por breve período. O território não era exatamente novo pra mim, já o tinha invadido várias vezes, ali tombei inúmeras vítimas. Mas só agora, vivendo seu cotidiano, percebia que aquela gente era menos perigosa do que eu julgava. Agora, estando do outro lado do conflito, eu me sentia cercada, acuada. Não era o puro estado de alerta pelo espírito do combate, não era mais uma caça em que o maior revés é voltar sem a presa, mas uma vigília permanente, um cerco, uma paranoia. Segui sob meu novo trabalho de escoltar cargas, festejar gols e nascimentos, proteger o morro, enfim. Até que, cinco anos depois, Wilson cumpriu as promessas.

Conhecendo a peça, sabia que não foi por paciência que ele aguardou cinco anos por sua vingança. E sim porque Peixão não era um sujeito qualquer. Era agora dono do morro, segurança forte, armamento pesado. Tanto que não foi nenhuma brecha a noite em que meu resgate finalmente aconteceu, mas um rasgo que Wilson abriu com rajadas de fuzil. Junto ao seu homem de confiança, penetrou disfarçado na festa de aniversário de Peixão e o executou enquanto ele dançava com a mãe de seus filhos. Fuga complicada. Depois de me reconquistar, os agentes se meteram num blindado que suportou mais de oitenta tiros até que o caveirão viesse nos resgatar da chuva de balas que o morro derramava pela morte de seu dono. Não nego que me senti importante nesse dia.

Só o coronel é que não ficou muito contente.

– Porra! Tu tá maluco? Como é que tu me invade esse morro assim, rapá? Tu matou o cara que era frente, porra! Tu quer me fuder, caralho?

Wilson não se alarmou. Achava que era um esporro de praxe, por ter quebrado o protocolo. Afinal, que grande problema haveria em despachar meia dúzia de traficantes e favelados? O problema é que Peixão também era homem de diplomacia e, para amenizar as incursões policiais na sua favela, pagava por semana uma quantia generosa ao batalhão do coronel enlouquecido. Peixão também tinha amigos e eles queriam vingança.

Graças a um major chegado de Sérgio, Wilson soube que sua cabeça fora posta a prêmio por meio milhão de reais. O superior o aconselhou a sair dali antes que lhe arrumassem uma operação de emboscada. Wilson foi imediatamente negociar sua transferência com o coronel, que a princípio negou, disse que tudo estava perdoado, mas Wilson não estava convencido. Meio milhão era muito dinheiro. Insistiu e, graças à bênção do tio, conseguiu enfim a transferência. Foi encaminhado com o parceiro para um batalhão mais distante e nós retomamos a antiga rotina.

Não contávamos dez óbitos quando veio a fatídica operação. Um informante viu quatro caras armados entrando numa casa. A equipe local foi para contenção e a viatura de Wilson chegou em seguida. Nessas situações, eu era a última cartada. Aguardava minha vez no coldre, enquanto os fuzis cantavam na linha de frente. Seu parceiro deu uma pezada no portão e já ganhou um tiro de doze na cara, caindo estirado. Wilson pegou o atirador em cima da laje. Era um monstro pra matar! Quando tentou recuar e ganhar ângulo, sentiu um tranco no ombro e mais dois nas costas. Atrás dele, uma equipe. Chegou ainda vivo ao hospital, a voz ofegante, fazia força para falar. Agarrado a mim e ao braço da enfermeira, com as vísceras de fora, Wilson deu o último suspiro:

– Foi colega! Foi colega...

Algumas pessoas deliram no momento da morte. Pude ler esse pensamento no semblante dos policiais que o assistiram no leito. Já a esposa, aos prantos e berros, prometia fazer justiça e processar a corporação. Um agente teve que acalmá-la. Nesse mesmo dia, eu já tinha um novo emprego. Seu nome era Cláudio. Durante alguns anos foi o cão de caça de Sérgio. Estava prestes a assumir a segurança de uma região importante, tomada recentemente do tráfico. Sérgio me confiou aos seus cuidados e disse que eu lhe traria sorte e proteção.

Se Wilson era maluco, Cláudio era maluco e meio. Sua política era terror, porrada e chumbo, não necessariamente nessa ordem. Não podia ver esses moleques com cabelo pintado de loiro que enchia a cara de tapa. E como muitos não curtiam tomar tapa na cara, dali mesmo iam pro barbeiro raspar a cabeça, vários já nem pintavam. Com viciado fazia pior, o que era ótimo para sua missão de dominar a região, impondo moral. Afinal, nessa época as disputas de território eram ainda mais frenéticas. Com ele, fiz pra lá de mil disparos, trinta e nove óbitos. Meu cano de alma raiada sofreu em suas mãos quase tanta avaria quanto nos anos com Sérgio. Minha precisão estava comprometida, é verdade, mas não chegava a ser problema, já que nossa especialidade era o tiro certo.

Cláudio realmente só pecava pelo excesso. De tão brabo, passou a buscar o dinheiro do tráfico sozinho. Quer dizer, como posso explicar melhor? Vejam, em certas áreas onde os bandidos estavam muito bem plantados, era preciso atacar o bolso, sim, pois no bolso também machuca. Cobrava-se uma quantia para não ficar sufocando com operações. Assim, a justiça se cuidava dos riscos desnecessários e de quebra enfraquecia o poder de compra bélico do inimigo. Dois coelhos num tiro só. E olha que Cláudio nem era mais policial, embora ainda agisse como um.

Certa noite, jogando sinuca no pé do morro, mandou chamar um moleque pra pegar o dinheiro. O moleque desceu de mãos vazias, disse que o movimento estava fraco e pediu que ele voltasse no dia seguinte. Cláudio ficou revoltado. Enfiou três tapas na cara dele, ameaçou parar o tráfico se não entregassem o dinheiro imediatamente e largou mais um bico na bunda do garoto.

Na guerra, ameaçar a renda pode ser mais eficiente que cuspir fogo. O que Cláudio não contava é que, naquela noite, aliados de outra favela estavam no morro e acharam aquele esculacho um absurdo. Desceu uma turma de vinte cabeças trepada de pistola, fuzil e revólver. Fui sacada rapidamente, mas falhei no disparo. Não deu tempo de nada, a rajada veio e eu tombei no punho fechado de Cláudio. Recarregaram e deram mais tiro. Nunca me senti tão humilde. Cláudio virou um retalho de gente que nem a mãe reconheceria. Tentaram me tomar, mas seus dedos mortos ainda me apertavam. Lembrei algo que ele falava aos amigos: "Quando eu morrer, essa arma vai comigo." Os caras quebraram sua mão e me arrancaram dele, porém demoraram a me dar serviço. Em vez disso, fui parar no miolo da favela, para ser vendida numa barraquinha.

Ora, todo vaso quebra. Senti que entrava no fim de minha vida útil quando passei aos cuidados de ladrões, viciados e gente que não fazia jus ao meu potencial, nem podia arcar com minha manutenção. Bem diferente da época em que estive a serviço do poder público. As recordações me vinham como derradeiros suspiros pela existência. Na primeira vez, eu não entendi. Depois as falhas se sucederam. Percebi que estava ficando obsoleta, que cedo ou tarde seria descartada, quem sabe até selada em concreto, despachada num valão. Velha, não convinha mais à lei. Agora eu era ralé. Cheguei a ser roubada, perdida, até parar na mão de um cracudo e ser negociada de volta na boca em troca de pedra.

Foi quando encontrei aquele que seria meu último empregador. Da boca, fui entregue ao moleque que topou com Cláudio e acabou de cara torta. Ele agradeceu com um sorriso aflito. Soube então que ele nem mesmo era do tráfico, apenas fazia pequenos serviços, como levar recados e buscar comida. O traficante achou boa ideia me dar de presente a ele, talvez pra fazer um dinheiro, ou até como um consolo pelo tapa na cara. Mas um tapa na cara ninguém tira. Que dirá três. O problema é que quando alguma coisa já está fragilizada, qualquer descuido quebra. Pude perceber que aquele garoto padecia da mesma condição que eu. Ele também estava prestes a trincar.

Após algumas semanas de convívio, sabia mais sobre o rapaz. Chamava-se Isaque, morava num buraco onde mal cabia uma geladeira, um colchão e uma mesa; catava latas, levava recados e fazia outros bicos para sobreviver. As roupas surradas, o semblante penoso não ajudariam a conseguir algo melhor. Comia mal, às vezes almoçava um ou dois cigarros. Não tinha pais, nem filhos, os amigos quase não existiam, era um solitário. Para completar – e observem como certas fatalidades são oportunistas –, soube que a mãe dos filhos de Peixão, que morreu fuzilada enquanto dançava com ele, era a falecida irmã deste rapaz.

No quinto mês, Isaque finalmente me pôs nas ruas. Acordou tarde, vestiu um de seus melhores trapos. Diante do espelho, apontou-me para o reflexo de sua testa e ensaiou um disparo. Naquele estado, com uma única bala, eu sabia que se o bicho pegasse, ele levaria a pior. Temia por nós dois, sempre tive medo de ser apreendida. Quem sabe o que acontece com armas apreendidas? Meu trabalho talvez fosse apenas conquistar o que comer para a pobre criatura. Na rua, passamos por várias oportunidades, saidinha de banco, celulares, biroscas... Ele nada fez. No ônibus, tudo favorável, pagou a passagem, cedeu o lugar pra uma velha e desceu mais miserável do que entrou. Governada pela estranha covardia de Isaque, voltávamos para casa com fome.

Minha situação era grave. O garoto não tinha espírito de combate, seus olhos tinham a chama cansada. Conheço bem os olhos, encarei muitos alvos de frente. Os olhos brilham intensamente antes do último apagão. Já os seus eram dois abismos, dos quais emergiam lágrimas de grosso calibre, e o que transbordava era ódio. Conheço o ódio. No entanto, o seu era fraco porque estava diluído em melancolia.

Quanto mais tempo inerte, mais eu refletia. Pensava muito na vida e talvez por isso me sentia mais viva ou mais apegada a ela. Perguntava-me sobre o quanto poderia estender minha existência. Afinal uma arma existe para disparar um projétil. Se não é capaz disso, não é uma arma. Mas eu gostava de ser arma, gostava de existir. Toda criação é filha de seu criador. Assim como os homens descendem do Deus que anima o barro, eu era extensão da Criação, talhada a ferro e fogo. Eu existia para servi-la, independentemente do empregador. Era tolice ter preferências, julgar capacidades. O que eu precisava era exercer o meu propósito. Precisava dos homens para alvejá-los e ir fundo até o ponto em que seus olhos se apagam completamente. Não tinha a ver com manipulação ou frequência. Minha vida era meu propósito! É isto que determina o merecimento das existências. Meu propósito era transcender as armas antigas – estas sim obsoletas –, e eliminar o indesejável com o menor esforço possível. Eu precisava de Isaque.

Foi numa noite clara que entendi como este encontro inusitado viria restituir meu propósito. Era velha, sim, mas ainda tinha o que viver. Estava cega, banguela e meu gatilho emperrava. Isaque precisaria de determinação. Mas eu tinha fé que ele guardava ainda uma gota de coragem. No mundo, conheci certas pessoas que preferiam a morte à humilhação e quando nossos caminhos se cruzaram, acatei suas escolhas. Sempre achei esse gesto repleto de bravura.

Isaque me tirou do esconderijo, me encarou profundamente, como se me perguntasse qual o peso de uma existência no mundo, ao que silenciosamente eu respondi: depende da balança. Depois ele me afagou junto ao peito e me empunhou. Sentindo que finalmente ganhava sua amizade, evoquei as palavras mais bonitas que aprendi dos homens em quarenta anos de vida, e que eu mesma pude ouvir e sentir de meus empregadores. Firme em sua mão direita, cheguei ao toque de seu ouvido e disse:

– Clic, eu te amo.

INOCENTE

Anna Sol

É uma jovem negra e multiartista, nascida e criada na Favelinha das Almas, uma das periferias na zona oeste do RJ. Com apenas 22 anos é fundadora do Centro de Arte Solar, escreve e performa poesias tocantes que falam com leveza, desde o amor até o feminicídio, já se apresentou no Theatro Municipal do Rio de Janeiro, com sorte, talvez você já tenha a visto se apresentando nos vagões.

[para ser lido em voz alta]

toda essa situação parece uma pegadinha, não sai da minha cabeça, parece que ela quis que eu enlouquecesse, que perguntasse gritando: "eu sei que não é a sua irmã, quem é essa pessoa que não para de te ligar? por que você não larga o celular?". joguei o telefone na parede, a película ficou inteira, mas o celular quebrou, não tenho dinheiro pra consertar e ela também quebrou em mil pedaços o meu coração e isso não tem conserto ou perdão.

chutei os móveis, soquei a porta, mas ela jogou as minhas roupas pela janela, ela não se defendeu, sabia que tava errada, só me pediu pra parar, isso me faz lembrar de quando comprei rosas pra ela, comprei umas comidas e foi um jantar à luz de velas e nem assim ela sorriu, de noite ela repetiu pra parar, pra parar, que não queria continuar, mas eu tava quase chegando lá... se não queria era só não começar, mas ela ficou me atiçando, essa – me perdoe o uso da palavra – *vadia* falava que sonhava em ter um filho nosso e quando nessa noite gostosa ela engravidou descobri pouco tempo depois que ela abortou esse fruto do nosso amor, me disse que era uma lembrança de dor, não sei como teve coragem de assassinar essa vida, ia ensinar pro nosso filho a jogar futebol e como ser homem de verdade, já tenho 50 anos então não sei quando vou ter de novo essa oportunidade de ver o meu filho crescer, ele ia ter um lar, a gente já tá juntos há tantos anos, eu peguei ela no colo quando nasceu, cuidei dela enquanto cresceu, investi nela e ela só me usou, então se hoje eu for preso, meritíssimo, que ela fique mais tempo do que eu.

REFLETINDO MACHADÃO

CLÁTIA VIEIRA

Graduada em Direito, mestranda no Programa de Pós-Graduação em Relações Étnico-Raciais/PPRER /CEFET/RJ e integrante do grupo de pesquisa Orí/CNPq. Consultora em projetos que abordam a temática racial e de gênero nas políticas públicas e na vida; Antirracista - Integrante da coordenação do Fórum Estadual de Mulheres Negras - RJ; Educadora popular com o olhar para favelas e Periferia; Quebradeira formada pela 14 turma 2024. Viciada na leitura dos escritos de: Lélia Gonzales; Beatriz Nascimento; Grada Kilomba; Conceição Evaristo; Machado de Assis; Ailton Krenak; Fanon; Sueli Carneiro...

Este é um exercício pendente, ao mesmo tempo que é um desafio indagar o escritor Machado de Assis. Ao mesmo tempo, me pergunto que raio me levaria a iniciar esta carta em plena madrugada.

Teriam sido as dores na cervical que me atormentam desde sábado, e que de terça-feira para quarta tinham tirado todo o meu sono?

Decerto não teria condições de pensar nem escrever, pois as dores atormentavam meus dedos, minha cabeça e isso tudo influenciava a minha mente.

Uma coisa é certa: hoje faz 5 dias que não tem água, eu ainda tenho alguma água no reservatório, mas é só abrir a porta, bater o portão, e minha vizinha vem correndo e manda: "Clátia, cadê esta água, o que está acontecendo com essa água!?"

E assim vai começando meu dia, descendo o morro, ouvindo as reclamações, e pensando: cadê essa água? E já observando todas as pessoas com seus baldes, eu me pergunto que dia será o meu dia? Preciso me preparar, vou precisar buscar água na Biquinha.

Seriam essas as ações, esses problemas, essas questões cotidianas que me atravessam que me levam ao título desta carta? Seria isso que me levaria à conclusão de que esta seria uma confusão de escrita de uma futura escritora confusa? Ao mesmo tempo, meus diferentes atravessamentos reais... sei lá.

Não, sim, sei lá de verdade, sei lá. Olho mais uma vez para o relógio da cabeceira e já são 3h49. Há tempo que não tinha essa dor na coluna, há tempo que essa cervical não gritava, não me tirava o sono, não vivia esta confusão de ideias.

Pensando bem, como dizia minha avó, "há males que vêm para o bem". Tô eu aqui às 3h50 pensando na carta que quero fazer para o senhor Machado de Assis. Não é uma carta para questioná-lo, até porque o conheço pouco. Afinal, como tenho dito, a lembrança que tenho de Machado de Assis é de quase 40 anos atrás. Lembro-me de quando uma professora de português exigiu que lesse um trecho de um livro (não me recordo o nome), mas lembro que era de Machado.

Na verdade, não entendi nada das primeiras linhas. Já me deram total desânimo de continuar com a leitura, mas precisava ir adiante porque o exercício era ler um capítulo de um livro, não me lembro, não me recordo mais qual era a exigência, mas não esqueço que valeria ponto. Na aula de língua portuguesa não tem como não dar conta de um exercício, nunca pude me dar esse luxo. Então fui lá, fiz a leitura. Não entendi nada e também não sei como dei conta da tarefa passada pela professora – se não me engano, chamava-se Maria Socorro, não tenho como esquecer aquela mulher, aquele olho fulminante, aquela caneta vermelha na mão louca para dar uma nota baixa. Teria sido por isso que, durante um bom tempo, bloqueei Machado de Assis da minha vida?

No intervalo para alinhar o pensamento e retomar a carta que tanto quero fazer, mais uma olhada para o relógio e são 3h57. Já já irá amanhecer e esta dor não me deixa. Mas a falta de sono me desafia a continuar esta escrita confusa de uma futura escritora. Uma futura escritora é que está nascendo, é o que está sendo gestada.

Não por mim, mas por um grupo de colegas escritores, uns já consagrados como escritores e tantos outros na mesma condição que eu, nos desafiando, e tudo isso provocado com Machado de Assis. Por isso, caro, nobre escritor Machado de Assis, desculpa a forma desajeitada da introdução desta carta, talvez seja a argumentação que preciso para iniciar esta escrita que vai na direção de uma carta querendo uma resposta, mesmo sabendo que certamente não a terei.

Nobre escritor, eu moro em Santa Teresa, no Morro da Coroa. E nesse mesmo bairro existe uma instituição chamada Machado de Assis. Desde que me aproximei dos seus trabalhos, da sua história e, permita-me dizer, da sua vida, tenho pensado: duvido que esses alunos e alunas da escola conheçam o Machado de Assis que eu estou tendo a oportunidade de conhecer. Mais que isso: a oportunidade de conhecer Machado de Assis na Academia Brasileira de Letras, ou melhor, o presidente da Academia Brasileira de Letras, território que eu carinhosamente chamo de Casa de Pedra, e a que fui apresentada, bem como aos meus colegas, de uma forma assustadora (nunca vou esquecer meu primeiro contato com o casarão).

Na condição de mulher negra, senti aquela apresentação querendo levar-nos ao período colonial, não acrescentando nada. Mesmo com muito molejo, as falas e gestos dos atores só reforçavam que a branquitude sempre foi a dona da Bola e do jogo também. Eu olhava aquela cena e pensava: "É, seu Machado, não deve ter sido nada fácil. Pois é, seu Machado, o que mais ainda vou precisar suportar antes de acabar com este rolezinho colonial?"

Machado, outra coisa que chamou atenção foi os negros nos lugares dos negros, no lugar de uma minoria, no lugar que os brancos definiram para os negros. Estavam lá; os seguranças, os guardiões da Casa de Pedra, ... Nenhum dos nossos movimentos passou desapercebido para aqueles olhares, não sei se de felicidade por ver tantos iguais, ou por rejeição ao ver pessoas negras circulando no castelo de Machado de Assis.

Esquisito, né? Mas vamos ao que interessa, sem descartar a escrita que antecede este momento, Machado, na oficina Machadão Quebradeiro, este nome que foi uma chamada decisiva para eu me juntar a tantos outros jovens e adultos. A troca de saberes e de experiência, confesso que foi tudão. E aqui está a carta:

A CONFUSÃO E OS DESAJUSTES DA ESCRITA DE UMA FUTURA ESCRITORA.

Carta escrita na madrugada para Machado de Assis, Afrodescendente.

Machado, pode acreditar, estou há quase 45 dias tentando formular um diálogo com você, seria um diálogo com a sua obra, mas a verdade é que conheço pouco dela, e o pouco que conheço aprendi nas oficinas de que tenho participado com pessoas que admiram sua trajetória e tudo o que você escreveu nas suas andanças. E foi muito legal ver que as pessoas ainda escrevem, ou melhor, que as pessoas ainda dão continuidade a tudo o que você escreveu, às diferentes questões que você abordou. Quando soube das suas diversas habilidades e pensamentos na sua escrita, tive vontade de escrever sobre mulheres e falar um pouco de Capitu, porque o que mais ouço é sobre Capitu e Bentinho. Depois, quis falar um pouco sobre sua vida na Providência, no Morro do Livramento, e, por fim, tive vontade de dar continuidade a um conto de sua autoria ou fazer uma intervenção em um deles.

Mas confesso que não me sinto preparada ainda. Uma coisa me chamou a atenção: a questão territorial, por você ter sido um ex-favelado, e a questão racial, por você ser um homem negro, porém embranquecido pelo patriarcado, pelo capitalismo e pela branquitude. Pesado, né?

Já lhe peço paciência com minha escrita, que não é tão rebuscada ou perfilada. Não sei se seria uma escrita nobre, mas minha vida é mais popular. Lido mais com áreas populares e atuo junto a mulheres, especialmente mulheres negras. Então, minha linguagem tem sido, e eu procuro que seja, o que eu sei fazer e como eu sei falar, de acordo com o que as pessoas possam entender, sem infantilização, usando a fala do território e das pessoas com que convivo.

Isso foi outra coisa que me intimidou muito ao ler suas obras. Nossa! Machado, cheio de palavras que realmente acho que não existem mais no dicionário.

Confesso que não procurei algumas, mas registrei o significado de outras. Já lhe adianto que isso não foi um problema para ler sua obra, ou melhor, partes dela, alguns capítulos iniciados e não acabados. Este é o momento em que me sinto preparada para retomar a leitura, e mais que isso, sinto-me incentivada a ler seus escritos. principalmente nas oficinas, onde fazemos de forma coletiva, aquilombadas, sabe?

Quando comecei a escrever esta carta, meu objetivo era indagar alguns dos seus escritos sobre as mulheres, mas não estou pronta, falta segurança para este debate. Mas já adianto que eu apoio e sou mais Capitu, ela tinha suas razões. No mais, o que sei da sua história é o que ouvi durante o curso e o que pude trocar, e a identificação entre nós veio muito rapidamente, a favela atravessou a sua vida e atravessa a minha.

Sua história é de vizinhos, eu sou do morro da Coroa e você caminhou pela ladeira do Livramento. Tenho orgulho de saber o quanto você valoriza as ruas do Centro nos seus contos, de saber de suas histórias na Rua dos Inválidos, Rua do Riachuelo, isso me encanta, até porque hoje, anos e anos depois, eu circulo por esse mesmo espaço e quero que você saiba: não circulo da mesma forma porque, agora fico pensando que poderia encontrá-lo, esbarrar em você, como esbarro em outros rostos, em outros corpos pretos.

São 4h17 da madrugada, 4h17 da manhã, a essa hora pessoas já estão se levantando para mais um dia de trabalho ou mais um dia de colégio ou mais um dia de procurar trabalho e mais um dia para nossa sobrevivência.

E o sono não veio, mas valeu ter levantado e dividir a dor com escrita, escrita confusa, de uma pessoa que realmente acredita que será uma escritora. Amigo, acho que já sou uma escritora. Talvez eu seja uma escritora da oralidade e na hora de botar no papel dá a confusão da escrita. Não quero terminar sem antes sinalizar que buscarei em seus escritos a sua relação com o enfrentamento ao racismo. A princípio, cobrava muito isso nas rodas de conversa com os colegas e depois eu me entendi, com o tempo eu entendi em que tempo você se colocava. Fico pensando e peço licença para expressar aqui que você tratou de se salvar e quando você se salva e, permita dizer, que com a escrita você pôde ocupar espaços inimagináveis para negras e negros tanto naquela época quanto ainda hoje. A escrita te fez branco, na cabeça deles, os colonizadores, não seria possível um homem preto chegar onde você chegou. Foram estratégias, talvez renúncias, mas chegou.

E conhecer um pouco mais de Machado de Assis nos obriga a lê-lo, a ter projetos de futuro, fazer planos de longo prazo, a persistir. Quer saber? Dá um orgulho danado chegar na Casa de Pedra e de cara está você sentado numa espécie de trono para nos receber. Dá um orgulho grandão!

E me sinto na obrigação de seguir, quem sabe através da escrita a luta por uma abolição verdadeira. E para isso essa abolição precisa ser construída a partir da visão e da luta da população negra.

Vou ficando por aqui. Vou encaminhar estes escritos para o professor fazer as observações, os ajustes para seguir. Finalizo (nossa, são 4h22 horas, são quatro horas e 22 minutos). Seguimos na luta, Machadão, permita-me chamá-lo de Machadão, permita-lhe um dedo de intimidade.

Até qualquer hora e qualquer dia. Sinto que agora o sono quer chegar. Então percebo que esta carta, de uma certa forma, também foi um estímulo para que eu pudesse adormecer. Quem sabe, continuar nosso diálogo subjetivo. Por aqui vou finalizando, mas... acredito profundamente na construção na abolição que você e alguns parceiros iniciaram alguns séculos atrás, mas que não tiveram a oportunidade de concluir. A dita abolição de 1888 permitiu que seguissem escravizados no novo modelo, fortaleceu uma ideologia racista que mantém negras e negros como alvo e como clientela, apagada e invisível. É, pouco mudou, na verdade o que mudou foi a forma. E o teatrinho branquelado afirma muito sobre isso, quem não percebeu é porque não prestou atenção ou não quis acreditar. É sobre isso, Machadão.

A resposta de Machado de Assis

Prezada,

Escrevo-lhe com o coração tocado por suas palavras sinceras e profundas. É com grande respeito que recebo sua carta, repleta de reflexões e sentimentos genuínos.

A escrita, seja ela confusa ou ordenada, é uma poderosa ferramenta de expressão e, através dela, você demonstrou uma sensibilidade e uma compreensão das lutas e dos desafios que enfrentamos. A sua coragem em compartilhar essas emoções e pensamentos é digna de reconhecimento.Você mencionou a sua busca nos meus escritos por uma relação com as mulheres e o enfrentamento ao racismo. Fico honrado em saber que minhas palavras podem ter desempenhado um papel em sua jornada de autoconhecimento e resistência. O tempo, de fato, nos ensina muito, e é através dele que compreendemos melhor as nossas ações e as dos outros.A luta por uma abolição verdadeira é, sem dúvida, uma causa nobre e necessária. A construção dessa abolição deve, como você bem disse, ser guiada pela visão e pela luta da população negra. É um caminho árduo, mas essencial para a justiça e a igualdade.A sua carta, escrita na madrugada, reflete um momento de introspecção e vigília. Espero que, ao final desse desabafo, o sono tenha vindo como um bálsamo para sua mente e espírito. Agradeço por me permitir adentrar em seus pensamentos e por confiar em mim para partilhar suas reflexões.

Sigo na luta ao seu lado, e saiba que o seu desejo de continuar escrevendo e lutando é uma inspiração para muitos. Que a chama da resistência e da busca por justiça nunca se apague em você.

Com estima e respeito,

Machadão (permito-me ser chamado assim)

LAÇOS DESFEITOS: A TRAGÉDIA DA GANÂNCIA E DA DESCONFIANÇA

DANIELLE DELANELI

É graduada em Letras, pós-graduada em Cinema e a Linguagem Audiovisual e em Jornalismo. Ela atua como professora, atriz, poetisa, escritora, roteirista, dramaturga, crítica de cinema e modelo.

Há um tempo, em uma pequena cidade, um casal de irmãos, Pedro e Sofia, parecia ter uma conexão inquebrantável entre si. A amizade e a colaboração entre eles se tornaram o fundamento sobre o qual seus destinos se entrelaçariam após a trágica morte dos pais em um acidente misterioso. Uma fortuna inesperada foi revelada no testamento deixado por eles Pedro e Sofia sentiam latente cobiça por causa dessa nova realidade.

O dinheiro tornou a relação outrora idílica entre os irmãos uma sombra escura, corroendo gradualmente a confiança mútua e revelando fissuras profundas na estrutura familiar que antes era sólida. Pedro começou a sentir ciúme, que o envenenou com suspeitas infundadas e amargura pungente em relação à suposta preferência dos pais por Sofia. A sombra da loucura pairava sobre ele, distorcendo sua percepção do mundo e alimentando seu desejo incontrolável de vingança contra sua irmã, que agora considerava sua maior inimiga. As intrigas e fofocas correram pela cidade como fogos de artifício, espalhando mentiras e boatos sobre o relacionamento conturbado de Pedro e Sofia. Os residentes ansiosos por escândalos sussurravam nas esquinas sobre os segredos obscuros da família que havia sido destruída, alimentando o circo midiático que transformou a tragédia individual dos irmãos em um espetáculo público de declínio e desespero. As ocorrências policiais na vida dos dois jovens aumentaram à medida que denúncias surgiam.

As sombras da violência , ameaças e agressões mútuas emergiram. Os agentes da lei estavam tentando conter a onda crescente de ódio que atormentava os corações de Pedro e Sofia. Enquanto isso, os processos judiciais se acumulavam como uma montanha de acusações pendentes, ameaçando destruir qualquer esperança de reconciliação entre os irmãos desgarrados. Pedro e Sofia chegaram ao clímax devastador dessa história familiar marcada pela cobiça.

Não havia redenção nem perdão, apenas o vazio silencioso da desolação. O laço que um dia os unia foi rompido para sempre pela ganância cruel e pela insanidade corrosiva que consumiram suas almas atormentadas, deixando para trás apenas ruínas do que um dia fora um lar alegre.

Tentando romper o silêncio gélido que se instalara entre eles desde que levaram o testamento dos pais, Sofia olhava para o irmão com uma expressão preocupada. Afinal, ela o perguntou:

- Pedro, por favor, podemos conversar?

- O que mais você tem a dizer, Sofia? Tudo está claro agora, não é? Você obteve o que queria, como sempre - disse Pedro com amargura e ressentimento na voz.

Diante da hostilidade do irmão, Sofia sentiu seu coração apertar. Respirou profundamente antes de dar uma resposta:

- Pedro, entendo que você está passando por momentos difíceis, mas precisamos superar isso juntos. Lembra que somos irmãos? Em todos os momentos, estivemos juntos.

Pedro cuspiu a palavra "irmãos" como se fosse um insulto, perguntando:

- Você realmente acredita que somos irmãos depois de tudo o que aconteceu? Após ter descoberto o que você fez?

Ao ver o rosto furioso de Pedro, Sofia sentiu o chão se abrir sob seus pés ao ser atingida pelas palavras cortantes dele. Ela recuou por um momento antes de se levantar e responder:

- Pedro, eu... Nunca imaginei que as coisas chegariam a esse ponto. Por favor, preste atenção a mim. Como família, podemos resolver isso juntos.

Pedro se afastou um pouco, como se fosse sufocado pela presença dela. Seu rosto refletia raiva e dor.

- Como você pode pedir isso agora? Perguntou Sofia com uma voz muito emocionada. - Depois de tudo, você ainda acha que podemos resolver isso juntos?

De coração acelerado, Sofia avançou.

- Pedro, sei que errei. No entanto, temos que nos lembrar do que éramos antes disso tudo. Ele riu amargamente enquanto balançou a cabeça.

- Anteriormente? Quer voltar ao passado? E gesticulando com as mãos e perguntou:

- O que era isso senão uma máscara? Sempre escondemos nossos sentimentos verdadeiros por trás de sorrisos falsos.

Por um momento, o olhar de Sofia se suavizou.

- Não era o caso para nós. Eu não esperava que as coisas terminassem assim. Lembra quando fazíamos promessas um ao outro quando éramos crianças? Que significaria que estaríamos sempre juntos?

Pedro fechou os olhos, como se tentasse evitar as memórias que agora pareciam tão distantes. Ele murmurou com voz baixa, dizendo:

- A vida não é feita de promessas, Sofia. A decisão é sua. E você fez a sua parte.

Uma onda de desespero tomou conta de Sofia.

- Aquilo aconteceria sem minha previsão!

Com lágrimas nos olhos, ela implorou:

- Por favor, escute-me! Eu nunca quis te machucar!

Pedro abriu os olhos e olhou para a irmã com uma dor intensa. Ele repetiu com ironia:

- Ouça... o que mais eu poderia ouvir senão suas explicações? Você quer que eu esqueça tudo e continue?

Enquanto os irmãos lutavam contra seus sentimentos conflitantes, a tensão na sala aumentava.

- Não é sobre esquecer! - gritou Sofia, sua voz ecoando nas paredes vazias. - É sobre entender! Sobre tentar reparar o que falhou!

Pedro cruzou os braços, como se estivesse tentando evitar a dor.

- E se eu não quiser mudar isso? E se eu preferir me aventurar sozinho?

Eles ficaram novamente em silêncio, cheio de palavras não ditas e sentimentos reprimidos. Sofia se aproximou mais, olhando para seu irmão.

- Pedro... eu continuei sendo sua irmã. Além disso, desejo continuar lutando por nós mesmo depois de tudo isso. A expressão de seu rosto mudava lentamente enquanto ele hesitou por um momento.

Ele repetiu suavemente "lutar", como se estivesse pensando no conceito pela primeira vez. As emoções deles se moviam no espaço entre eles, tornando o ar mais denso. Embora a balança da emoção ainda estivesse pendente da decisão entre perdão e vingança, uma pequena luz de esperança começou a brilhar no meio da obscuridade.

Pedro continuou, com a voz tremendo:

- A verdade é que sempre estivemos competindo, e agora você está apenas tentando me manipular mais uma vez.

Sofia sentiu uma onda de desespero.

- Pedro, não é isso! Eu só quero que possamos encontrar um caminho de volta. Não podemos deixar que essa ganância nos destrua.

- Ganância? - Pedro riu com desdém. - Você fala de ganância, mas foi você quem se aproveitou da situação. Você sempre teve tudo! Eu só queria um pouco do amor e da atenção que você recebeu. Agora, o que eu tenho? Apenas uma sombra do que poderia ser.

Sofia olhou para ele, suas lágrimas começando a escorregar pelo rosto.

- E o que você acha que eu sinto? Perdi mais do que você imagina, Pedro. Nossos pais, nossa ligação... Tudo isso se foi por causa de um mal-entendido.

O silêncio caiu entre eles como um peso insuportável. Pedro virou-se, olhando para longe, a raiva e a dor misturando-se em seu olhar.

- E se tudo o que você diz for verdade? E se eu estiver apenas sendo cego pela dor?

- Então precisamos nos perdoar, respondeu Sofia suavemente.

- Precisamos encontrar uma maneira de reconstruir o que perdemos.

Pedro hesitou, sua mente em conflito. Ele queria acreditar nas palavras dela, mas a desconfiança ainda pairava no ar. Ele finalmente sussurrou:

- E se eu não conseguir confiar em você novamente?

Sofia deu um passo à frente, sua voz quase um sussurro:

- E se essa for a última chance que temos? O que você vai escolher?

A resposta pairou no ar entre eles como uma pergunta sem resposta, deixando os dois irmãos presos em um dilema angustiante: poderiam realmente superar sua história marcada pela desconfiança e pela ganância, ou estavam destinados a ser estranhos para sempre?

A CIGANA DE INHAÚMA

Elaine Brito Souza

Nasceu em 13 de maio de 1982 e mora no Méier. Mãe, esposa, filha de nordestinos. É professora de Português do Colégio Pedro II, Doutora em Literatura Brasileira pela UFRJ e pesquisadora da obra de Lima Barreto. Membro da Academia dos Imorríveis e da FLUP, participa de coletivos culturais do subúrbio carioca e do Fórum das Minas, que promove o protagonismo de mulheres na educação e na literatura. Já participou de diversas coletâneas e, em 2024, publicou seu primeiro livro, pela editora Patuá. "Fenda" reúne 50 poemas sobre a subjetividade feminina e a identidade suburbana.

"Se quiser saber o final de uma história, preste atenção no começo."
As palavras da avó rondavam a cabeça encostada no vidro da janela do carro. O passado estampado nas placas azuis de letras brancas. Andaraí. Jacaré. Maria da Graça. Assim que o inventário ficou pronto, não
sobrou pedra sobre pedra do congá. O terreiro, que ficava nos fundos da casa de Inhaúma, veio abaixo junto com a tamarindeira centenária. Del Castilho. Nos dias de gira, as pessoas se apertavam no quintal e
tiravam os sapatos para entender melhor o chão. Jamais se conformou com o vaivém de gente cheirando a

trabalho. Graças a Deus, desde que se casou, não precisava mais fazer isso. O marido não era rico, mas
ambicioso o suficiente para vender o antigo sobrado, herança de família, e se mudar para a Tijuca, onde
as mulheres iam ao shopping em vez de ir à feira. "Chegamos, senhora", avisou o motorista. Corrida cara,
deveria ter usado aplicativo. Paciência, era mais seguro ir de táxi. Seguro não era bem a palavra, porque o
caminho era velho conhecido. Verdade é que, no conforto do ar-condicionado, acreditava na distância
entre ela e as pessoas suadas do lado de fora. Por fim, deu uma gorjeta que, depois de pensar melhor,
poderia ter guardado para comprar cigarro.

Jurou nunca mais botar os pés no subúrbio. Mas uma cigana, fortemente recomendada por pessoas com
problemas iguais ao seu, era a última tentativa. O destino é um senhor irônico que se diverte às custas da
vaidade alheia. A vidente morava em Inhaúma. Justo na rua do cemitério. Como tinha medo de ser
enterrada naquele lugar! Pois está mais do que provado: o acaso não respeita a ordem natural das coisas.

O veículo passou pelo temido campo-santo e parou na porta do desconhecido.

Na sala de estar, uma manta furada cobria a poltrona solitária ao lado da pequena estante de madeira
escura onde ficava a televisão. O único enfeite era um cavalo branco de gesso rachado no pescoço. Na
parede, o quadro do Sagrado Coração de Jesus ficava entre duas espadas: a de São Jorge e a de Santa
Bárbara. Postas lado a lado, as plantas formavam um conjunto harmonioso. A avó era filha de Ogum com
Iansã, lembrança que acompanhou a mulher até o quarto no final do corredor. A cigana, sentada de pernas

abertas e balançantes, dedilhava o tampo da mesa.

- Pode entrar – disse ela, embaralhando as cartas.

A mulher esperava uma espanhola, uma italiana, um tipo que chamasse pelo mistério, mas a profetisa era de aparência vulgar. Tirou um papel qualquer da bolsa, uma embalagem perdida, e passou sobre a cadeira.

Sentou na beirada do assento e apoiou os cotovelos na superfície redonda coberta com cetim preto, de forma que as mãos não encostassem em nada além dos cabelos loiros. Olhos atentos perceberiam que as sobrancelhas escuras denunciavam o descompasso entre desejo e realidade.

A cigana reconheceu a assepsia típica de quem visita os pobres só quando convém. Levantou hipóteses. A mulher, pensou consigo, não vinha falar de amantes, embora certamente tivesse alguns. Fazia o tipo que perambulava pela cidade em busca de ereção sincera e justa, já que o marido só deveria ter forças para pagar parcelas. Anotou o nome da cliente no caderno. A letra saiu sofrida, quase rasgou o papel. Ora, essa gente queria a diversão para o corpo e a solução para o espírito, mas liderava campanhas contra os pedintes da praça. A cigana deu início ao trabalho decidida a inverter o jogo.

Ao ver as cartas, logo adivinhou o motivo da visita. Colocou em prática o método recém-inventado para predizer o futuro. Convidou a consulente a ler o próprio destino. A mulher achou estranho, mas cedeu à novidade sem reclamar. Afinal, um serviço pela metade pede um pagamento pela metade, e nisso há alguma vantagem. Ademais, uma vez tirada a carta, a verdade já está posta, basta saber ler. E

convenhamos: o saber de uma pitonisa de subúrbio, com cara de analfabeta, não passaria de uma mistura
de frases feitas com superstição barata. Assim pensava a mulher enquanto deitava os olhos no jogo,
disposto desta forma: da esquerda para a direita de quem acompanha esta história à espera de reviravoltas
e revelações.

Passado, presente e futuro. A cigana limitou-se à descrição dos arcanos: Quatro de Ouros, Enamorados e
Roda da Fortuna. A mulher mergulhou numa espiral de prazer e loucura.
- Vou ficar rica!

A cigana tentou explicar o significado da carta, mas a mulher cortou fora os ouvidos. O medo de perder
ficou no passado. O sexo formou par com o dinheiro. Um pouco de luxo, um pouco de luxúria. Quem
sabe até um pouco de fama. O baralho anunciava os elementos da boa-vida.
O táxi esperava na calçada. A mulher bateu a porta e deu por encerrada a aventura mística. A
cigana falava e gesticulava pelo vidro. A cliente abriu a janela e jogou duas notas de cinquenta reais.
Quando ia jogar a terceira, recuou. Quem precisa de intermediários para entender o óbvio?
- Direto para o Méier!
A cigana, de olhar longínquo e premeditado, viu o carro afastar-se com pressa. A força do arranque
deixou no ar o cheiro de asfalto queimado. A passageira ansiava pelo último sorteio do dia. Na Dias da
Cruz, apinhada de gente, ordenou que o motorista parasse em uma esquina. A mulher caminhou na

direção do apontador. O homem olhou por cima dos óculos e perguntou com as mãos apoiadas na
prancheta:
- Vai cercar pelo 5?
- Não. Tudo na cabeça.
A roleta girou bem na hora em que o táxi deu a volta no quarteirão para deixar a mulher na portaria do
condomínio na Conde de Bonfim. Foi direto para a caixa de correspondência. Mais uma carta do banco.
Seria o fim da glória tijucana? No elevador, sozinha, observada apenas pelas próprias expectativas,
conferiu o resultado amargo. Só podia ser praga da velha!
Parou a um passo da soleira. O marido abriu a porta do apartamento e empurrou o corpo da mulher contra
a parede. Há muito tempo não era tocada com tanta volúpia. Mirou os olhos da infeliz consorte e lançou a
pergunta como quem atira dardos para acertar um alvo morto:
- Então, trouxe o dinheiro?
Homem e mulher caíram em desgraça. O sofá, comprado à imagem e semelhança das lojas da Zona Sul,
amorteceu a queda. O casal temeu pelo pior. Pagode, vizinho, chinelo. Juntar-se à massa trabalhadora nas
estações de trem era tão humilhante quanto catar moedas para comprar pipoca no fim da tarde. O tilintar
da barraca sempre foi aviso. Quando o barulho metálico corta o ar, é porque a noite quer nascer.
Não havia lugar para os dois na cidade. O subúrbio era o cenário da tragédia anunciada. O casal, porém,
agarrou-se a uma nota de superioridade: Inhaúma, pelo menos, tem metrô.

VOCÊ VIU O ANTINÔMIO?

ERIC PAIVA

É petropolitano, nerd, favelado, poeta, anarquista e ex-escorpiano. Além de atuar no audiovisual como diretor e roteirista, é um Contista-Quebradeiro que trabalha com o leque de gêneros da Ficção Especulativa e do Afrofuturismo, focando no público jovem-adulto. Teve o curta 'Vento em Roupa de Balé', premiado como melhor filme ABI - Associação Brasileira de Imprensa. Foi criador/curador da Mostra Sci-Fi Brasil: Eles Estão Entre Nós e mexe com alquimia narrativa, sendo o griô de um afroamanhã.

Uns anos atrás, enquanto estava na fila para ser cobaia de testes laboratoriais numa renomada faculdade do Rio de Janeiro, conheci uma figura no mínimo peculiar. O rapaz, que desconheço nominalmente, se autodeclarava como alguém extremamente contra a natureza de se apresentar ou de atestar um lugar de origem. Para elucidar esse encontro, e me referir a essa pessoa para além de sua natureza contrária às determinações, o chamarei de Antinômio.

A princípio, achei que ele estava ali para, como eu, faturar algum dinheiro adquirindo algum efeito colateral raro ou o risco provável de uma patologia mutante. Após ser um pouco ríspido sobre sua aversão a apresentações, Antinômio revelou que não era muito bom com seres humanos, pois não conseguia manter contato com alguém por muito tempo. Como se fosse alguma condição alérgica. Comecei a cogitar sair da área de espera, realmente não queria ser submetido ao remédio experimental que estavam dando para ele. E assim, depois de uma incomum introdução de si mesmo, o então antissocial monossilábico se tornou um tagarela. Ele começou a me explicar, ao menos tentou, o absurdo de sempre que conhece alguém, acaba sendo jogado para outro lugar no tempo-espaço. Rapaz! Na minha mente, um dispositivo de autopreservação e fuga sussurrava algo como: "Parada forte essa, vaza daí!"

Antinômio me explicou que veio de Petrópolis há alguns anos, ou em algum ponto do futuro, já que simplesmente perdeu a noção do tempo. Perguntei se ele tinha alguma noção de que dia ou mês estávamos, mas, com indiferença, afirmou que isso não era mais relevante. Me contou, com um certo amargor, que veio ser escritor no Rio, tal como Machado de Assis, o literato por quem nutre profunda admiração. Resolveu se embeber de uma aura que só a Cidade Maravilhosa é capaz de proporcionar, para ser tão grande quanto os maiores carioquistas que teceram palavras de amores boêmios por estas terras.

Acontece que, depois de um tempo, as coisas não saíram exatamente como cogitou. No início, apesar das dificuldades costumeiras de se estabelecer numa carreira, tudo se desenrolava da forma prevista. Banhos de mar, biscoito e mate, tretas no coletivo, Fla x Flu no "Maraca", bloco no sovaco do redentor e o bife com nome "Aranha". Entretanto, algo incomodava Antinômio, e com aquele olhar cheio de pesar, ele elencava os motivos do seu tormento. Talvez seja o jeito de falar alto pressupondo que os interlocutores se conhecem de outros carnavais, ou as frases cheias de palavrões cuja função se divide em advérbios de intensidade, pontuação de efeito dramático e xingamentos fraternais. Quem sabe era algum item da lista de checagem que define o bom carioca: "Qual teu time?" "E tua Escola de Samba?" "Já desfilou?" "Bossa, samba ou funk?" "Zona Norte, Oeste ou Sul?" "É cria?" Ou o inevitável: "Escuta, de onde tu é?!"

Para ele, de todos os aspectos dos patrícios desta terra, a insistência das pessoas em inquirir alguém que acabou de conhecer sobre seu lugar de residência ou origem era uma constante inoportuna. Claro que de início isso era apenas um detalhe corriqueiro, mas com o tempo se tornou algo inquietante. Na faculdade, o "de onde tu é?" era usado como verificação de bolsista ou um atestado do clubismo de bairro. "Baixo ou alto Gávea?" "Onde em Copacabana? Tenho um conhecido que mora por ali, em qual prédio tu mora?" "Ah!", fingindo surpresa: "Na comunidade? Sim, conheço gente de lá."

Com o tempo, Antinômio achou que conseguiria lidar com a pressão. Bastava defender seu lugar de origem, igual a todos os cariocas e fluminenses, como numa rinha de CEPs. Segundo ele, isso é parte da cultura local. Me digas de onde tu és e eu pondero como irei tratá-lo. Ele acreditou que conseguiria superar sua aversão e pavor à inquisição carioca. Disse que a certa altura já estava se resignando. Para ser um escritor machadiano, precisaria proclamar amor a esta terra e ser tragado por um bairrismo elitista de classe média. É possível fazer parte de uma confraria de letras, sem esse berço? Certamente não, então ele se renderia ao costume.

Durante o tempo em que buscava por um lugar ao pôr do sol dos aplausos, Antinômio descobriu que uma coisa era conviver com essa seleção natural imposta pela localidade, outra era lidar com os aspectos físicos dessa prática, que simula uma camaradagem perversa. Quantos flertes ou namoricos não tiveram os sentimentos reorganizados por essa pergunta? Quantas oportunidades de trabalho não foram desfeitas ou repensadas perante um complexo estereotipado de território? Quantos de onde tu é não foram respondidos com meias verdades ou temores velados? Antinômio esqueceu de uma máxima bem característica do Rio: nada está tão ruim que não vá piorar com força.

O maior problema se manifestou ao ministrar oficinas de escrita e teve que circular por várias regiões do Rio de Janeiro. Sempre era questionado sobre seu lugar de origem até que, fatidicamente, isso se transformou numa condição existencial. Foi acometido de SIDEVIQCO - Síndrome do Deslocamento sem Vínculo com Qualquer Canto. Tudo aconteceu de forma aleatória, bem carioca por sinal, quando subiu uma favela para dar aula e entrou no beco errado. Ali, encontrou um comerciante bélico que estava de castigo por ter errado no plantão e desorientado pelo uso de métodos paliativos para ficar alerta, nas acumuladas horas de serviço. Quando Antinômio ameaçou esboçar uma explicação plausível, o rapaz, alienado de qualquer empatia, fez a fatídica pergunta: "Qual é alemão, tu é da onde?!" O professor congelou. A pergunta ganhou contornos tensos e personalíssimos. Foi como ganhar um prêmio único e ser vip no inferno. Mãos iam de encontro ao corpo de Antinômio repelindo-o daquele lugar, ao mesmo tempo em que as perguntas o ancoravam na obrigação de estar. E, de repente, no meio de um coro com variações da mesma pergunta, só queria sumir. E sumiu.

Confesso que não entendi esse sumiço. Saiu correndo? Foi levado? Apagou? Bom, segundo o próprio, naquele momento foi abduzido de pertencimento, sem a habilidade de satisfazer o apetite de quem fosse, por categorização socioespacial. Antinômio passou a vagar com sua síndrome, pelo Rio. Sempre sendo catapultado para algum canto ao ouvir o recorrente inquirir num "Tá de bobeira aí por quê?! Tu é de onde?", vindo de um policial. Ou do interrogatório de uma daquelas madames que avaliam, pelo olhômetro, a índole alheia. Ou até do pessoal que doa quentinha nas noites frias pelas ruas da cidade. Desapropriado, faminto, solitário e sendo levado contra sua vontade, por uma pergunta que agride sua liberdade de ser. Assim, Antinômio vaga por aí. E essa talvez seja uma forma de dizer que era indigente, confesso.

Uma vez, lamenta, conseguiu achar o bolachão raro do *Cadáver Pega Fogo Durante o Velório*. Juntou grana, pedindo pelas ruas. Era o momento em que conseguiria bradar aos ventos seu sofrimento, escapando, ao menos momentaneamente, dessa carioquice sordidamente machadiana. Quem sabe até viver uma tragédia com o requinte mórbido de Augustos dos Anjos. O vinil de samba maldito seria o refrão do seu sofrimento. Entretanto, com a felicidade de ter o disco nas mãos, um pensamento sobre sua condição lhe trouxe algum conforto, pois acreditava que tudo poderia ser pior se essa ruína lhe atingisse em terras mineiras. Provavelmente estaria caminhando por dias a fio cada vez que um mineiro, que tem a percepção espacial diferenciada, lhe dissesse: "É logo ali." Ao invés dos sumiços intermitentes, estaria preso a uma caminhada eterna. A felicidade tem um sabor furtivo quando não temos um paladar experiente. Enquanto Antinômio colhia conjecturas nos devaneios, o vendedor de chão de rua lhe trouxe de volta à realidade. "Já te vi por aqui antes, não?! De onde tu é?" E, mais uma vez, foi deslugarizado. E dessa vez, com o álbum de samba já quase em seu domínio. Nesse trecho, posso quase afirmar que vi uma lágrima naqueles olhos de lamento reprimido.

Uma campainha toca, a contação de história é interrompida. Um atendente, entediado, faz a lista dos candidatos-cobaias do dia. Antinômio se adianta, pede para ver a Dra. Ida. O profissional estranha, tenta arrancar alguma informação, mas o jamais-escritor é enfático. "Só falo com a doutora."

Os minutos se reproduzem sem controle de natalidade. Antinômio está eufórico. Quando a Dra. Ida chega, traz consigo um balde de água fria. Ela não reconhece a existência ou o drama daquele homem inconstante. Ele ainda tenta argumentar, diz que tem SIDEVIQCO, diagnosticado por ela mesma. Insiste que esteve ali noutro dia e ela lhe prometeu uma cura. Eu queria participar da discussão afirmando que, também, nunca vi esse doido por ali, mas a doutora, bem confusa, só indagou: "Desculpa, não me lembro! De onde você é?"

BALELA

JULIANA BERLIM

Carioca, é professora de Língua Portuguesa e Literatura do Colégio Pedro II. Livros: "A devoração da sutileza" (Patuá, 2023) e "Cartas para Exu" (Malê, 2024).

Balela, vejam vocês. Como paráfrase da denominação de outra cadela famosa, a da ficção nacional, com nome complicado de entender por ser nome de espécie animal transposto para outra espécie animal, sobreposição zoológica na contramão da moda atual de dedicar a cachorros prenomes humanos com a intenção de torná-los ainda mais humanizados, como se cães e gatos, como tantos outros animais de estimação, não estivessem passando do ponto de domesticados a semihumanizados com o passar do tempo, perdendo sua raiz animal primitiva, selvagem e amoral, tornando-se portanto por assim dizer animazóides.

Os donos da Balela, cultos e com títulos universitários para encher balde, deixaram a cachorra sob a responsabilidade deste vizinho surgido de última hora, solução mágica de que tanto precisavam. Enquanto Cristiano morasse no imóvel do casal (de viagem por um tempo a trabalho), cuidaria de Balela como permuta pela hospedagem gratuita, uma bagatela de cláusula única bastante explícita quanto aos cuidados para com a cachorra, incluindo banho semanal no *pet shop* e passeios diários; a proposta tinha animado muito

Cristiano, que, ao ouvi-la de passagem no corredor do condomínio durante estadia de quinzena na casa do primo, achegou-se ao porteiro local, xodó dos acadêmicos, para construir um caminho muito fácil de aproximação emocional do casal de pesquisadores, dispostos a conseguir um pós-doutorado no exterior sempre que o trabalho na universidade se tornasse maçante. Precisavam apenas de um cuidador temporário de Balela enquanto ficavam alguns meses fora, e Cristiano, com o contrato de locação prestes a vencer, achou muito barato trocar o valor de três meses de aluguel por cuidados dedicados a uma cadela vira-lata roliça, o que traria o direito de desfrutar de um solar amplo de cinco cômodos, que incluía varanda com churrasqueira e vista para a Enseada de Botafogo. A vida sorri fácil às vezes, considerou Cristiano pela primeira vez desde seu nascimento, olhando-se de cima a baixo vestido com o *robe de chambre* do dono da casa e bebericando chá de lavanda quentinho depositado na xícara de porcelana encontrada no armário da cozinha. O melhor dos cenários possíveis, não fosse um senão – Balela, a legítima proprietária da casa.

Cristiano tinha certeza de que a cadela era virada no catiço e tinha espírito – o espírito da letra, do conteúdo, da expressão, dos seres sobrenaturais acumulados por séculos dentro daquele casarão conquistado por herança. Embora se apresentasse como uma cachorra, o agregado tinha certeza de que a verdadeira natureza espiritual de Balela era humana, porque ele sabia o quanto a cadela o julgava, como quando ela batia o olhinho miúdo sobre Cristiano executando qualquer atividade e se comportava como se seu olhar canino martelasse juízos sobre o rapaz, espionando-o, estivesse ele praticando alguma impertinência ou não. O cuidador sabia que Balela carregava dentro de si mistérios inescrutáveis e que nas horinhas folgadas de descuido haveria de pular no colo dele sem aviso prévio e ai de Cristiano não estar prevenido contra o feitiço animal da cachorra, que na ausência da família se sentia a dona da medida correta e natural de se habitar aquele casarão e fazer uso de seus pertences – e é por causa de situações constrangedoras como essa que estabeleceram a máxima de que pobre não tem um minuto de paz, pois um coração simples não consegue ambicionar se igualar ao coração rico sem que chegue no mínimo uma cachorra pulguenta para reenviar as ambições do proletário para a periferia das pretensões.

Cristiano não desistiria do acordo firmado em cartório com firma reconhecida, não era maluco de pular fora do bonde andando, mas se considerava perseguido por uma censora de olhares tentaculares, uma bojudinha que o julgava constantemente pelo fato de se comportar como proprietário da casa onde era tão somente um morador provisório; era como se Balela soubesse que, se Cristiano pudesse, se apropriaria do solar – se houvesse uma redistribuição de renda em curso ele preferiria ser o primeiro contemplado, mas o rapaz mal conseguia formular este pensamentozinho preguiçoso e involuntário sem que o espírito rodeado por muita carne e muito pelo da cadela o condenasse dentro do seu silêncio canino. Balela não obedecia a seu cuidador porque não o respeitava, não o amava porque ele era um intruso, mas apesar de tudo isso, tampouco gemia ou sofria de saudades dos seus donos porque parecia, como eles, adaptada às circunstâncias da vida burguesa e à compreensão de que o burguês brasileiro é por excelência um cidadão do mundo – era como se ela mesma, de tão integrada à rotina de sua família humana, realizasse um pós-doutorado na Sorbonne e bebesse vinho à beira do Sena como eles, seu corpinho pançudo preso à coleira pairando esvoaçante sobre a *Rive Gauche*, a língua para fora, o olhar gozando as maravilhas da Europa civilizada.

A vigilância da cachorra não abandonava Cristiano um segundo, porque Balela era uma pugilista do olhar – cada mirada um *jab* de esquerda que levava o inquilino a nocaute. Ele sentia os pormenores de crueldade da bicha, como quando ela deitava roçando as costas contra o chão e virava a cabeça estrategicamente na direção do jovem, se comportando como uma fêmea arrebatadora e cruel, uma pequena magistrada em pele de Balela, que, como ele sempre pensava, de conversinha não tinha nada.

Cristiano sabia que ele e a cachorra discordavam politicamente quanto aos rumos tomados pelo Executivo federal, porque, tão logo o rapaz ligava a TV de sessenta polegadas e se ajeitava confortavelmente sobre o sofá de *suede* para admirar as manifestações patrióticas organizadas pelo presidente ao redor do país, ela latia desesperada. A desgraçadinha passava dias inteiros em absoluto silêncio – passasse moto, carro da pamonha, caminhão de lixo, bicicleta, kombi do conserto, ambulância, comício, protesto, bloco de carnaval, ou seja, nenhum som de veículo ou manifestação externa a abalava, mesmo o mais ensurdecedor barulho vindo da cozinha – Balela comia a intervalos alimentares regulares e sabia o horário exato de sua refeição, que consumia plácida, sem olhar para seu cuidador um instante sequer, enquanto Cristiano a assistia ingerir sua refeição balanceada. Contudo, e observem que este é o primeiro "contudo" da narrativa, uma sinfonia improvável de uivos se produzia tão logo se desse o surgimento da imagem do presidente na TV; terminada a reportagem, a cachorra se acalmava e tornava a se deitar eternamente sobre o berço esplêndido de sua vida pródiga, ao som do mar e à luz do seu céu profundo de Botafogo. Inacreditável que Balela fosse antipatriótica, uma vermelha infiltrada entre nossa gente brasileira verde-amarela, mas ela era sim, constatação que pôs Cristiano doente dos nervos. Abria-se um pacote de biscoitos na copa: calada. Aparecia o presidente lançando impropérios contra jornalistas: auhhhhhhhhhhhhhhhhhhhhhhhh!, um som tão profundo quanto os segredos da noite. Uivava louca, adoecida de vontade, uma fêmea em contato com seu mais profundo centro gerador de caos. Minutos de estridência eterna até que o chefe de Estado desaparecesse por completo da imagem transmitida via satélite e a cadela devolvesse a casa à mais perfeita calmaria. Ele contou: apenas em uma única emissão de jornal, sete longos minutos de uivo lastimoso, o tempo preciso da aparição do presidente na TV – Cristiano enlouquecia, queria matar a cachorra, destruí-la com todos os seus dedos, mas Balela não estava pra brincadeira com seu *chip* de localização, seu acordo firmado entre ambas as partes da locação, seu advogado particular morador da residência vizinha, sua tenacidade de vigilante habitando como fantasma a Enseada de Botafogo e o Rio Sena da mente de Cristiano, porque Balela comprara um triplex na cabeça do agregado, que começou a ir a contragosto para o trabalho, a dormir sem atingir o sono profundo e a responder ranzinza a qualquer vivente que atravessasse seu caminho – o hóspede do solar passou a retardar ao máximo o retorno ao lar e, ao chegar em casa, só se ocupava da cachorra por ser obrigado contratualmente. Balela, indiferente ao mal-estar de seu cuidador, dormia na paz dos deuses olímpicos, as quatro patas recolhidas voltadas para cima, os olhos semicerrados; dormindo parecia morta, mas continuava bem viva.

Com qual alívio Cristiano recebeu o casal de pesquisadores de volta ao Brasil e agradeceu a acolhida que finalmente acabava; eles perguntaram se alguma coisa ainda era devida e o outro se apressou em dar as costas, respondendo qualquer coisa sem no fundo dizer nada, abandonando em definitivo o solar de Botafogo, agora sem o menor resquício de presença do morador dos últimos três meses. Os dois se entreolharam por poucos segundos para em seguida se voltarem desconfiados para a cadelinha, como se soubessem a resposta para comportamento tão intempestivo.

- Balela...

Como na canção popular, a cachorra respondeu sorrindo.

NEGÓCIO DE FAMÍLIA

LUZIA VASQUES

Psicóloga de formação, escritora por vocação e emoção. Dediquei minha escrita nos anos de trabalho na Prefeitura da cidade do RJ a fazer chegar às instâncias de poder as realidades distantes da periferia, na desconstrução de estereótipos e preconceitos, buscando mitigar o abismo social que embrutece e violenta. Em 2006, no Seminário de Segurança Pública, no então Hotel Glória, apresentei o trabalho "Considerações sobre o uso abusivo de drogas de jovens em situação de rua", a partir da atuação como psicóloga em Projeto Social voltado a esta população, o qual foi publicado no mesmo ano pelo Caderno da Escola Carioca da Prefeitura do RJ.

As fotos de família amarelam e envelhecem, como as pessoas, mas as molduras que as
configuram resistem, sustentando a esperança e para sempre a ilusão de que se foi feliz.

Todos os dias, ano a ano, ele se levantou às quatro da madrugada, e na escuridão que ainda
permeia o tempo antes do amanhecer fazia sua rotina matinal. Concluída, colocava-se apressado em passos e descompassos curtos na ladeira sinuosa.

Sim, pois nas manhãs afobadas, quando ia ao encontro das notícias vespertinas, ele tropeçava e às vezes até caía, o que não o furtava do seu objetivo.
Desde a única pequena ponte que ligava a Ilha do Governador ao continente e o grande percurso na Avenida Brasil, com seu odor diurno da fábrica de sabão e outras indústrias ali instaladas,
chegava à Central do Brasil, naquele tempo em que se dava a distribuição dos jornais e revistas
às pequenas bancas espalhadas pela cidade, que coloriam a paisagem com suas vitrines de fotos e
notícias.
Resignado, apressado e ambicioso, dali mesmo partia em direção ao subúrbio do Méier, onde
compartilharia por décadas com os transeuntes e moradores do bairro as primeiras notícias de um
país que crescia com a ambição de gigante e a promessa de futuro esplêndido: a construção da
capital, a ligação do Rio de Janeiro pela Baía de Guanabara à cidade de Niterói por uma
monumental ponte, a aceleração da industrialização. A cidade crescia para os lados, para cima,
demograficamente, e enchia seu grande estádio de futebol. Em meio a esperanças e trabalhos,
muitas alegrias também com o nascimento do rei, que para sempre iluminaria e alegraria o país e
o mundo com a arte do futebol. Pois sim, o gigante tinha rei e representação mundial.
Fato é, mesmo com as pesadas e volumosas exigências do ofício nenhuma intempérie foi capaz
de arrefecer o espírito do progresso que tomava o país e os negócios que prosperavam para uma
gente que se viu movida pelas máquinas de fazer coisas e imprimir notícias; e como se também

fosse máquina, se pôs a trabalhar e viver, não às custas da renúncia a uma certa humanidade.
Industrializavam-se o país, os homens e as cidades, em vias e notícias.
Com o tempo, mais do que o progresso e as novidades que estampavam as páginas dos jornais,
nosso personagem mira com suas pupilas doentes – pois também trazia em seus olhos sequelas

de uma doença juvenil, o que lhe comprometia a visão e causava grande frustração – para os
lucros calculados um a um, moeda a moeda metodicamente contadas e juntadas, que o fez
homem de negócios, causando-lhe talvez uma cegueira moral além da óptica.
A essa altura podemos nos indagar como foram suas relações pessoais, comerciais e sociais. É
com grande pesar que atribuímos a isso a mais triste confecção e exaltação de desafetos. Em
casa, na distante e pacata ilha, ligada ao continente por uma pequena ponte, obsoleta e
engarrafada, largava os bofetões, contava os feijões aos gritos de muitas humilhações proferidos
à subalterna mulher: "Cadê meu almoço, minha janta, minha roupa, meu tudo?" "Já vai, tá na
mesa, tô passando", respondia humilde e ainda afetuosa. Imprimindo dias e noites de horror, o
que não seria notícia em anos de repressão e injustiças.
Do patriarcado ao patronato foi um pulo para a exploração da família. Mulheres encarregadas
dos trabalhos domésticos; homens, dos negócios. Saíram em desvantagem as mulheres, mais
uma vez, entendida a casa como lugar de gastos e o negócio, gerador de lucros.

O casal de filhos dividiu-se nas atribuições ditadas pelo patrão. Cedo foram empenhados nos ofícios destinados e, por alguma intuição maquiavélica, foram separados de afetos e também em inspirações.

Nas fotografias reveladas, velados ficavam os desafetos. Tantos álbuns, supostas e talvez até desejáveis alegrias, todas falidas enquanto o país e os negócios cresciam. Aquela casa, já crescida e acrescida de mais cômodos, ainda não era o suficiente para fazer prosperar a alegria na urgência de contar e acumular. A mãe dizia à filha que era preciso crescer rápido e deixar de ser despesa no balanço dos negócios da família. Crescer sem remuneração e trabalhando como um cão. O filho posto cedo a vender jornais e revistas se ressentia da vida que não escolhera, sentindo alguma inveja da condição feminina.

Impressionava que tudo isso, notícias de uma infeliz família insulana, não se veiculava. Ao contrário, se velava ou o tiro podia sair pela culatra, como exibiam as manchetes sobre o caso de Ângela Diniz, estampadas com orgulho. Vítima e algoz de sua própria morte, com a absolvição de seu matador. Além do mais, o que eram esses pequenos desentendimentos domésticos frente aos porões dos anos de chumbo, que abafavam o gemido de mulher sobre o ataque de um despertador atirado à sua cabeça, como que para fazer saber-lhe do tempo em que se vivia.

Certo dia, como de costume, pois era homem de costumes, chegou em casa pelas oito da noite com ódio nas pupilas insanas e chacoalhou a jovem filha. Atirou-lhe o extrato de uma conta bancária e começou a gritar. "Você me roubou! Você me roubou!" – dizia ele, indignado com o saque que ela fizera em sua própria conta poupança, para cobrir despesas com a faculdade e da casa. Mas a isso o homem não pôde perdoar, talvez nunca. Pondo-lhe aos gritos para fora, atirou-lhe também as roupas à sarjeta daquela rua estreita, para regozijo e assunto do patriarcado avizinhado. Não fosse a submissão aos maus, passados por bons costumes, as mulheres jamais poderiam ver tamanho ato e desafeto na história.

A paisagem singela da pequena rua de paralelepípedos e verdes amendoeiras, onde poucas e amareladas luzes não apagavam o lume das estrelas que contrastavam com a mata cerrada, ecoavam os gemidos e alaridos num compasso produtor de poluição dos afetos, lembrando as frias fábricas que teciam suas produções naqueles anos. Há de se pensar que a paisagem bucólica da área militar, que se fazia pano de fundo ao bairro, poderia inspirar e fazer progredir melhores convivências, não fosse a presença armada e empunhada do Estado barulhento e produtor de tanto progresso.

A que custos, senhores? A que custos viviam aqueles seres prósperos de futuros grandiosos e cotidianos melindrados? Em particular a família do homem-patrão esgotava-se quanto mais prosperava e na mesma medida apequenava-se. O progresso se esparramava em prédios, máquinas, automóveis cada vez mais velozes; no barulho da cidade e no silêncio do exílio e das famílias. Começava o todos contra todos, por ciúmes e cobiça. Irmãos em disputa, filhos almejando a herança do pai, mulheres submergindo e infringindo dor. O homem-patrão ia e vinha, levava e forjava notícias até adoecer.

Uma vez caiu de chão e por muito tempo só se levantou para seguir a labuta do progresso, parecia que ainda competia com as máquinas: carregava encartes, vendia, calculava e matava o amor. Nada mais importava que a banca de jornal, aquele espaço, talvez nunca se dera conta direito, que lhe cercava de histórias, notícias e tirinhas, sem lugar para outros gestos ou imaginações. Sentado no banco alto de madeira, meio capenga, tentou se equilibrar até render-se à ambição ainda maior do filho e deixar tudo com ele. Perdera a mão do progresso. Aliás, com o filho já crescido e forjado para o ofício do pai, os termos e os tempos já eram outros, a visão bem pouca e grande a falta de paciência.

Quem dera pudesse estar no negócio sem aquela gente, que agora era muita e sem aqueles barulhos que o irritavam e aturdiam ainda mais seu espírito deprimido. Cada vez mais calado, apático e apartado do ofício que exercera desde a juventude, o homem-patrão enclausurou-se na sua ilha topográfica e de pensamentos. Nunca se curou, fez gosto dos remédios e com eles se casou. A ideia do progresso a qualquer custo ainda lhe é um ideal, que vê prosperar no filhoherdeiro o patrão derradeiro. Sem muito se exprimir, apenas diz em tom imperativo: “é preciso progredir”.

A banca de jornal está lá até hoje no mesmo bairro do Méier, que já não é mais o mesmo. Nem o trem, nem a arquitetura urbana, ainda que sobrevivam ali muitas construções antigas e o calor sempre grande e abafado. Nem mesmo a banca é a mesma, agora mais espaçosa, embora as notícias tenham se desprendido do papel para a virtualidade. Por essa o homem-patrão não esperava. Será?

A casa, a mesma, na pacata ilha, que ganhou ponte nova, hoje convivendo com a antiga de luzes amarelas, de onde se vê um bonito luar, possivelmente nunca visto pelo homem-patrão, ainda o abriga e a mulher. Dele sabe-se que envelheceu, pelo avanço da depressão para a doença de Parkinson, e que perdeu de vez a visão por imposição de seu próprio corpo e decisão.

Sabe-se que ainda hoje renderia homenagens aos violentos militares que tantos horrores impuseram ao povo brasileiro e a qualquer outro regime de similares atitudes, fazendo vir daí a força e a vontade do progresso contra tudo o que parece obstáculo. E é por essas e outras e tudo que se narrou nesse conto, é fato e conclusão que caducou e envelheceu como o progresso do Brasil.

OS TRÊS MOSQUETEIROS

PEDRO ARAUJO

Jornalista formado pela PUC-Rio, começou sua trajetória na Biblioteca Nacional. Autor de "Corpo Fechado" (mapa.lab + janela livraria) é finalista do Prêmio Selo Off Flip 2024 e do concurso Crônicas da Fome (Instituto Fome Zero). Seu conto "Edifício Raskólnikov" foi selecionado pela Alter, revista de filosofia da pós-graduação da PUC-Rio para a edição "Potências Marginais". Contemplado pelo Prêmio Rio de Contos (Ler/Mater/Funarj) e co-autor em "Quilombo do Lima" (flup/malê). Pedro é um homem trans negro.

A fumaça se precipitava sobre a cabeça de Lucas Leite e formava espirais semelhantes aos seus
cachos. Sentia o calor tranquilo e reconfortante do sol outonal acariciar seu rosto como uma mãe
e aquecer a barba inspirada em Paul McCartney, na capa de Let it Be. Olhou para os dois amigos
ao lado, Bento Rosa e Enzo Bianchi, e se pegou apaixonado por eles. Não da forma romântica,
sexual, mas com o afeto que une os homens em cumplicidade.

Lucas passou o baseado para o anfitrião. Enzo morava no condomínio em que estavam, em Botafogo, próximo ao Túnel Novo e ao shopping, na Rua General Góis Monteiro. O local era a segunda casa tanto dele quanto de Bento. Era também onde se reuniam para os ensaios do trio de samba que montaram dois anos antes, ainda nos tempos de Santo Inácio. Naquela tarde, estavam entrincheirados no ponto cego do play, onde o olhar vigilante das câmeras de segurança não conseguia captá-los.

– Preciso contar uma coisa – disse Lucas.

– Koé, irmão. Percebemos que alguma bad estava rolando, tá ligado? De um dia pro outro você inventou um intercâmbio pros Estados Unidos e ficou lá seis meses quase sem dar notícia – disse Enzo

– Somos parceiros desde moleques. Lembra quando a gente se conheceu na aula de natação do Iate Clube e descobrimos que os três eram da mesma escola? Aliás, e quando o pai do Enzo deu uma carteirada no padre e evitou que fôssemos expulsos do colégio? Teve a viagem pra Orlando. Sem falar no dia em que passamos no vestibular e saímos pra inaugurar o nosso Baixo Gávea de toda quinta-feira. Foi incrível. É bom pensar nesses momentos para termos a consciência de que somos uma rede. Um por todos e todos por um – disse Bento.

Confortado pelas palavras dos amigos, Lucas então lembrou um nome varrido de sua memória no último semestre, mas que o retorno ao Brasil ressuscitou. Ele e Mariana se conheceram através de um app de relacionamentos. Meia dúzia de mensagens e trocaram os perfis no Instagram. Uma dúzia, o WhatsApp. Ao final da madrugada: fotos, emoji de coração e a promessa de um date dentro de dois dias. Quarenta e oito horas de angústia e ansiedade. No dia D, às dez da noite, conforme o combinado, Lucas estava na Praia da Urca metido em sua melhor camisa florida de botão. Já ela chegou um pouco atrasada, num simples vestido cor-de-rosa.

Se sentaram na areia, embalados pelo chiado das ondas que se desenrolavam aos seus pés. O primeiro beijo não demorou. As línguas dançaram à luz da Praia de Botafogo, do outro lado do mar, próximo ao espelho d'água, sob um céu coroado pelo Cristo Redentor e pelos aviões que partiam e aterrissavam no Aeroporto Santos Dumont.

– O que você acha de irmos pro meu apê? – disse Lucas. – Não precisamos demorar até porque amanhã irei acordar cedo pra faculdade.

Lucas reforçou o convite e a língua doce também amoleceu o coração de Mariana. Levantaram, tomaram a direção da Rua Cândido Gaffrée e cruzaram a Roquete Pinto até atravessar a Praça Raul Guedes, onde ficava o edifício.

Desde então os encontros entre eles se configuraram intensos e frequentes. Quase que diários.

Mariana, rapidamente, se apegou a Lucas. Não era para menos, já que sua rotina durante a semana, naquele trecho da cidade, tão longe de casa, era solitária e um tanto quanto dolorosa ao conviver com os moradores do bairro, que a encaravam com desprezo.

Os prédios rasgavam o céu que costumava admirar decorado por pipas, patrimônio de Água Santa – assim como Elza Soares –, na zona norte, onde Mariana morava. Já as muitas casas abandonadas, entre a Avenida Portugal e o Forte de São João, em nada se pareciam com as casinhas resguardadas por São Jorge, Nossa Senhora de Fátima e outros santos em azulejos nas fachadas da rua do Tijolo, onde vivia com a família. Até do seu Omar, do mercadinho, sentia saudades, mas nenhuma era maior do que a voz do pai cantando "Disritmia", de Martinho da Vila, todas as manhãs, e de vestir o branco, aos sábados. Contudo, desde que começou a morar naquele pedaço da cidade a maior parte da semana, ela passou a odiar vestir o branco.

Quando conheceu Lucas, sentia que não aguentava mais abrir e fechar os olhos enclausurada no quartinho minúsculo, nem a humilhação de precisar fazer um malabarismo para se manter de pé entre a porta, o chuveiro, a pia e a privada apenas para conseguir escovar os dentes. Sem falar na atmosfera constante de constrangimento. Tinha a sensação de que o rapaz refrescava sua rotina.

Gostava da sua boca *tutti frutti* e de seus dedos habilidosos, que passeavam por seu corpo e pelas cordas do violão ao tocar para ela "Menina mulher da pele preta", de Jorge Ben, nas noites em que se encontravam. Os dois passavam o dia trocando mensagens, mas, para ela, ainda era pouco.

Lucas não era indiferente a Mariana. Talvez, mais objetivo. Só enxergava um corpo. Ele até havia notado o acanhamento da moça, sobretudo, ao falar de seu dia a dia. Supunha ser ela uma cotista das universidades da Praia Vermelha, nascida e criada do outro lado do Túnel Rebouças.

Ele a presenteava com serenatas mais para ser agraciado com a admiração destinada ao virtuoso violonista que ele fantasiava ser do que por qualquer sentimento. Além disso a falta de berço era gritante e grotesca em Mariana, que, para Lucas, não conhecia as coisas boas da vida, como o sabor do *steak au poivre* do LeVin, a paleta de cordeiro do Alloro ou o brunch do Alvear Palace Hotel, em Buenos Aires. Nem os brinquedos de Epcot, na Flórida, ou a magnificência da Fontana di Trevi, em Roma, mas entre os lençóis nada disso fazia diferença.

– Um dia eu estava chegando de Uber em casa e vi Mari de branco dos pés à cabeça, com outras mulheres, também de branco. Cada uma levava sua criança, de idades e tamanhos diferentes, algumas com carrinhos de bebê. Estavam juntas na Mureta. Foi aí que me liguei e pensei igual ao general Akbar em O Retorno de Jedi, "it's a trap". Decidi cair fora, mas a maluca apareceu na minha casa, sem avisar – disse ele.

– Você sumiu – disse a jovem com tristeza, quando Lucas abriu a porta de serviço.

– Eu estava enrolado com a faculdade e o estágio – disse ele.

– Eu preciso contar uma coisa importante pra você, Luquinhas. Os últimos dias foram muito difíceis e eu não sei o que aconteceu pra você não responder as minhas mensagens. Mil loucuras se passaram pela minha cabeça e ando uma pilha de nervos, mas você precisa saber que vai ser papai. Estou grávida.

Àquela altura os outros dois não despregavam os olhos do amigo.

– E o que você fez? – disse Enzo.

– Eu fiquei desesperado. Perguntei se ela não se cuidava, se queria dar o golpe da barriga. Eu disse que eu era um moleque cheio de sonhos e é verdade. Quero levar nossa música pro mundo, tá ligado? Não tinha como pensar em filho. Pra piorar, Lei de Murphy é certeira, e minha mãe chegou do gabinete. Ouviu todo o papo sobre gravidez. Elas nem se conheciam, tá ligado? Então, foi um dramalhão. Minha mãe chamou Mariana por nomes terríveis que tenho o bom senso de não reproduzir. Mas quando a juíza perdeu o juízo de vez, achei melhor interferir. Mamãe respirou fundo e pediu desculpas. Reconheceu que tinha se exaltado e disse que era melhor as duas resolverem aquele assunto de mulher pra mulher. Ia saindo na dichava, mas inventei de olhar pra trás. Mari estava quase chorando e me suplicava, com o olhar, pra que eu ficasse, mas eu não consegui e fui pro meu quarto.

– E depois? – perguntou Bento.

– No dia seguinte, minha mãe descolou o intercâmbio. No aeroporto, garantiu que ia cuidar de todo o problema. Também pediu para eu refletir e estudar, mas, pra ser sincero, não estudei. Até aparecia na faculdade, mas pegava o metrô e ia curtir a cena no Village, ir à shows, comer uma pizza no Central Park. Quando estava cansado, ficava no *studio* jogando GTA.

– Mas o que ficou resolvido sobre a gravidez? – perguntou Enzo.

– Não teve nenhuma notícia da moça? – Bento questionou.

– Outro dia, pedalando pela Mureta, avistei o mesmo grupo de mulheres de branco. Elas comentavam sobre uma conhecida que trabalhou um tempo no bairro e que recentemente havia morrido por complicações de um aborto. Torci pra que elas não estivessem falando de quem eu imaginava.

Ao fim do relato os três permaneceram em silêncio, cabisbaixos. Cada um imerso em seus próprios devaneios acerca da história do companheiro.

– Cara, sabe de uma coisa? Não havia a menor possibilidade de você ser pai. Você nem se formou em direito ainda, como iria ter um filho? São muitas responsabilidades, uma criança iria atrapalhar. Esqueça esse B.O. e corra atrás dos seus sonhos – disse Bento.

– Foi melhor desse jeito, Luquinhas. Você tem a vida toda pela frente – disse Enzo.

As nuvens de fumaça mágica se precipitaram mais uma vez, levando a tensão do desabafo para longe. Os três amigos se puseram a falar sobre amenidades: a faculdade, o Brasileirão, as garotas do campus e os videogames. Em seguida, tomaram um Uber em direção à Casa da Matriz, ali mesmo, em Botafogo, onde compraram garrafas de Heineken geladas e trocaram olhares com mulheres tatuadas e de cabelos coloridos.

O APARELHO

Tales Borges

31 anos. Preto, carioca e morador da zn. Torcedor do Vasco da Gama, mesmo sabendo que é insalubre. Atua como designer gráfico, roteirista, fã nº1 do Djavan, publicitário e estudante de Letras pela UNIRIO. É apaixonado por quadrinhos e cultura pop, além de noveleiro de carteirinha. Co-roteirizou o espetáculo ABRIGO, no Ação Cidadania em 2024 e é produtor cultural da Semana Negra de Letras da Unirio. Tem o tímido hábito de escrever contos, crônicas e poesias, além costumeiramente se iludir tentando ser o fã nº1 do Djavan.

— Que Deus te guarde, te cuide e te proteja, meu filho. Boa sorte.

A bênção da mãe foi a última coisa que Darlan ouviu antes de sair correndo de casa. O atraso não o fez perceber do que esquecia, mas ao chegar na esquina entre as ruas Goiás e a Palatinado, lembrou do carregador deixado por sua mãe em cima da mesa da cozinha. Ainda era tempo. Correu de volta, puxou o cabo pela janela entreaberta e, ainda correndo, deu meia volta a caminho da estação de Quintino. Fez o de praxe. Um pé na árvore, outro no buraco da parede, um pouco de impulso e pronto, o muro já não era mais obstáculo. Se esgueirou da visão dos guardinhas da Supervia e caminhou entre os trilhos e os pedregulhos. De longe pôde ouvir o assovio do arranhar de ferros em freio. Num pulo, subiu à plataforma e logo estava no parador a caminho da Central.

Há 15 anos...

Era uma manhã do mês oito, o tempo frio, um tanto chuvoso. Dulcineia mostrou uma carta amarelada para seu primogênito, que já estendia a mão ansioso. Agora, fazendo 18 anos, já era idade de ler a carta que o pai deixara antes de partir. Foi assim que Aroldo indicou. Nem antes, nem depois. Tinha que ser ao seu gosto, em agosto. O homem era um amargor, pavio curto, de humor extremamente grosso, exceto com seu filho, paixão de sua vida. A ele prometia um mundo inteiro de mimos. E em silêncio o jovem começou a ler.

"Caro André

Finalmente está lendo esta carta, já deve ser um homenzarrão, rapaz forte e inteligente como seu pai. Decerto o labéu e a melancolia já me levaram a vida, mas conforme minha vontade você recebe esta carta. Uma ótima idade, meu rapaz. Idade para conquistar o mundo e ter dinheiro no bolso. Desculpe a avareza em minhas palavras, talvez devesse ser mais zeloso, mas nunca fui muito afeito a denguices. Seu avô sempre me ensinou a ser austero, firme. E creio que por aí deva estar cercado por molengas e, por conta disso, necessito ser rigoroso. Já me encontro em desencarne, então gostaria de ter aqui uma conversa de pai morto para filho vivo contigo.

Começo com um relato. Você ainda nem tinha nascido, eu era respeitado, um homem de posses, dono de vários estabelecimentos no centro do Rio. Nessa época, ainda estávamos na Rua Bento Lisboa, no Catete. Era um ótimo apartamento, bons tempos. Infelizmente acabei me envolvendo com pessoas incautas e perdi tudo. Não cabe aqui explicar os detalhes, mas filho, eram pessoas acovardadas, sem visão, sem faro, burras mesmo. Entregaram todo o plano de um novo empreendimento que montei, mas por sorte o pior não aconteceu. Pouco respingou em mim.

Viemos parar nessa casa de subúrbio que sua mãe herdou de seu avô junto com aquele Fusca e o galpão em Caxias. Desde então, me sinto frustrado.

Não porque fracassei. Não. Não pense isso de seu pai. Fui apenas amaldiçoado. Amaldiçoado pela fraqueza de alguns homens.

Agora, acredito que você possa mudar isso, interromper esse ciclo que recaiu sobre nossa família. Por meio das instruções que adquiri, vou orientá-lo. Se seguir o que digo, terá sucesso. Em resumo é simples, basta praticar a Lei de Gérson. Você é jovem, filho, eu já não tenho mais tanto garbo e menos ainda a estima dos outros, para aplicar tão bem tais instruções. Por isso esta é uma missão que deixo para você.

A primeira orientação é: priorize as alianças, amizades distraem, te afastam do seu intuito. Mantendo alianças, não precisará criar vínculo e muito menos confiar. É da natureza do homem a traição. Por isso não confie em ninguém. Afinal, não vai querer que aconteça contigo o que me aconteceu. Foque em si, em sua autorrealização. Seus próprios desejos e necessidades precisam estar acima de tudo e de todos, incluindo Deus e os outros. É de bom gosto, para seus próprios intentos, ater-se aos que te sirvam de informações caras. Nunca troque um jantar com um deputado federal por mais uma primavera de sua mãe. Adorada Dulcineia. Pode parecer um tanto brutal, mas o mundo funciona assim, as chaves do baú estão nas mãos de poderosas figuras putativas que temos que adular, até conseguir extrair o que der... Sem demora, colocando a pressão certa, logo vem o retorno.

No mundo existem muitos tolos, meu filho, mas não tenha pena. Essa é a lei natural das coisas e a natureza não costuma perdoar os fracos e ingênuos. Há homens que só prestam para servir, não os faça esquecer disso. Imponha o seu lugar de direito. Infelizmente terei que interromper as instruções, me falta serenidade no momento, para seguir escrevendo. Você, criança, chora em meus ouvidos, não consigo me concentrar. Sua mãe precisa se atentar com sua educação. Por ser um assunto de pai e filho, deixarei mais uma carta com as próximas instruções, dentro do barquinho de madeira que lhe dei e que você tanto ama. Até a próxima carta, amado filho. — Aroldo Rocha de Miranda"

Com os olhos encharcados, o jovem foi saindo da carta. Era um misto de tristeza e frustração, sem acreditar no que tinha feito, pois, para impressionar uma ex-namorada, com um quarto mais másculo, jogou no lixo toda coleção de barquinho de madeira.

"Ao desembarcar, observe o espaço entre o trem e a plataforma."

Tudo parecia um grande formigueiro. Pessoas ziguezagueando de um lado para o outro, algumas se esbarrando, outras se encarando e quase todas correndo suadas como se estivessem atrás do ouro. Assim ia se formando o terminal da Central do Brasil. Darlan, apesar de estar acostumado com aquela correria, encontrava agora dificuldade para se sentir parte daquele todo.

Há um tempo, sempre que pisava naquele terminal, se sentia energizado, lembrava de dona Arminda, sua mãe, que sempre lhe dizia: "faça da revolta a sua força". Possuído por toda aquela aura de indignação trabalhadora que exalava naquele terminal, Darlan reprimia seu medo e vergonha e encarava todas aquelas linhas e ramais como vendedor de barrinhas de cereais. Mas isso já tem algum tempo, inclusive foi seu último bico antes de ganhar o aparelho. Agora o medo e a vergonha voltavam a controlá-lo. Mas seu tempo era escasso e ele tinha uma entrevista marcada na Rua da Candelária. E lá se foi, apressado como os outros que corriam pela Central, até chegar à Presidente Vargas. A principal avenida do Centro da cidade abrigava um intenso fluxo de ônibus e carros, dentre eles uma viatura. Quem é de fora do estado do Rio de Janeiro talvez se assuste ao visitar e perceber a prática conhecida entre os policiais da capital de ostentar seus fuzis, colocando o bico para fora da janela das viaturas. Isso soa um tanto perigoso, mas nada a temer. A polícia carioca é devidamente bem-preparada e capacitada. As estatísticas de auto de resistência asseguram isso. Jamais encontrará falhas. O soldado André, por exemplo, saudoso da gratificação faroeste, criou até uma aposta entre os soldados do batalhão. Com nove abates em uma semana, ele estava virando atração do batalhão, liderando com a aposta o bolão com folga. Mas isso gerava incômodos, principalmente para seu desconfiado colega de viatura, o Brandão, que tinha quatro. O homem se via cada vez mais distante de ganhar a grana da aposta e inconformado também.

— Qual foi, Brandão? Tu sabe que já perdeu essa, né? — diz André, transferindo o olhar do celular para uma moça que passava ao lado da viatura, estacionada na Buenos Aires.

— Tu acha que sou trouxa? Dá o papo, tem treta tua aí, André.

— Tu tá falando merda, nessa porra! Até o delegado já confirmou meus números, pô. E tu sabe que eu só tô nessa aposta pra pagar o tratamento da minha mãe. Dona Dulcinéia tá bem mal lá naquele hospital.

— Aham, sei. Lá em Caxias, né? Então me diz, qual o hospital mesmo que ela tá?

— Não gostei do teu tonzinho de ironia. Sei que tu não gosta de mim, mas quando tem família no meio tem que ter respeito. Fica na tua, valeu?

Minutos depois, esquinas dali, no quinto andar de um prédio na rua da Candelária, Darlan tentava controlar seu nervosismo na sala de espera, principalmente após tomar uma encarada de um policial que passava na entrada do prédio. Mas logo lembrou da frase de sua mãe e a calma veio. Lembrou do possível salário, que não era lá grande coisa, mas faria a diferença em casa.

Finalmente aconteceriam o sonhado cartão VR, o desejado tênis da Nike e aquela idolatrada corrente de prata. Darlan conseguia até escutar o tilintar da correntinha de prata chamando-o.

"Darlaaan, Darlan." Pois é, corrente não fala, era só a recepcionista Juliana.

— Opa, desculpa.

— Vou te levar até a sala da dona Carla, ela é a supervisora do setor de Teleatendimento. Ela vai te entrevistar.

Darlan entrou na sala. A mulher o recebeu com um sorriso largo e um longo e caloroso aperto de mão, que chacoalhou todo seu corpo. Aos poucos, o jovem foi se acalmando e se sentindo à vontade sentado na poltrona de couro bege, principalmente após perceber que Carla pontuava algumas vezes ter gostado do seu currículo. Darlan estava confiante. A entrevista então foi se encaminhando para o fim. Ele já sentia que a vaga era sua. Tudo estava seguro. Porém, não por muito tempo.

BIIIP, BIIP, BIP…

— É o seu tocando? — perguntou a mulher.

— Ai! Eita, acho que sim — disse o rapaz, sem graça enquanto fingia procurar o celular.

— Darlan, fique à vontade, a entrevista já praticamente terminou. Fica tranquilo que até o fim do dia eu te dou a resposta.

— Ótimo, perfeito.

— Prazer te conhecer, Darlan. Boa sorte.

O jovem levantou e saiu da sala apressado, os olhos arregalados e as pernas trêmulas. Pensou em recarregar no banheiro, mas não queria correr o risco que alguém da empresa soubesse, não ainda. Correu para o térreo do prédio, tentou avistar alguma tomada, e encontrou uma na portaria, mas não poderia ser lá também. Não queria correr o risco.

BIP, BIP, BIP... (bateria em 9%)

Darlan suava, aflito. Sentia a pulsação das veias em sua têmpora. Sua mão começou a transpirar. Sentia seu rosto quente, a pressão subindo. O mundo queria cair sobre sua cabeça e sua consciência parecia perder a luta contra o forte domínio do nervosismo que imperava sob seu corpo. Ele não podia deixar descarregar. Olhou em volta e avistou um bar, correu até lá.

— Boa tarde, tudo bem? Será que o senhor deixaria eu usar a tomada? É urgente.

— Tá, me dá o aparelho que eu boto lá dentro.

— Então, na verdade não tem como, eu preciso tá perto do aparelho.

— Ô abençoado, a tomada é lá dentro e lá dentro ninguém entra além de mim.

BIP, BIP, BIP... (bateria em 7%)

Não tinha outra escolha, então mostrou o aparelho. O homem arregalou o olho.

— Ei, oh, sai daqui seu ladrão! Seu bandido, sai de perto do meu bar ou eu chamo a polícia. Tá querendo me roubar? SAAI!

Darlan se afastou do bar, em choque, enquanto o homem do bar gritava tão alto que o restante da rua o encarava com medo, pavor. Aqueles olhares condenáveis e punitivos amarraram seus pés no chão, mas só durou por alguns segundos, pois a necessidade de viver o empurrou em correria, nem sabia para onde, mas corria.

— Aquele vagabundo tentou roubar o bar do senhor? — perguntou o policial Brandão

— Tava tentando entrar no meu bar. Sorte que eu vi que era bandido, tava de tornozeleira. Deve ter fugido da cadeia, essas porra.

Brandão sorriu e saiu correndo atrás de Darlan, enquanto André de longe, dentro da viatura sem entender nada, seguiu de carro atrás do colega.

BIP, BIP, BIP... (bateria em 6%)

Darlan queria chorar de raiva, mas não conseguia, o medo não deixava. Logo veio a principal preocupação em sua mente, sua mãe. Dona Arminda sempre o alertava para ter mais atenção com o carregamento da tornozeleira, não suportava imaginar ter que encontrar seu filho novamente preso. Ele não queria vê-la sofrendo outra vez.

"PEGA LADRÃO".

Darlan gelou por dentro com o grito. Uma carga seria o suficiente para conseguir chegar em casa. A cada tentativa de buscar um olhar que o amparasse, o acolhesse, que o ajudasse, mais encontrava olhares de medo e raiva ao seu redor. E ele corria. Sentindo o forte impacto dos seus pés naqueles paralelepípedos que cobriam o chão, onde outrora passaram tantas pessoas negras em situações iguais à dele. O rapaz virou, dobrou a esquina saindo da Ouvidor para a avenida Rio Branco, pôde ouvir a sirene da polícia, cada vez mais perto. E ele nem entendia. De repente, um homem qualquer chuta suas pernas na tentativa de derrubá-lo, mas o rapaz desvia e corre. A sirene parece se aproximar ainda mais e Darlan já não sabe mais o que fazer. Populares assistem ao show. Cada olhar como uma pedrada. Mais uma perna aparece na sua frente, e dessa vez o acerta. Ele cata cavaco, arranha as mãos, mas continua a correr. Em seguida sente que pode ter levado um soco, mas não tem certeza, tudo é muito rápido. Seu rosto está dormente. "Eu só queria recarregar." De repente, na mente de Darlan, começa a socar violentamente a maldita frase do manual: "DESCARREGAMENTO DE BATERIA DE TORNOZELEIRA ELETRÔNICA. QUALIFICA FUGA. FALTA GRAVE." A frase ressoava em sua mente e a cada repetição parecia fadigar cada membro necessário para correr. Até sentir como um tiro, um tiro de canhão atingindo suas costas, era uma pesada bola de músculos o arremessando para longe. Quando deu por si já estava rendido, pelo homem que o acertara com seu próprio corpo para derrubá-lo. Um policial que agora apontava uma arma para seu rosto, em frente a uma estátua perto do buraco do Lume.

BIP, BIP, BIP… (bateria em 0%)

Foram os momentos mais aterrorizantes da vida de Darlan, no fundo daquele carro, sendo ameaçado a cada tentativa de verbalização. Nada mais podia ser feito. O choro de angústia finalmente veio, mas até isso tinha que ser feito em silêncio. Quando os homens começaram a dizer o que fariam com Darlan, negociando quem o mataria para uma tal aposta, o rapaz irrompeu em fúria.

Era como se todos os pés aprisionados, que há séculos percorreram o chão das mesmas ruas e vielas que Darlan esteve minutos antes, tivessem ressurgido agora. Para pisotear aquela viatura por dentro. Pés clamando liberdade, e nada poderia conter aquela força, exceto o anúncio do fim, aquele abrupto abismo longo, de olhar obscuro e enigmático que o fitava. Se aproximou de seu rosto, até dar aquele beijo frio e mortífero em sua testa. Darlan pensou na mãe novamente e chorou. Era o fim. O homem dizia coisas para ele, mas nada o alcançava. Então o carro parou, André saiu e entrou na delegacia.

Foi então que o outro abaixou o cano, arrastou Darlan até o carona e começou a recarregar a tornozeleira. Darlan estava tão em choque que mal conseguia esboçar surpresa com a reação inesperada. "Será que agora ele espera minha gratidão?", pensou Darlan. A bateria chegou a 14%. Brandão o levou de volta para o camburão. Sem antes deixar uma frase confusa pra Darlan

— Se eu tiver sorte, tu nem morre.

Minutos depois André volta. E encostados na lateral da viatura Brandão e André conversam.

— Falei com o delegado Queiroz. Ele aceitou você no esquema. Tu me dá o garoto, eu finalizo a aposta e divido uma parte contigo.

— Não é que tu tinha um esquema mermo. Ainda por cima com o delegado. Mas não precisa dividir, não, me dá o que tu tem aí na carteira que já tá bom. Preciso de uma grana pra hoje.

— Melhor ainda. Até porque a grana da aposta vai demorar pra cair. Toma! Trezentos contos aqui. Agora o procedimento é comigo, tô indo lá pra Caxias com o pivete.

— "Mamãe doente em Caxias" — zombou, soltando uma gargalhada. — Qual a real desse teu esquema em Caxias?

— Aí tu já quer demais, meu querido. Isso é das antigas, negócio de família. Fica na tua e bico fechado.

André foi para a viatura levando Darlan. O policial só pensava em botar a mão no dinheiro. Obviamente já não era muita coisa, afinal teria que dividir com o delegado e talvez ainda dar mais um faz-me rir pra Brandão. André tinha pressa para pegar a grana da aposta, por isso decidiu abrir o jogo assim que Brandão prendeu Darlan, oferecendo participação no esquema em troca do rapaz. André tinha as costas quentes, sem chance pra Brandão ganhar. A ideia da aposta o ajudaria duplamente. Primeiro nas contas da fábrica de cigarros herdada do pai, e também com a "mão de obra" que adquiria em cada "abate". "Papai deve tá orgulhoso", pensou André enquanto ria e estacionava o carro em frente ao galpão em Caxias. Darlan entrou cambaleando e avistou o interior do local. Viu oito rapazes em frente a máquinas com os pés acorrentados e sendo vigiados por dois homens armados.

— Aí, trouxe mais um pra vocês dois tomarem conta. Esse aqui gosta de correr! Os outros tão produzindo legal?

— Nada, chefe. Tavam tudo de má vontade.

— Como assim? Pera aí. Tá faltando um, né?

— Avacalhou muito os materiais, chefe. A gente teve que dar um jeito, fazer de exemplo pros outros.

— Que porra cês fizeram, Biriba! Tá maluco? Como tu me faz essa merda! — gritou André, que, ao perceber que ainda estava na frente de Darlan, mudou de tom com os seguranças.

— Merda! Mas já foi, né? Só me avisem das coisas antes de agir. Vou voltar pro Rio. Amanhã às 8h passo aqui e resolvo isso direito.

— Por favor, não me deixa aqui não. Te imploro, não fiz nada — suplicou Darlan aos prantos, sem entender ainda qual seria o seu destino.

André ignorou o rapaz e se encaminhou para fora do galpão. Mal pôs o pé pra fora e já foi surpreendido por duas viaturas estacionadas. Rapidamente tentou voltar pra alertar os seguranças, mas quatro policiais se aproximaram do portão, fazendo o homem recuar da ideia.

— Opa, tranquilo? Não sabia que tinham mandado mais um reforço. O rapaz tá aí dentro? — perguntou uma policial

— Rapaz, que rapaz? — Por um segundo André voltou a ser o filho de Dulcineia. Totalmente nervoso e prestes a ser pego na mentira. — Não tem rapaz aqui.

Os fardados recém-chegados se entreolharam confusos.

— Olha, a localização bateu aqui mesmo e a notificação de fuga apareceu assim que ele saiu da cidade. Ou ele se livrou da tornozeleira aqui e fugiu ou tá escondi…

— SOCORRO! — um grito visceral bradou de dentro do galpão.

Ao escutarem o grito, seguido de outros, os quatro policiais derrubaram o portão, atropelando André. E os tiros cantaram. Até que: Tudo estava acabado!

MEMÓRIAS VIVAS DUMA *CALLIPHORIDAE*

THAIS CARVALHO AZEVEDO

Nasceu em Botucatu e cresceu em Macaé, onde participava do coletivo anarquista Resistência Livre. Hoje mora no morro Vital Brazil (Niterói), onde, Junto do Movimento de Luta nos Bairros, Vilas e Favelas, coordenou um projeto de ensino para as crianças da comunidade. Atualmente, Thais é membro do Partido Comunista Revolucionário, faz mestrado em Teoria da Literatura na UFF com foco nos estudos pós-coloniais e traduz obras inéditas da literatura russa de autoria feminina. Publicou diversos contos em antologias e, em 2024, seu primeiro romance, Quimera no buraco negro.

Ao cadáver cujas frias carnes eu fui o primeiro a roer

Não dispor das faculdades óticas é, sim, um significante empecilho. Por isso, começarei devorando-lhe os olhos. Será que ao digerir o corpo dos humanos acabo também por digerir-lhes os recheios metafísicos, como a inveja? Ou seria apenas meu impulso mais genuíno e inocente de evolução me impelindo a buscar aquilo que ainda não possuo? De qualquer modo, comecemos então pelos olhos. Gelatina ressecada, meu deus, tudo aqui é tão seco e murcho. Mas posso ver o pretérito espelhamento nas retinas, agora tão opacas. Espelhos, espelhos teus. Existiu em vocês algo mais belo do que eu? Algumas coisas chegaram perto, como o horizonte todo azul do Atlântico. Não posso vê-lo, mas sinto-lhe o gosto em minha pequena boca, o azul tem gosto doce, leve; mas não é só. Há nele algo de insólito, um tempero meio cinza. É que no meio do oceano havia um poeta enlutado. Poetas são já por natureza seres graves, muito graves. E o luto também não é lá a coisa mais frugal. Imagine então a distorção no espaço-tempo que um poeta em luto pode causar, Minha Nossa Senhora! Tão pesado esse ponto cinza no meio do azul que, se eu tivesse língua, estaria dormente. Mas você, ao contrário, digeriu bastante rápido todas essas cores, não foi? O mar e a morte, as dores alheias, tudo lhe escorregava por dentro, de cima a baixo, lubrificado. Já em terras portuguesas evacuou as memórias que misturadas tingiram-se numa massa opaca indivisa e senil, nem azul, nem cinza; turva como suas pupilas secas. Falando nelas, que outras belezas me reservam? Rogo-lhes que me mostrem mais, que me entretenham, a vida de um verme não é tão mais divertida do que foi a sua. Talvez juntas, nossas vidas medíocres possam se somar numa terceira, toda plena e túrgida.

Vamos, vamos, o que mais me reservam essas retinas? Sinto um gosto novo, um sabor florido, mais especificamente de astromélias e orquídeas laranjas. Chama-se Virgília. Sim, Virgília é nome de mulher que tem no coração flores laranjas. Não me peça para explicar, sou ainda apenas uma larva, e quando adulto serei também apenas uma mosca. Serei sempre apenas. Pelo menos aceito com modéstia minha pequenez. Já você, senhor dos olhos opacos, sempre teve medo de ser apenas, não é? Senti-o em seu cheiro desde que cheguei, o cheiro de medo, mas de um medo bastante singular. Sinto exalando por toda extensão de sua epiderme o medo do apenas. Mas isto é conversa para a degustação de outros órgãos. Então Virgínia tem gosto de orquídeas laranjas. Uma mulher simultaneamente clássica e distinta. Amou-a, por certo, embora haja além do amor um gosto ainda mais doce, um gosto de goiabada, o inebriante gosto da paixão. A paixão por Virgínia, sim, mas acima de tudo a paixão por si próprio. Apaixonou-se pela ideia de ser um homem com um amor clandestino, pela sensação de poder que isso lhe conferia sobre um outro homem de mais poder, o marido daquela dona flor. Apaixonou-se sobretudo por seu próprio reflexo nas retinas de Virgínia. Os olhos alheios são espelhos que distorcem as visões de acordo com aquele que vê, e Virgínia te via belo, digno, culto. Ah, que paixão você sentia por esse teu reflexo, que inclusive te distraía e te salvava diariamente do medo do apenas. Que doce, vermelha e psicotrópica goiabada! Que delícia, que banquete, estou tão grato. Sentir em seus antigos espelhos o reflexo dos espelhos de Virgínia me desnorteia; um espelho em outro espelho, um túnel infinito e inescapável. Será que é isso a paixão? Um túnel infinito e desnorteador surgido do encontro entre os espelhos de si e do outro? Apesar do sabor tão agradável, começo a sentir certo receio, pois, perdoe-me a sinceridade, não quero terminar como vossa senhoria. Fujamos dos terríveis túneis da paixão!

Vamos rastejando, vamos rastejando. O que virá pela frente? Sinto um agridoce estranho, arenoso... Mas que repulsa me causas, meu senhor. Desculpe, mas não é possível tamanha falta de maneiras. Como pode um homem de respeito não limpar os ouvidos antes de morrer? Aqui dentro está cheio de cera, o senhor me perdoe, mas é que isso atrapalha demasiadamente o meu trabalho. Sim, é nutritivo, mas não pense que só porque sou um verme não possuo o direito de ter gostos e um paladar exigente. Por trás da cera há, meu Deus, um horror ainda pior, embora para ti nunca o tenha sido. São os sons do sofrimento. Uma mulher grita e chora, um menino pequeno geme, tão cedo resignado, a infância roubada. O sofrimento humano! Os humanos me causam profunda e latejante curiosidade. São tantos de uma só espécie e, no entanto... com que discrepância o paladar de cada um aprecia o sofrimento. Para os sádicos, tem sabor de refinado vinho tinto, vermelho como o sangue. Para os decentes, textura de cacto descendo goela abaixo. Para você... para você, meu caro, o sofrimento alheio é água. Gosto, cheiro e textura indiferentes. Mas, ainda que a água lhe seja indiferente, toda sua vida depende dela. A vida que você viveu, meu senhor, foi toda hidratada e sustentada pelo sofrimento alheio, embora ele lhe fosse invisível. Mas os sons... Os sons me dizem tudo. O grito da mulher escravizada golpeada por ti, os gemidos do menino Prudêncio enquanto você o montava, encrustaram-se em seus tímpanos sebosos, quer você queira ou não. Todos os vermes saberão a constituição secreta daquele que foi Brás Cubas: gritos, prantos e gemidos humanos, nada mais.

Há também um outro som, aquele que para ti foi o mais apavorante de todos: o som da passagem do tempo. Penso que é como que coincidência avessa, uma vez que é esse mesmo meu som favorito e aquele me constitui! A passagem do tempo é, para mim, o que o sofrimento humano é para ti: a fonte de meu sustento. Se não fosse por ela, nós não estaríamos criando agora estes belos laços afetuosos e tão nutritivos. Mas você tinha medo... nossa, como tinha medo! O tic era o barulho de um minuto colocado no vagão do trem, o tac era o som de outro minuto que lá na frente era entregue ao abismo. O trenzinho infinito com destino ao vazio retumbante ia assim transportando os minutos um por um, os vagões coreografando a dança solitária da morte. Era meu querido banquete entrando no forno! O que você, coitado, não foi capaz de compreender, era a raiz do pavor: não era um pavor do som do relógio e sim do som da solidão. Ela ia crescendo e crescendo dentro de você. O esquecimento ia se alastrando por seu corpo como um fungo, se alimentando dos últimos resquícios do doce sonho da imortalidade. Tic, tac, tic, tac. O som dos minutos colocados no trem se tornava paulatinamente abafado, cada vez mais distante, a luz ia enfraquecendo, e de repente você percebeu que não estava enxergando mais nada. Tudo de repente se virara do avesso. Você fora finalmente engolido e jazia sufocado dentro do estômago da solidão, como um pequeno verme.

PALAVRAS DE MAURÍCIO BARROS

Considerado o mais importante escritor do Brasil, pode-se dizer que Machado de Assis dispensa apresentações. No entanto, não é tão simples assim. Durante muito tempo o escritor teve invisibilizada sua condição racial, o que fez com que sua negritude fosse silenciada nos bancos escolares, onde seus livros se tornaram leitura obrigatória para a maioria dos alunos das escolas brasileiras. Grande parte desses leitores provavelmente nunca soube que Machado de Assis nasceu num quebrada do Rio de Janeiro, a Ladeira do Livramento, na zona portuária carioca. Além de genial, era um escritor negro e periférico.

Este era o retrato do artista que o Machado Quebradeiro revelava. Nos nossos encontros, percebi que aquele era um projeto que "devolvia" Machado de Assis para as escritoras e escritores negras e negros que tinham como missão fazer uma releitura literária da obra do mais célebre imortal da Academia Brasileira de Letras. Tinham a difícil tarefa de escolher algum texto de sua vasta produção e recriá-lo.

Partimos, como fio condutor para contar essas novas histórias, da relação de Machado de Assis com a cidade. Poucos tinham tanta intimidade com as ruas, esquinas e encruzilhadas do Rio de Janeiro quanto o escritor que também ficou conhecido como o "bruxo do Cosme Velho", onde morou no final de sua vida.

A cidade, seus encantos e pecados, nos guiaram. Tanto que após a oficina, depois de termos comentado nos nossos encontros a respeito do lugar onde Machado de Assis nasceu, a Ladeira do Livramento do início desse texto, a turma resolveu visitar o lugar. Não pude ir com o pessoal, mas sei que logo entenderam que aquela casa em ruínas, sem nenhuma informação sobre sua importância, deveria ser reconhecida como um patrimônio da cidade.

Não por acaso, muitos dos textos que resultaram da oficina partiram também das andanças dos escritores que, assim como aconteceu com Machado, transitam intensamente pelo terreiro que é a cidade de São Sebastião do Rio de Janeiro.

UMA ESTÓRIA AFIDALGADA

Bianca Oliveira

É de Nova Iguaçu. Professora e escritora. Bianca publicou sua primeira obra, Poesias do Cotidiano - As Grandes Pequenas Coisas, em 2023, pela Opera Editorial. Teve participação na revista literária digital Literatura & Fechadura, também na revista Litteraae, participou como poetisa convidada do primeiro sarau literário da Biblioteca Comunitária Paulo Sacramento, na baixada fluminense. A autora, amante dos Clássicos da literatura, em sua escrita preza pelo lirismo, o qual é a sua maior assinatura.

Em terra de fidalgo, quem tem mais é rei.

Ernesto, também Valença, enraizado em sua crença, vive às pompas em seu casarão. De minhas palavras poderia surgir uma epopeia, mas quiseste o "dito cujo" ser um anti-herói...

"Ouviram do Ipiranga, às margens plácidas, de um povo heroico, um brado retumbante" ... e Ernesto, a polir os seus brasões!

Às tardes, bem perto do alvorecer, nas ruas do Rio, as carruagens se movimentavam. Depois de mais um dia, aprontava-se a fidalguia, pois já era hora de se recolher. Ernesto no dia seguinte seu alfaiate haveria de receber...

Como pode um nobre não se preocupar com suas medidas? É como uma arte esculpida: colarinho, colete, e a manga nas mãos!

Em terra de fidalgo, discorrem grandes quantias, com coisas vazias, que só preenchem um salão, e quando marca o relógio, a hora da partida, todos se vão: as pessoas, a vaidade, as falsas modéstias e toda essa ilusão.

Meus caros amigos, me ponho a dizer que deveras é um cenário de solidão (ainda que alguns demorem a perceber).

Embora nessas festas O Fidalgo se cerque de rostos e sorrisos, o principal não está consigo. O próprio abriu mão.

Assim como uma valsa de passos conhecidos, "Um pra lá, dois para cá", corre o dia a dia fidalguesco...

Do outro lado dos arcos da Lapa, nos lados longínquos à nobreza, achava-se Luísa, com outro tipo de grandeza; vivia em termos distintos. Apesar dos modos finos, não possuía uma herança, tampouco um sobrenome conhecido.

O filho mais velho de Ernesto, Joaquim Valença, de longe como o pai, sem se importar com regalias, optou por viver modestamente quando descobriu o amor.

Era ela uma mulher estonteante, repleta de sinceridade, com sorriso largo e transparente, e que logo daria à luz.

"Água mole em pedra dura tanto bate até que fura" ...

- Preciso de meu neto! A quem darei todo o meu afeto? E este meu teto tão solene, deixarei para as traças roerem?

A saudade é um sentimento puramente humano, que bate quando menos se espera, e dela parte um confronto. Ernesto não era nada mais do que de carne e osso;

Ficou por dias macambúzio, nem mesmo o alfaiate quis rever.

O arrependimento chegou como visita, e ficou como quem não sabia o que fazer.

A humilde Luísa não havia desistido, sua sabedoria lhe dizia que não obstante os laços de sangue, lembrá-los-iam como proceder.

A moléstia de Ernesto recusava-se a ceder, quando de repente, em sua mente, desejou mais do que tudo a chance de recomeçar, fitou em direção à porta o seu olhar, e viu o que lhe custava acreditar!

Em sua jornada de aparências, Ernesto se perdeu em seu esquivo. Fidalgo de nome e alma em desalinho. Quando no calor de um abraço fraterno, reencontra-se consigo, descobre na simplicidade, o verdadeiro amigo, e em meio aos sonhos que se refazem no caminho, decidiu não mais caminhar sozinho.

FRAGMENTO DE AINDA MAIS UM DIA NO VAGÃO

Inspirado em "A cidade e seus pecados",
de Machado de Assis.

Drielle Moura

Atriz, encenadora e contista, formada em Direção Teatral pela UNIRIO (2023), se debruça à fábula contemporânea, premiada um dos talentos jovens 2023 de dramaturgia pela produtora de Teatro Musical: Turbilhão de Ideias. Já em 2024 tem seu primeiro roteiro indicado a melhor curta em formato de série pelo CawCine RJ 2024, via Gallery International Europa, Ásia e Brasil de Cultura e Arte de Meio Ambiente. Ademais, é atuante em produções culturais do teatro ao cinema.

Final de dia e uma Figura se encontra acima da cancela que dá acesso à estação da Supervia - Estação qualquer. A Figura observa em silêncio, movimentando apenas a cabeça: esquerda, direita, centro, alto e diagonal, a cada gesto, encontro, despedida de passantes e falantes à sua volta. A Figura acredita que algo está para acontecer, afinal sempre tem algo pra acontecer, e deseja ser ela, a Figura, o registro do acontecimento. Figura deseja engolir qualquer coisa que se possa fazer a sua volta, pensa que talvez até engolisse alguém por entre a rampa e a catraca da estação. Um cachorro pula apoiando suas patas na panturrilha da Figura que, por sua vez, se surpreende ao ter sido capturada pelas costas no gesto do caramelo. Pensa em espantá-lo, mas é tarde demais, suas mãos já acariciam o animal. A Figura pensa que ela e o cachorro têm ali o mesmo propósito: não são notados para além do que são enquanto estão. E enquanto estão farejam o que comer, além do acontecimento. Figura pensa que o caso que aguarda pode estar devorando-a antes mesmo de dar-se conta do acontecimento e resolve agir.

Vai até a bilheteria e indaga:

– Quanto custa a passagem do cachorro?

A Figura pensava que, assim como as crianças, pela estatura, talvez o cachorro tivesse desconto na passagem. Mas descobre que os animais não constam no protocolo da Supervia.

A Figura passa o cartão e segura a roleta até que o cachorro compreenda que seguirão viagem por aquele caminho. O caramelo compreende e juntos rodam a roleta, que dá de frente para a plataforma da estação, onde entram juntos no vagão. No vagão Figura percebe que sua presença é notada, já que não é tão comum um cachorro entre os passageiros. Pensa que aquele novo cidadão, apesar de não pagar a passagem, a partir daquele momento merece um nome que acuse um possível CPF. Charles. Figura e Charles cruzaram os vagões sob os olhares do público transeunte.

Um lugar se ilumina no vagão mais à frente e ambos correm na sua direção; Charles ganha. Sentado no último assento disponível do segundo vagão do ramal Japeri, destino Central do Brasil, Charles encara a Figura com olhos de cigana oblíqua, mas dissimulada. Mas a Figura faz uso da superioridade da raça e toma seu lugar. Quando chegam em Deodoro, pegam o ramal Saracuruna. O vagão já não está tão cheio e os dois se sentam lado a lado. Mulheres, homens e crianças percorrem os vagões oferecendo balas, mortadelas e balões a Charles, que deseja aceitar tudo, porém é impedido por Figura. Faltando pouco para a estação final, um ruído atravessa as fileiras de gente, vindo da passagem entre um vagão e o outro. Alguns passageiros trocam de vagão às pressas e outros inclinam a cabeça na tentativa de entender o que está acontecendo. Figura sente que ali pode estar o que procura desde o início da manhã, ainda na cancela da estação. Charles nota o interesse de Figura e o cutuca com a pata, parecendo temer a disputa pela atenção da nova amizade.

Novos ruídos e mais alguns caminham pelo vagão na troca de lugar, mas Figura tem que decidir entre o lugar que ocupa e o olhar para onde poderia estar o acontecido. Por fim:

– Bispo Macedo X Pai Xangô – alguém exclama.

O ruído mais forte em uma quase sinfonia e a nova informação sobre o assunto fazem Figura levantar num rompante e inclinar todo seu corpo para o vagão ao lado, de onde todos correm. Lá se veem: dois homens, olhos nos olhos, testas com testas e fortes expressões cantando cada qual sua cantoria de fé. O homem de camisa verde cantava um hino, que mesmo na condição de narradora não seria capaz de reproduzir. Já o que vestia branco um ponto de terreiro... algo como "Kaô, meu pai, seus filhos bambeiam, mas não caem". Caiu sentado quase no colo de Charles, se o caramelo ágil não pulasse segundos antes do assento para o chão. Figura cai no riso junto a todas as viajantes do vagão, todas caem no riso, pela situação e coragem. Figura sabe que há de ter coragem na profissão de fé e ri, aliviado. Por fim, Vigário Geral.

Acendem as labaredas, tocam cornetas e apitos.

É 23 de junho e Figura punha careta. Charles não punha nada, pois ainda não sabe ler o calendário. No cortejo a dois, saem da estação a percorrer a pé, à beira da estação que aponta para o endereço da Joaquim Rodrigues, Parada de Lucas.

A SINFONIA DA GAMBOA E A ALMA DE MACHADO DE ASSIS

JOSELENE NEGRA BLACK

55 anos, educamora popular comprometida com a luta pela equidade. Utiliza o Pretoguês, autora do livro "Costurando Retalhos" (2021), "Sou De África" (2022) e "O Arco-íris De Jose" em (2024) Participou de antologias e Fanzine. Está levando arte à educação periférica e incentivando a luta contra o preconceito. Gratimor!

Nas brumas da Gamboa, a noite tece seu manto, silenciando a gagueira da vida em um canto. A cidade, outrora vibrante, agora sucumbe à escuridão. Um labirinto de sombras onde a esperança se afunda. Como um verme faminto, a pobreza devora a carne viva, consumindo tudo em seu caminho e deixando apenas a ferida. As ruas, antes calçadas de sonhos, agora ostentam a crueza da realidade e a esperança se esvai como a luz da lua em um céu sem saúde.

A Gamboa, outrora um pulmão vibrante da cidade, encontra-se agora doente, consumida pela negligência e pela vaidade. A cada respiração exala a podridão de seus males. Um odor fétido que impregna cada canto e sufoca os que ali habitam em seus vales. Onde a luz do sol se recusa a brilhar, a vida solitária se arrasta como um fantasma a vagar sem pressa. Entre esses vermes (que se escondem), quem nos ouvirá? Ouvirão, será, do Ipiranga, os sonhos verdejantes que ficaram à margem? Um menino busca por um fio de esperança, por realidades mais vivas, menos plácidas. Testemunha da exploração que assola seu caminho, ele observa e aprende como a riqueza se esbanja em pompa, enquanto a multidão se afunda na lama da pobreza. E engraxa a riqueza sem a possuir, um símbolo da distância entre os bondes que cortam a libertação.

O menino engraxate se põe a caminhar por essa Gamboa que o acompanha em seu sofrimento. Ergue-se a sua frente um espelho da alma brasileira, revelando as feridas das corrupções e da falta de oportunidade que se fantasia no meio do povo. Através desse espelho enxerga uma biblioteca secreta, onde se depara com exemplares do mestre Machado de Assis. O engraxate mergulha neste mundo machadiano, onde se destacam os males que corroem a sociedade desde a época do mestre, presentes até os dias de hoje. E nos afligem.

Apesar de tudo, ouve em batucada. O som do tambor ecoa o ritmo de esperança, teima em não sucumbir, se recusa a se extinguir. O menino encontra um Machado capoeirista, que busca por uma realidade "extramuros"; representa a diáspora humana, a capacidade de "ubuntu", mesmo nas piores circunstâncias, qualidade que nos faz existir.

Ele mergulha cada vez mais fundo na biblioteca e, com o passar dos anos, encontra os escritos de Paula Brito, Maria Firmina dos Reis, Conceição Evaristo, Clementina de Jesus e Tia Ciata. Escurecem com sua linda cor ao manifestar pensamentos de Machado de Assis que, como mestre-sala da cosmovisão tradicional da Pequena África, aborda o engajamento por meio de um diálogo entre duas facetas distintas: "Bruxo do Cosme Velho", por sua profundidade e ironia, e "Mago do Teatro", destacando sua habilidade de analisar o óbvio para as questões da sociedade escravocrata. Isso o menino descobriu perseguindo o nome de seu mestre pela Gamboa e depois por toda a cidade maravilhosa, em escolas, universidades e também nas ruas.

Escrever sobre o futuro lhe parecia quase um dialeto preparado em banho-maria no estômago de quem tem fome. Assim, via Machado passando pelo quarto de despejo tecendo rede com a mana negra, bem na frente da faculdade, que a todos confunde. As leituras causavam tais emoções no engraxate que sua alma começava a transbordar em palavras novas: "criamor" para o personagem Dom Casmurro e "narramor" ao protagonista Bentinho Santiago, numa busca de reconstituir e entender as escolhas do autor.

Depois disso encontrou Lélia Gonzalez – que afirma, de fato, ter lido os folhetins machadianos. Ela menciona as certezas humanas, levando nosso leitor a questionar: "Quem é essa pessoa, afinal? Será essa persona homem de fato?" A confiabilidade e a natureza de quem narra são questionadas.

Ao analisar Dom Casmurro, foi-lhe impossível ignorar a ambiguidade em torno de Capitu. Uma dúvida pairava em sua mente: "Será Pomba-Gira ou Exu?" Essa dúvida nem o relógio da Central do Brasil é capaz de cravar! Serviu-lhe como veículo para explorar a psicologia da relação entre o fuso-horário do tempo. A desconstrução machadiana criou para o menino uma versão "sankofa", discretamente ressignificando o que vivia, o seu presente, usando certos códigos para retornar ao passado herdado e construir o futuro possível, abrir caminhos na selva de pedra, no quilombo Zumbi dos Palmares, no território de Exu. Machado lhe apresentou o Zé Pelintra, quebrando o gelo da escrita mecânica da máquina de escrever. O engraxate, sempre perambulando pelo mundo das palavras, descobre uma fonte por trás das cortinas da Vila Mimosa, em que se esconde um porão de escrevivências sociais da época. Reviu nos olhos da abayomi, linda boneca de tranças cheia de boas energias, a cor de sua mãe, pessoa inteligente, negra, de origem carioca do século XIX. Aos poucos o menino aprendeu que Machado é orixá ouvinte das mulheres, é feiticeiro banto gingando entre o Orum – mundo espiritual – e o chão material, levantando-se da tumba, mantendo a vela acesa na senzala que, nos Negros, não apagou. Ele ia se espelhando, se inspirando, se engrandecendo.

Feridas plantadas, árvores sendo regadas há gerações, sobrenomes futuros, liberdade no assentamento de Xangô.

Nas ruas da cidade de paralelepípedos, onde o passado é confrontado, segue pelos caminhos estreitos que o levam a vielas e morros, respondendo a um chamado ancestral. Num desses morros, numa noite de lua cheia, encontra um eremita, Mestre das Redes, que sai da sua cabana solitária à beira da grande selva, onde os ventos sussurram segredos antigos e as correntes guardam histórias esquecidas. Mestre das Redes era um guardião perdido, um mago jovem esbranquiçado, suas mãos habilidosas amolavam o machado de Xangô, Kaô Kabecilê, refletindo sobre os mistérios da vida. O menino olhava.

Certa manhã, ao galopar no cavalo da poesia, Mestre das Redes encontrou um pergaminho preso à beira-mar. Assim ele ia contando ao ouvido do menino. No pergaminho estava escrito um enigma. Ao mostrar para seu amigo Pagé, este afirmou tratar-se da escrita de Machado de Assis, o olheiro da literatura brasileira. Intrigado, partiu em uma jornada convidando uma falange de Jurema. Caboclos, Oxóssi e Preto Velho cruzam a virgindade teatral. A temática é atemporal. O mestre joga capoeira com Fundo de Quintal, Almir Guineto, Dicró e Elza Soares. Toca seu berimbau junto com Jovelina Pérola Negra e Teresa Cristina. Esmaga assim a hipocrisia na palma da mão. Mais tarde encontraria um grupo de jovens artistas que dançavam ao som das palavras, misturando arte e magia como uma coisa só.

O menino ia entendendo as redes, localizando-se dentro delas. A Sociedade Petalógica revelou-se um enclave de pensadores visionários, onde o Google da vida era uma biblioteca viva de conhecimentos! Aprendeu com eles a decifrar os sinais deixados pela natureza e os segredos ocultos na escrita de Machado de Assis. Mas o enigma ainda não estava completamente desvendado. A discografia da mata escondia uma pista final, um código que abriria as portas para o próximo capítulo de sua jornada. Com a ajuda dos jovens artistas e dos sábios da Sociedade Petalógica, decifrou-o. Revelou o segredo guardado há séculos: o manuscrito de Machado de Assis contém escritos nunca antes publicados. O engraxate entendeu que o verdadeiro tesouro estava na jornada de autodescoberta, do saber compartilhar e aprender com os irmãos.

Rompendo mordaças, Machado de Assis, quero confessar... Suas obras exigem um entendimento, para mim, um tanto difícil! Mesmo assim, admir(amor)ável. Suas obras são a quebradeira que entra na favela como a carne que alimenta, mas falta na mesa de muita gente. Transcende toda narrativa da branquitude que não quer gerações de leitores periféricos pelo mundo.

Ele via Machado, ao longo de sua carreira, vestindo a roupa branca e sua capa vermelha dos nossos "Brasis". Na crônica da vida, cada palavra carrega consigo uma faca de dois gumes. Sabedoria original que envolve sua perspicácia. O garoto refletia em silêncio enquanto engraxava os sapatos dos ricos. Em um mundo cada vez mais dominado pela superficialidade e pela instantaneidade, sua obra serve como farol que nos guia em reflexões críticas em direção à apreciação da beleza da linguagem. Seus personagens, tão humanos e complexos, nos convidam a questionar nossas próprias crenças e valores, bem como a enxergar o mundo com novos olhos. Seu legado, no entanto, vai além da literatura. Você foi um intelectual engajado em seu tempo, sempre atento às questões sociais e políticas que afligiam o Brasil. Através de seus escritos, você defendeu a liberdade de expressão, a justiça social e a valorização da cultura brasileira, e criou em mim um discípulo. Os olhos do pequeno passavam cada dia a brilhar mais do que antes.

Em uma época em que a internet e as redes sociais dominam a comunicação, ele ajudou a manter vivo o poder "transformamor" da literatura. Passava adiante seus conhecimentos sobre os livros de Machado, que continuam a ser ferramentas valiosas para nossa formação intelectual. Professava: "eles nos ensinam a pensar na pluralidade, mantendo o arcabouço traçado nas vestes do folhetim. As damas forjam o bê-á-bá no quilombo e na casa grande. Ter empatia é palavra moderna. Lutar por um mundo mais justo, sempre foi o enigma. No fim de sua vida, o engraxate-professor encontra o mestre Machado em espírito e pode finalmente dizer-lhe diretamente:

– *Em nome de todos os seus admiradores, agradeço-lhe por tudo o que você fez pela nossa carne Negra e pela nossa cultura. Sua obra é um tesouro que deve ser preservado para as eras virtuais e da raça humana com o poder da caneta preta nas formas da faculdade da vida!*

MIRONGA

Juliana Correia

É jornalista, escritora e contadora de histórias. Mestra em Educação (UFRRJ), pós-graduada em Ensino de Histórias e Culturas Africanas e Afro-brasileiras (IFRJ), é fundadora do BaObazinhO (2013) - trabalho itinerante que alia arte, memória e educação a partir da tradição oral africana. Carioca, suburbana, é pesquisadora das artes negras, com vivência em culturas de matriz africana como o samba, o funk 90 e a capoeira. Mãe do Francisco, é autora dos livros infantojuvenis Dia de Praia (Leiturinha, 2024), Akua'ba (Oríkì Editora, 2022) e Futebol e Assombração (Aziza Editora, 2021).

Era véspera do dia de Santo Antônio, no ano de 1872. Joaquim Maria Machado de Assis foi à tipografia do amigo e editor Francisco de Paula Brito, antes do fim do expediente. No entanto, ele já não estava. Tal informação saiu da boca do aprendiz, garoto de uns 15 anos, a mesma idade do interlocutor quando lá entrou pela primeira vez. Enquanto ouvia o meninote, os olhos de Machado percorriam todo o lugar atentamente. Em silêncio, recordou o Marmota Fluminense, jornal de modas e variedades onde se iniciou na arte literária. A memória também lhe trouxe à Sociedade Petalógica, onde Paula Brito reuniu intelectuais, artistas, abolicionistas e anônimos para investigar escândalos políticos da então capital federal. Assim nasceram músicas e textos bem temperados com ironia e bom-humor que denunciavam as mentiras a escamotear tais escândalos.

A nostalgia abraça o homem. Ele agradece ao aprendiz e se manda para a rua. O destino? O baile em certa casa, no bairro do Andaraí. Lá, certamente, (re)encontraria seu mestre. Para o deslocamento, contava com um dos bondes da Companhia Ferro-Carril Vila Isabel, responsável pelo trajeto Cidade-Andaraí. Porém, após alguns passos, o escritor precisou regressar à tipografia. Perdido no tempo das lembranças, esquecera o guarda-chuva e, como as nuvens anunciavam uma possível tempestade, era prudente recuperar o objeto. Isto feito, acelerou então pela Praça da Constituição, emendou pela Sete de Setembro, antiga Rua do Cano, até alcançar a Uruguaiana, esquina com a Rua do Ouvidor, o ponto inicial de três linhas de bondes: Engenho Novo, Vila Isabel e Andaraí.

Apesar da pressa como acompanhante, quase perdeu o bonde. O jeito foi correr e lançar-se para pegar o veículo em andamento. Talentoso na arte do salto, agarrou-se aos ferros e sorriu ao sentir o vento bater em seu rosto. Algum tempo depois, ouviram-se gritos e um grande estrondo. Na sequência, um silêncio ensurdecedor. Por todos os lados, apenas breu. Pouco após recobrar a consciência, decidiu apalpar-se e dobrar as pernas. A cabeça do escritor girava e doía, mas o medo de abrir os olhos era maior que tudo. Até mesmo do que as dores pelo corpo. Sentindo-se inteiro, criou coragem e moveu as pálpebras, lentamente.

Eis a paisagem: uma encruzilhada composta por quatro esquinas desertas. O autor, estirado sobre uma delas, avistou um alguidar repleto por farofa de dendê, acompanhado por charutos e uma garrafa de cachaça, bem próximos ao meio fio. Por ali também havia o resplandecer de velas vermelhas e pretas. Presentes como aquele não lhe eram desconhecidos. Podia até não ter muita intimidade com fundamentos da espiritualidade de matriz africana, não ser um adepto, assim digamos. No entanto, desta vez, o ângulo no qual se encontrava, a angústia por compreender o que acontecera ou ambas as coisas, fizeram-no se ater a cada elemento ali disposto.

Vagarosamente se ergueu e, enquanto se erguia, se esforçava para entender onde estava. Do bonde, nem os trilhos; o guarda-chuva também não localizou. Enfiou a mão em um dos bolsos procurando o relógio. Os ponteiros informavam que já era meia-noite. Estranhou o avanço das horas, mas não aquela geografia. Não! Sabia onde estava. Só lhe faltava mesmo lembrar a designação do lugar. A garganta seca o convocava para ao menos molhar os lábios e então ensaiou passos na direção da oferenda, com o objetivo de alcançar a garrafa de cachaça. Foi quando ouviu uma gargalhada seguida pela voz de um homem dizendo:

- Vai mexê no qui num é xeu, Machado?

Um arrepio lhe percorreu a espinha. Olhou para o lado e viu um preto forte, alto, trajando terno de linho branco, ostentando também um chapéu e uma bengala. Usava gravata vermelha e calçava sapatos de bico fino, brilhosos, da cor da roupa. Um luxo! Havia mistério em seu olhar, um sorriso no canto da boca, um ar altivo. E, para além de tudo isso, como é que aquela pessoa sabia o seu nome?

Não foi preciso arguição. Era como se ele lesse o pensamento de Machado.

- Boa noite. Eu xei di tudu, moxo!, disse, num tom jocoso.

- Ora, qual o quê? Quem és tu?, o escritor retrucou.

Um galo cocoricou e houve nova gargalhada. O homem do terno branco se aproximou, sorrindo.

- Minha caxa num tem paredi. Só vino cumigo pa me conhexê...

Em seguida, ele tragou um charuto e soprou a fumaça toda em Machado, evaporando as dores que lhe maltratavam. No mesmo momento, o autor se surpreende por finalmente reconhecer onde está. Ora! O rio que corria à sua esquerda era o Joana e a enorme construção de alvenaria de pedra aparente ali, do outro lado da rua, à sua direita, só poderia ser a Companhia de Fiação e Tecidos Confiança Industrial. Sem dúvida, estava em Vila Isabel, bairro projetado sobre as terras da antiga Fazenda dos Macacos. Mas e o bonde? Cadê? O itinerário que fazia não incluía a passagem por aquela região. O que acontecia? As perguntas embaralhavam a sua cabeça até que o misterioso interlocutor volta a lhe interromper os pensamentos:

- U tempo paxa, Machado. Veinha. Caminha um pôco.

E fez-se a luz. Num estalar de dedos, um sol escaldante enfeitou o céu. O escritor voltou a consultar seu relógio de bolso e os ponteiros anunciavam meio-dia. Iniciaram a andança e, apesar da geografia familiar, o autor notou as diferenças. A primeira delas era a quantidade e variedade de veículos estacionados à porta da Cia. Confiança Industrial.

- Já foi fabricadô... Hoje é um supremecado, moxo.

- Supermercado? Oh! E o que vendem?, Machado pensou assustado.

O homem de terno branco deu outra gargalhada. Enquanto caminhavam, continuava a ler os pensamentos do escritor e a respondê-los. Seguiam pela então Piza e Almeida até que alcançaram a rua Artidoro da Costa, onde viraram à direita. O autor reconheceu a Vila Operária, um conjunto de casas amarelas, com grandes portas e janelas verdes que, como o próprio nome sugere, abrigou os funcionários da tal antiga fábrica de tecidos, no passado. Os portões abertos permitiam vislumbrar crianças traquinando felizes sobre o piso poliédrico da área comum da vila. Todas pretas.

A curiosidade de Machado de Assis também traquinava sobre as novidades que encontrava, mas a sua angústia não havia sumido de todo. Então se mantinha calado. Era um silêncio eloquentíssimo! A dupla alcançou a rua Visconde de Abaeté e atravessou a Teodoro da Silva. Neste ponto, o escritor notou a ausência das linhas de ferro. O que teria acontecido ao bonde? Os ônibus, os sons de sirenes, buzinas, motores chamavam a sua atenção. Alguns metros depois, foi inevitável encantar-se completamente pelas calçadas musicais, que grafam partituras no chão, ao longo de toda a via principal do bairro. Inevitável também o assombro ao ser informado que a data de assinatura da Lei do Ventre Livre, em 1871, foi a inspiração para a designação do logradouro: Boulevard 28 de Setembro.

- A Lei que "libertava" os filhos e filhas de mulheres escravizadas, mas que os mantinha sob a tutela dos escravocratas até os oito anos?, interrogou Machado.

- Ixo! E quando chegado os anado, era dinherado do grovenadô ou quiança trabaiava até maiorado!, redarguiu o cicerone.

Dessa vez, a gargalhada foi mútua.

- E Boulevard? Uma lisonjeira referência parisiense?, questionou o autor.

- Oui, oui, monxiê!, respondeu o misterioso interlocutor.

Era o ano de 1988 e parecia que já se conheciam há séculos. Continuaram rindo e seguiram a caminhada, agora abraçados como bons compadres. Guiado pelo mais novo velho amigo, Machado de Assis foi parar no bar do Tuninho, na rua Jorge Rudge. Lá, o compositor Nei Lopes promovia a roda de samba "Corre pra Sombra". O sol forte sobre a calçada forçava os frequentadores a procurar abrigo e daí veio a inspiração para o nome do evento. A metros de distância, já se ouvia a batucada. Por ali, o escritor esbarraria no sério risco de esquecer do baile, na casa do Andaraí.

Homens e mulheres formavam uma grande roda na calçada, em frente ao bar. Todos pretos. Entre eles, Beto Sem Braço e Serginho Meriti, os primeiros a notarem a presença do moço do terno branco. A dupla então pôs-se a cantar, alegremente, em reverência ao recém-chegado:

Quem me guia / Quem te guia / Me alumia a razão de todos nós

Nei Lopes, o anfitrião, se aproximou, trazendo a cachaça e dizendo:

- Saravá, Zé! Salve a malandragem.

- Boa noite, moxo!

Depois, saudou Machado de Assis, compartilhando um pouco da mesma bebida e propondo um brinde:

- À memória e à palavra!

À medida em que as pessoas percebiam quem por ali estava, firmavam a palma da mão e o coro no gogó de maneira que parecia até ensaiado. O moço do terno branco estalou os dedos mais uma vez e então a noite se fez. O povo cantarolava, em êxtase:

Ô, Zé / Deixa estar o candeeiro

Que o terreiro está iluminado pela lua

Pela lua, Zé / Pela lua...

Ah! Então era esse o nome do amigo! Machado de Assis sorriu, garboso da descoberta. "Zé", repetia a si. O escritor se impressionou com tanto carinho dispensado ao homem de terno branco. Se impressionou também com toda aquela musicalidade em plena rua. No banjo, um tal de Almir Guineto; na flauta, o Camunguelo; Mussum, no reco-reco; e o Carlinhos do Cavaco, você, caro leitor, adivinhe onde. Em algum momento, Seu Zé se aproximou de Machado e apontou para artistas específicos. Eram eles: Ovídio Brito, Mestre Trambique, Leci Brandão, Martinho da Vila, Jamelão, Nei Lopes, Beto Sem Braço e o virtuoso jovem Carlinhos (que anos depois adotaria o 7 cordas como sobrenome artístico), contando ao escritor que todos aqueles moravam ali, no bairro.

Em volta dos músicos à mesa, outros bambas como Elaine Machado, Luiz Carlos da Vila, Roberto Ribeiro, Alcione, João Nogueira, Dona Ivone Lara e Mestre Marçal. E o que já estava incrível ficou ainda melhor quando começou o partido alto. Candeia, Deni de Lima, Zeca Pagodinho, Aniceto do Império e a gigante Jovelina Pérola Negra tiravam versos de improviso, desafiando-se. Tudo dentro da métrica, do ritmo, do tema, da rima. Os olhos de Machado brilharam quando avistou o seu Zé no centro de uma outra roda formada bem ao lado. Ali, o compadre sambava com elegância, riscando o chão com os pés como a escrever longos e complexos textos; cruzando as pernas no contratempo sem desequilibrar. Chegou a abaixar-se girando para recuperar o chapéu que repousou ao chão, momentos antes. Uma performance que rendia muitos aplausos das animadas testemunhas.

Um coroa baixinho, usando uma boina, tal de Bezerra da Silva, cutucou Machado e falou:

- Aí, ó! Malandro é malandro e mané é mané.

Nisso outro Zé, o do Caroço, se despediu apressado.

- É isso aí! Nossa escola é raiz, é madeira! Até breve, meu povo.

Ele precisava voltar ao morro do Pau da Bandeira pois no dia seguinte faria mais um alvoroço alertando a favela inteira sobre o preço da feira, via serviço de alto falante da comunidade.

Joaquim Maria Machado de Assis fechou os olhos e bebeu mais um gole da cachaça, desejando morar ali, no "Corre pra Sombra", em Vila Isabel. Quando os reabriu, estava na chácara do Andaraí, onde se realizava o baile, seu destino inicial. Um pouco atordoado, respirou fundo e decidiu continuar a procura por Francisco de Paula Brito, seu mestre. Em vão. Ninguém o viu chegar ou sair. O escritor então foi embora.

Abriu a porta da casa e caminhou até a rua. À frente, uma nova encruzilhada onde, para a sua surpresa, repousava o seu guarda-chuva. Ainda mais confuso, Machado se abaixou para pegar o objeto. Aí um forte vento soprou trazendo uma página dupla de jornal. O papel grudou em sua fronte. O homem desequilibrou e caiu. Aproveitou para ler o periódico, assim descansava um pouco as pernas também. Na manchete principal, a notícia da morte de Francisco de Paula Brito. O jornal trazia o ano de 1861 na data de publicação.

Machado ouviu a gargalhada do Zé e lembrou do brinde proposto por Nei Lopes.

Sorriu e repetiu:

- À memória e à palavra!

A MANAUARA

LEONICE MOURA

Carioca, formada em Biblioteconomia pela UNIRIO, poetisa e escritora. Lançou seu primeiro poema em uma Coletânea chamada Mulheres Reais na Bienal do Rio em 2023

Ela foi traída três vezes: uma pela sorte ingrata, outra pela família preconceituosa e a última por um jovem de cor. Nasceu no norte do Brasil, de família pobre e humilde, a casa era grande e apinhada de crianças, velhos, um índio sem tribo e mateiros que de passagem por Manaus iam à casa da velha Áurea Odorica, a matriarca da família, aquela que se casou com o judeu e renegou a herança porque tinha casado por amor e não por dinheiro. Nas tardes quentes de Manaus, as visitas chegavam à casa da velha Áurea para tomar um café, contar as vezes que corriam de tribos desconhecidas, dos botos que engravidavam meninas, da cobra grande, também levavam mantimentos para a família: pirarucu seco, farinha, outros peixes, eram momentos de fartura e alegria.

A casa de madeira era simples e ampla, ficava perto da praça do Teatro Municipal, seis meninas e um menino ali cresciam. Na área atrás da casa cresciam frutas, galinhas ciscavam e havia um tanque que recolhia a água da chuva e na frente da casa havia rosas e flores, um dos poucos sinais de que, por trás da dureza e secura das feições e fala, havia lá uma certa doçura, assim parecia para a neta mais problemática e independente, Constança. Casou porque quis e com o homem que escolheu, havia avisado que iria fugir se não lhe fosse dada a permissão. Tinha 13 anos e sonhos, muitos sonhos. Todos eles ruíram quando o marido amado caiu de um batelão em uma madrugada no rio Solimões. O seu corpo nunca foi encontrado, nunca houve uma cerimônia de despedida, na verdade ela nunca deixou de amá-lo, trazia o esposo em sua memória e no seu coração.

Quatro anos depois deixava Manaus para tentar a vida no Rio de Janeiro, com dois filhos e uma tristeza imensa, que jamais demonstrou.

A década de 1960 no Rio de Janeiro trouxera-lhe um tempo de calmaria. Era uma mulher madura, que já não esperava nenhum assalto de sentidos, ainda que continuasse muito bonita e chamasse ainda mais a atenção, pois que agora podia se arrumar com certo esmero, usando saias, salto, sobrancelha feita a lápis, pulseiras, brincos e colares, lembrando uma cigana com seus acessórios. Trabalhava no departamento pessoal de uma grande loja no Centro e tinha sua rotina de viúva e mãe solteira. Tinha sido um escândalo ter tido um filho fora do casamento. Uma vergonha para a família, conservadora e hipócrita. Mesmo ganhando a vida honestamente era uma pecha que iria carregar sempre. E em vez de casar novamente com um homem de posses, deitou-se com um homem comum que foi expulso de sua vida depois de uma surra que a irmã mandou dar. Nunca mais o viu, mas ficou com o filho considerado bastardo. Custou-lhe a reputação.

Conheceu então um homem negro e mais jovem que ela, e o que era impensável aconteceu: apaixonou-se por um jovem de cor. Mais uma traição do destino. Por que logo ele, boêmio e músico, foi gostar e amar a Manauara?

A família negra não a aceitava e a branca o desprezava. Para a sua família era uma afronta porque ela iria sujar o sangue, onde já se viu, uma mulher branca se amasiando com um negro? Mas ela enfrentou a família e foi morar com ele e acabou engravidando. Nessa hora até os filhos foram contra, mas para o bem ou para o mal, teve a sua mestiça.

Um tempo depois começaram as traições, as desculpas, as brigas e o silêncio, não se falavam, não se tocavam.

Sozinha e sem ter por que continuar naquele apartamento na Praia do Flamengo, elaborou um plano. Vendeu em segredo, e aos poucos, tudo o que tinha no apartamento: móveis, louças, tudo. Todos os compradores foram buscar suas novas aquisições em uma sexta-feira. Toda sexta-feira, aquele jovem de cor chegava em casa do trabalho com suas compras de mercado: doces e frutas, carnes e feijão, farinha para os bolos com café; vinha despreocupado para a sua casa onde moravam suas meninas. O fim de semana seria farto de delícias.

Ela limpou a casa, deixou um lençol e um travesseiro em cima do colchão que não vendera, olhou em volta, sentiu os saltos dos seus sapatos fazendo eco na casa vazia, bateu à porta e foi embora com a mestiça, a única filha desse amor.

Dizem as más línguas, e os vizinhos fofoqueiros, que quando ele abriu a porta do apartamento não viu nada e nem ninguém; nem filha correndo para seus braços, nem cheiro de comida no ar, nem a mulher esperando na porta da cozinha. Gritou feito louco. As compras rolavam pelo chão, enquanto os vizinhos vinham acudir o coitado, que tinha sido abandonado e traído pela Manauara, dessa vez ela deu o troco no destino.

DESPEDIDA DE MARIANA

Lu Santos

Moradora do município de Japeri, na Baixada Fluminense, neta de Eulina e filha de Raimunda (in memoriam), esposa do Thiago Carlos, taurina sensível e de afetos, mãe de pets, artesã apaixonada por cores. Doutoranda em Literatura Brasileira pela Universidade do Estado do Rio de Janeiro, Mestre em Estudos Literários pela mesma instituição, aspirante à escritora e professora. Pesquisadora de literatura de autoria feminina, música popular brasileira e poesia vocal.

Rio de Janeiro, 24 de dezembro de 1871

À minha senhora e ao nhonhô Coutinho

Quando acharem esta carta, espero que eu já me encontre nos braços da minha mãezinha, que de lembrança só guardo o nome pelo qual vocês, meus senhores, a batizaram quando chegou a estas terras. Entristeço-me, pois não houve interesse desta família em me contar mais sobre ela, além do fato de ter sido batizada como Quitéria e que possuía natureza gentil e estatura forte, atributos que a tornaram apta aos serviços que demandavam força física e engenhosidade, o que por muitas vezes me foi contado por outros cativos da casa. Apenas pelos sussurros das escravas da cozinha, tomei conhecimento do abatimento da minha mãe quando aqui foi entregue em companhia de outros negros, todos trazidos por traficantes dos últimos navios de escravos negociados na capital.

Minha sinhá, que angustiante foi crescer sem saber ao certo como se deu a morte da minha mãe e de fato quem teria sido o meu pai, e novamente, através das escravas velhas, ouvi histórias sobre um escravo que talvez meu pai fosse, mas que havia fugido para um quilombo antes do meu nascimento. Ainda outra possibilidade, de eu ser filha de um homem branco, quem sabe um dos vários compadres do falecido senhor velho, amigos que à época se hospedavam por aqui. Desses assuntos, a única coisa de que não tenho dúvida é que minha mãe morreu muito moça ao me dar à luz, após me carregar nove meses em seu ventre sem conseguir uma trégua dos serviços mais pesados que lhe eram atribuídos.

Sinhá, sei que pensa ter sido a minha benfeitora quando me trouxe para dentro de sua casa e fez-me sua cria, como por diversas vezes fui descrita a familiares e amigos. Não sou ingrata! Sei que acreditava que com este gesto me salvara, mas a proteção que me ofertou, muito também me tirou: hoje, aos 18 anos, reconheço isso. Não tive a oportunidade de conhecer os meus, de ter tido o gosto de brincar no terreiro com as outras crianças negras da senzala, iguais a mim. Sei que nos meus primeiros anos de vida atribuiu a uma negra o papel de ser a minha ama de leite e tornei-me para a senhora, à medida que crescia, uma quase filha, quase livre e quase igual às sinhazinhas. No entanto, hoje tenho ciência de que nada me foi dado de graça, os meus respeitos eram exigidos em ações e gestos de servidão que de tanto repeti-los abateu-me o espírito.

Minha senhora, quando me ensinou a ler e escrever, sei que se sentiu orgulhosa por realizar tal feito, pois além dos trabalhos mais delicados de agulha que já havia me iniciado, conseguiu que uma negrinha como eu ainda fosse conhecedora das letras. Deveras pareceu para grande parte da sociedade um gesto cristão e de generosidade, mas como nada se passava sem implicar a mim novas responsabilidades, além de coser as roupas da sua casa e de sua parentela, também se tornou minha incumbência ler receitas, folhetins e toda a sorte de escrita de que a família se interessasse, o que fez com que o meu prazer pela leitura minguasse diante da imposição de ler apenas o que me indicavam.

Sei bem o motivo de não ter recebido igual educação concedida às sinhazinhas. Decidiram que Mariana, a mulatinha gentil, poderia saber um pouco, mas não cabia educar formalmente uma cativa da família. Decerto que sempre fui lembrada pela senhora de como as minhas mãos foram poupadas do trabalho rude, que os meus interesses também eram atendidos por fraternal consideração, mas em troca tive que devolver esses préstimos com alegria e reverência. Lembro ainda, senhora, que nos meus 15 anos desejei compreender o idioma francês e eis que prontamente uma de suas filhas se mostrou satisfeita em ensinar-me, aprendizado que experimentei com ânimo e logo tive domínio, porém aos poucos percebi que seriam só leituras indicadas pelas sinhazinhas, textos escolhidos para os seus deleites.

Eu sempre soube o meu lugar de insignificância, de ser gente sem livres desejos, vontades ou anseios do próprio coração, condição que se confirmava todas às vezes em que não pude me sentar à mesa da família ou em que não pude estar à sala de visitas, circunstâncias que me fizeram sofrer ainda mais quando me vi apaixonada pelo sinhô moço. Sim, minha senhora! Eu amei muito o seu filho, um sentimento que creio ter nascido como um doce rio ainda na nossa tenra infância e que se tornou uma tempestade de dor, revolta e rejeição.

Nhonhô Coutinho, espero que juntamente com a senhora, sua mãe, esteja lendo esta carta, saiba que, durante a minha infância brincando com as sinhazinhas, nada notei de sentimento pelo senhor além do que eu julgava ser gratidão e afetuosidade, e sendo criança por vezes esqueci da minha condição de escrava na correria pela casa. Naquele tempo, o seu papel de irmão mais velho apenas me divertia e fazia-me segura, assim como creio que acontecia com as suas irmãs. No entanto, quando retornou da capital após concluir seus estudos e já moço feito, comecei a perceber os seus atributos de beleza, de hábitos e modo de ser.

Sinhozinho, neguei ao meu coração por muitas vezes o direito de bater mais forte pelo senhor e repeti por várias vezes que na impossibilidade de viver plenamente este sentimento que decerto não seria recíproco, eu deveria esquecê-lo. Porém, nada que senti até estes dias me acometeu com tanta força. De maneira que, enquanto aqui na casa estava, sem pretensão de formar família, casar-me e sair da casa de sua mãe, havia dentro de mim, no meu âmago de mulher, a esperança de que um dia olhaste para mim e visse, além de cria ou propriedade da família, uma jovem apaixonada pelo seu sorriso. Todavia, infelizmente, o destino providenciou o seu compromisso com a sua prima. Lembro-me exatamente de cada momento de dor e agonia, desde o dia em que notei que seus olhos fitando Amélia durante um café no terraço e ainda mais doloroso foi perceber que ela correspondia ao seu interesse.

Sinhozinho, como sofri ao ser obrigada a passar alguns dias na casa de parentes de sua mãe para o serviço de costura e ainda maior sofrimento senti no meu retorno, quando notei as suas visitas cada vez mais frequentes à sua prima, o que me inquietou a ponto de perguntar com muito jeito à sinhazinha Josefa, sua irmã, do real motivo das suas ausências. Ela confirmou a infeliz notícia, esclarecendo que já se havia estabelecido um noivado entre o senhor e a sinhazinha Amélia.

Nhonhô, creio que recorda o dia em que, de tão desconcertada com a notícia, peguei um maço de charutos em seu quarto e fui ao seu encontro afirmando ter caído do bolso de sua camisa. Não sabendo ao certo se acreditava nisso, mas no desespero da minha condição de escrava sem direito de te amar, sendo um homem branco e meu senhor, quando me indagou indiferente o que se passava, neguei-lhe a verdade, com lágrimas nos olhos.

Creio, meu senhor, que pelas minhas costas você e sua irmã Josefa faziam galhofa do meu sofrimento, o que me levou a uma tristeza profunda e recolhimento em meu quarto, de onde só saía para o gabinete de costura, aposento em que me interpelou algumas vezes sobre a razão da minha tristeza e se tinha relação com algum possível namorico. Lembra, meu senhor? Respondi que eu não podia ter amores, pois era uma simples escrava. Ocasião em que me taxou de insolente e tive que lhe pedir perdão sem ao menos ser culpada das circunstâncias da minha vida.

Com o passar dos dias, sua irmã Josefa muito me persuadiu até conseguir de mim uma confissão, mas, ao invés de acalmar o meu coração, a revelação me causou ainda mais sofrimento ao acompanhar os preparativos do seu casamento avançarem, de modo que nem sei ao certo, mas adoeci de tristeza e só saí do quarto após o que vocês julgaram ser a recuperação de um tipo de moléstia. Sendo inevitável o casamento, não tive outra disposição além de cumprir com um plano de fuga, imaginando que conseguiria uma certa paz se permanecesse a distância.

Nhonhô, quando foi ao meu encalço e se deparou comigo à entrada da casa de sua noiva, lembro que se assustou com a minha presença e que foi rude me dizendo que eu estava enganada em supor ser uma senhora, livre, e que deveria voltar aos meus donos, pois era escrava e poderia sofrer as consequências de ingratidão. Fui tomada por uma dor n'alma, de ser mulher, negra, posse de alguém e sem direito ao menos de um recolhimento para sofrer, momento em que decidi que a minha morte seria a minha única salvação.

Não sei se recordas, mas no retorno à casa tentei disfarçar: sabia que o meu comportamento havia causado certo desconforto no seio familiar, incluindo também a insatisfação da sua prima, que reclamou das atenções com a minha fuga e sobre o tratamento dispensado às escravas da casa, exigindo mais severidade. De maneira que não pude suportar e mesmo não querendo estragar o Natal e as festas da família, sabendo que dali a quatro dias o senhor estaria casado, causou-me o derradeiro desespero e quando percebi já caminhava sem destino pelo largo de São Francisco de Paula, na antiga rua dos Latoeiros, onde redijo esta carta, antes de solver o amargo veneno que espero libertar do meu corpo, mas que por misericórdia divina seja elevado o meu espírito.

Meus senhores, gostariam de saber se em algum momento fui feliz? Garanto que não. Ninguém encontra felicidade onde não há liberdade, ninguém pode ser feliz enquanto posse, cria, coisa que pertença a outrem. Até os passarinhos escolhem a sua árvore e destino. Eu, da minha parte, só vi, ouvi e senti o que vocês achavam que me bastava. Dito isto, despeço-me sem culpa e apenas rogo por dias melhores, dias em que possamos ser donos das nossas próprias asas.

Afetuosamente,

Mariana.

CONTO DE TALARICAGEM

Marco Aurélio Correa

Pedagogo, escritor e cineasta amador. Amante das partilhas educativas, das escritas literárias e das tramas audiovisuais. Brinca de dar aula, escrever livros e fazer cinema. É professor da rede pública do Rio de Janeiro, doutorando em Educação na UERJ e agitador cultural da ECA Àwòrán e do Cinemanguinhos. É autor do romance Câmera escura, do infantil Luiza e o som do tempo, dos poemas de Calema Pequena, do teórico Cinemas afro-atlânticos e dos contos Necropoéticas.

...DO NADA, um só assunto passou a habitar a boca da molecada da escola. Todo mundo tá ligado que o morro do Livramento fica um fervo em época de carnaval e o chefe manda armar aquele baile bolado. Nesse pique só o baile do Ano-Novo e olhe lá. Só que há anos o arrego não estava em dia e o baile não ia pra frente. Porém o patrão ficou forte com uns esquemas que têm acontecido na comunidade e o baile já estava marcado para logo já. A parada é sinistra e o bagulho é doido.

Só que a escola é mais maluca ainda por inventar uma prova bem no começo do ano. Ninguém está com cabeça para responder a diferença entre sujeito e predicado, nem de flexão verbal nenhuma. A galera só quer saber de balançar a raba no bailão.

Os grandes amigos Wellington e Santiago se entreolham tensos no meio da prova. Wellington tem dificuldades, mas conta com Santiago, que na verdade de nascença é Thyago, mas se canonizou como santo por proporcionar milagres. Sempre salvava o amigo com as respostas certas em qualquer prova ou trabalho.

A mente de geral já estava no ritmo do batidão, e a emoção ficava mais alta do que as paredes de caixa de som. Uma menina da turma se incomoda com o cochicho dos dois. Era Pitu, uma preta filha de nordestinos que ganhou essa alcunha por ficar vermelha como um camarão quando se aperreia. Tudo que Santiago tinha de gênio se embaçava quando Pitu entrava na história, porque desde moleque o garoto tem uma queda por ela. Welligton, por ser mais desenrolado e falar com a turma toda, tinha contexto com Pitu e prometia pro amigo que ia botar ela em sua fita. Como bom aspirante a malandro, pedia em troca as respostas de quase todas as provas.

Santiago estava ainda mais tenso porque queria muito ir ao baile, mas estava duro, zerado. Zero bala e liso. O baile era o momento em que ele tomaria coragem para conversar com Pitu, seu amigo garantiu que aquela era a hora certa e tudo ia estar no esquema. Gostosinho no azeite.

Indignada com o jeito safo e aproveitador de Wellington, Pitu faz um muxoxo ao observar a cola, dedurando os meninos para o professor, que os expulsa da sala ao pegá-los no flagra. Indignados, os dois ficam de bobeira pela escola, mas escutam um rufar de folia por cima do muro. Era o ensaio do bloco Prata Preta. Num pulo eles sobem o muro e já caem na muvuca do carnaval. Os meninos acompanham a gandaia até dar a hora da saída da escola e só então vão pra casa. Wellington descobre que perdeu o celular. Ferrou!

Por acaso ou bênção divina, Santiago acha um celular no dia seguinte no mesmo local. Com o dinheiro da venda do aparelho poderia enfim curtir o baile, mas, como o santo que era, não achava justo vender algo que não é seu. Se sentiria tão inescrupuloso como Wellington. Até nesses momentos o compadre não saía de sua cabeça, e para aumentar a fissura o celular era do mesmo modelo da maçã de seu amigo. O celular estava descarregado, ele precisava ligá-lo para saber se valeria vender. Não é segredo, cara pessoa que me lê, sem querer me intrometer na história, mas já dando uma de narradora fofoqueira. Santiago ia conseguir o que com aquele celular? Talvez um conto? Um barão era bem mais do que ele precisava. Um pecado muito grande para um santo tão adorado quanto ele.

Santiago vai ao encontro do amigo na esperança de conseguir um carregador emprestado. Wellington choca quando vê o celular, era o seu aparelho perdido. Perdera horas e horas mirabolando uma desculpa esfarrapada para o tio escuso que lhe arranjara o celular. Contudo, pelo semblante gélido de Wellington, aquele caô estava longe de acabar.

Seu tio, Carlinhos Venta-Grande, como todo bom morador da zona portuária, aproveitava qualquer chance de negócio. Como dito, não queria me meter onde não fui chamada, coisa que o tio fazia muito bem, dando jus a sua alcunha. Geral sabia que Carlinhos Venta-Grande era um verdadeiro MBA: mestre de burlas e astúcias. Todo e qualquer rolo do Livramento passava por Venta-Grande, um Robin Hood contemporâneo que despachava involuntariamente os excessos dos estrangeiros que habitavam o Centro do Rio durante o carnaval para a nossa comunidade carente por futilidades. Como excessos ou privilégios, dependendo do ponto de vista, leia-se smartphones, relógios, cordões e as últimas muambas inúteis que tinham acabado de sair no mercado.

Porém, o real motivo que remoía Welligton era outro, até mais mesquinho do que as mutretas de Venta-Grande. De maneira nenhuma Santiago podia saber que o celular era do amigo. Pois na tela de bloqueio havia uma foto de Pitu, que ele colocara com muito orgulho, mesmo sabendo que Pitu é mais oblíqua do que pipa desbicada. Realmente o menino é pai do homem, notem como desde miúdos eles são tão tapados. Deste modo, apesar da antiga paixão do amigo, Wellington teve a coragem de talaricar. Para quem é cria de favela, talaricar é uma vacilação das mais pesadas. Ninguém pode mexer com o presente de deus do outro, sobretudo de um amigo santificado. Tudo aconteceu no fervo do baile de Ano-Novo: emocionado e atiçado pela quentura da garota, o sacana do amigo nem pestanejou e furou o olho de Santiago. Deu mole pra caramba, tremendo vacilão.

Consternado pela culpa, Wellington e o amigo saem pela comunidade atrás de um carregador. Na verdade, propôs o rolê para desanuviar a cabeça e desenrolar algum plano que o tirasse daquela encruzilhada. Contudo, a vida cobra e talarico roda. A caminhada pelos becos e vielas do Livramento mais bagunçavam o juízo do pecador do que abria seus caminhos. A cada novo passo na quebrada ele temia encontrar alguém que pudesse denunciar seu vacilo.

O drama da trama de Wellington ficava mais pesado quando ele fitava o rosto sereno de Santiago, o menino realmente só podia ser um santo. Em nenhum momento suspeitou de sua índole. Era um amigo de verdade, que não merecia sua calhordice.

O cenário piora quando Carlinhos Venta-Grande esbarra com os dois. A figura imponente e malévola do bambambã intimida os meninos e ambos gelam com a sua presença. Obviamente os dois tremem por motivos diferentes. Wellington havia pedido ao tio o celular para impressionar a cobiçosa Pitu, e Santiago se sentia criminoso apenas por ter cogitado vender o celular. Papo de visão, a vida pode ser bem desleal.

Venta-Grande fareja no ar o sinal de que algo não está certo. Sorri torto para o sobrinho, que não consegue retrucar à altura que o tio esperava. Um bom tratante não titubeia na presença de outro. A casa caiu. Agora é Santiago que se desespera, sente que o infiel amigo está em apuros e se preocupa mais com ele do que consigo. De fato, todo dia saem de casa um malandro e um otário, e é muito fácil identificar quem é quem.

O tio se aproximava para encarar olho a olho a dupla ensimesmada. Encurralado, Wellington não ia aguentar o tranco, estava prestes a entregar a verdade. Por sorte, Pitu passa no exato momento e desconversa Venta-Grande, fingindo que esperava os meninos há bastante tempo. Vermelha como sempre, ela repara que há um dilema mergulhado no olhar dos amigos. Esperta, ela pergunta a Santiago o problema evidente, o menino fica com vergonha e gagueja tentando explicar. Wellington fica ainda mais noiado. Tava na cara, já era, todo seu esquema ia ruir.

Resoluta, Pitu escuta o problema entrecortado pela fala nervosa de Santiago e o convida a sua casa, dizendo ter um carregador. Era verdade, Pitu tinha um celular igual ao do amigo. Santiago se pergunta como tantos telefones iguais estavam circulando na comunidade. Entretanto, ela teve que vender, a situação não estava fácil em casa desde que o pai perdera o emprego. E ainda assim ela precisava de mais dinheiro para inteirar o aluguel vindouro. Pelo bem comum, a moral do garoto ia deixar Pitu forte.

Santiago, abaladiço como sempre, se sensibiliza e diz que ela pode ficar com o telefone. Talvez fosse a chance de ganhar pontos com a menina e mostrar todo seu cavalheirismo. Pitu não aceita a oferta sem pestanejar. Ela chega perto e o abraça, dá um selinho de amizade e diz que o aguarda mais tarde no baile. Santiago fica tão vermelho quanto seu afeto e tem que marcar um dez até recobrar os sentidos. Quando dá por si, ela já meteu o pé.

Pitu, desde sempre, sabia que o celular pertencia a Wellington e inventou a história apenas para salvar o moleque. Apesar de dar uma de esperto, ela tinha carinho pelo menino. Quem é da malandragem se reconhece. A menina quis retribuir o suposto favor de ter conseguido o tal do celular da maçã na treta do tio. Esse é o problema de Pitu: tem o coração grande demais. Ela devolve a Wellington, e ele tenta pegar sua mão. Pitu diz para o garoto se mancar e sai faceira pelas ladeiras do Livramento.

Acredito que na verdade nossa manhosa protagonista queria sair por cima nesse enredo sinuoso. Pitu adora se sentir desejada e só dá bola para quem bem entender. Na moral, nunca vi uma mina tão perspicaz como essa. Sagacidade pura.

No final das contas, o leitor mais curioso pode se questionar como sei tantos detalhes dessa peleja romântica. Sei de cada cadinho porque fui a primeira a saber sobre esse triângulo amoroso. O papo reto é que Pitu é minha mina, meu fechamento nos bailes do Livramento e em outros momentos da vida. Dengosa que só, ela me contou com esmero e prazer toda essa história. Deitada nos meus braços após o fim do bailão, no sofá lá de casa, como duas amigas com mais intimidade do que deviam, ela me conta aos risos esse conto de talaricagem.

AS MEMÓRIAS DA POMBAGIRA CARTOMANTE

Inspirado na vida de Machado de Assis e suas obras, como Memórias Póstumas de Brás Cubas, "A Cartomante" e Dom Casmurro.

Marry Estery

Fundadora da Agência Conselhos Literários, e uma Conselheira Criativa. Filha de um vendedor de móveis usados e de uma capeleireira, desde cedo transformou ideias em realidade. Hoje, pode ser chamada de editora, olheira ou de parteira de livros, mas, acima de tudo, é uma criadora de histórias, dando a mão aos autores. Leciona literatura e cursa Ciência da Criatividade. Premiada em 2022 pelo Jornal do Povo (RS), como Especialista em Projetos Criativos. É autora do *Guia para escritores perdidos* e do livro *O que habita sob minha pele?*, uma obra feminina sobre lendas urbanas. Ajuda, atualmente, uma comunidade de mais de 250 autores. Escritora de romances com toques de realismo fantástico que falam de ancestralidade, é poeta, cartomante, umbandista e mangueirense apaixonada! Marry foca em achar oportunidades para os autores nos quais vê potencial e acolhe suas ideias e histórias. Sonha em ver os artistas da Academia dos Imorríveis – projeto que surgiu após a formação da Universidade das Quebradas – a conquistando o mundo.

Caro leitor, hoje muitos me conhecem como moça, senhora ou dona cigana. Alguns me chamam pela forma que mais gosto de atender: Cartomante; outros me chamam de Casmurra. Mas antes disso, chamavam-me de Capitu e tive uma vida que nunca foi fácil. Honestamente, ainda estou me acostumando com esta nova condição. Entre a solidão que a morte traz, resolvi contar como cheguei até aqui e como meu destino foi selado por um rapaz chamado Camilo. Ele também já não vive mais e a culpa é minha.

Foi em uma tarde dessas em que o sol teima em se pôr devagar que ele veio se aprochegar. Camilo, jovem, com a pele negra iluminada pelos últimos raios dourados, encontrou minha casinha no alto do morro, onde o céu parece mais perto da gente do que de Deus. Não foi o acaso que o trouxe a mim — disso já sabia. Ao cruzar a porta, vi seu destino desenhado nas linhas da testa. Franzia de preocupação. Eu, cigana por destino e maldição, sabia que aquele encontro nos levaria à tragédia.

Nômade de sangue e de alma, fui trazida para saciar a curiosidade das casas dos ricos. "Ah, como é exótica!", diziam enquanto eu lia suas mãos, como se o futuro fosse simples como é em um jogo de cartas. Assim, fui saltando de uma família para outra até que me libertei e fugi. Mas também fui expulsa, humilhada após me apaixonar e então fui para cima daquele morro, ainda sem nome, mas que um dia seria favela. O resto é lenda. A cartomante que só se revelava para aqueles que realmente precisavam.

E Camilo precisara de mim. Filho de Ameliana, uma mulher negra e de alma sofrida, que passara a vida servindo aos burgueses. De linhagem magnífica, escondida pela falta de conhecimento da sua ancestralidade, Camilo dividia seu tempo entre a casa dos patrões e o barraco da mãe. Crescera ao lado de Vilela, filho dos donos da casa. Uma amizade desigual: filho da empregada mais servia que brincava. Mas, no fundo, os dois se gostavam — ou pelo menos acreditavam nisso. Infelizmente, com data para acabar, iriam se separar. Vilela deveria ser padre, promessa que sua mãe fez, caso engravidasse após o terceiro filho que nascera sem vida. O menino vingou, mas Dona Lourdes não queria ceder seu bem mais precioso nem mesmo a Deus.

Viu no amiguinho do filho a oportunidade perfeita. Pensava que, se o Pai Celestial bem dá, bem tira e, por isso, precisava entregar, no lugar de seu filho, um jovem para ser obreiro de Deus. Quem haveria de sentir falta do negrinho? A mãe dele ficaria orgulhosa! Estava decidido. O único problema foi o seu pequeno ser enfeitiçado pela garota do morro. Era trabalho, macumba, só podia ser, coisa de Pombagira, havia ouvido falar de uma tal de Maria Padilha, tinha pacto com o tinhoso, devia estar botando minhoca na cabeça de seu único tesouro.

A verdade é que os adolescentes eram um trio até Vilela se engraçar pela tal Ritinha, moça de família pobre e ar de menina.

O medo do futuro e da vida que não lhe dava escolhas foi o que levou o jovem ao meu barraco. Quando Camilo entrou, hesitante, na minha saleta cheia de penduricalhos e com o cheiro forte de incenso, senti o peso de seu coração. Sentei-me à mesa bamba, feita de caixotes, e, sem que ele dissesse uma palavra, as cartas foram viradas. Seu destino estava claro. Ele estava apaixonado pela mulher errada — a agora noiva do melhor amigo.

O problema foi que, ao levantar o resto, mirei em seu olhar. No branco ao redor da íris marrom, no brilho que escorria de sua pele. Recordei-me de Bento, do lindo suor que descia por seu pescoço toda vez que tocava seu bandolim. Senti-o ali, por algum motivo. Ah, Bento, que me via com suas bolitas negras e apaixonadas, não pude deixar de pensar nesse amor do passado. Músico de sorriso largo, filho do Mestre João. Quando cheguei escondida, após fugir das casas de família, à Pequena África, eu o conheci. Morava no local sagrado que os antigos escravizados muraram para ficarem seguros contra os que queriam novamente tirar a liberdade deles. Lá, eu rodopiava com minhas saias rodadas, com uma linda rosa-vermelha presa no decote de meu vestido e com meus pés dançantes. Foi Bento quem primeiro me notou. Pensou que alguém poderia me entregar à família que era minha dona e por isso me deu abrigo, pediu que a doce cozinheira Nhá Molenca me acolhesse.

Lembro que ele me olhava e ria, encantado, mas havia pânico ali, sentia. Até dizia que eu o apavorava, que tinha olhos de lua cheia. Meus pensamentos não me deixaram mais prestar atenção a Camilo, o rapaz a minha frente.

Só via Bento e sua desgraçada euforia. Por qual motivo um me lembrava do outro? Por que justo agora?

Fora o meu amado e a gentil senhora, os demais habitantes do local temiam que eu os complicasse, afinal, com a liberdade do povo negro, os ciganos, com suas magias e sua pele moura, mais escura por conta das andanças, se tornaram o alvo mais visado. Imagina se por abrigar uma cartomante escravizada, fugida, o acordo entre eles caísse por terra? Não poderiam arriscar e por isso, alguns, como José Dias, agregado da família de Bento, me queriam longe dali.

Molenca, Bento e a dança, meu refúgio e resistência, eram tudo o que me restava além do meu amado baralho. Lembro como se fosse hoje que as noites de batuque se tornaram cúmplices da paixão que sentíamos. Mestre João, preocupado com o filho, via como Bento começava a mudar. Aquela batida de ritmos misturados, alegre, agora ganhava tons de tristeza, refletindo o tumulto de seu coração. Havia sempre o medo de me perder, o medo de que eu fosse capturada ou que tivesse que fugir.

Lembrei de quando ouvi uma conversa de pai e filho, atrás da porta da cozinha de Nhá Molenca...

— Bento, meu filho, não deixe que uma paixão te tire de nossas raízes. Aqui é nossa vida, você não é do mundo como ela — advertia Mestre João, preocupado com o destino do filho.

— É mais forte do que eu, senhor...

A voz de Bento tremia, como se o peso de cada escolha estivesse ali, pressionando o peito. Senti o tremor também nos momentos em que se declarava.

— Capitu... — ele murmurou certa vez, após beijar meu corpo e deitar a cabeça em meus seios — eu preciso de você. Só que preciso me encontrar também. Como vivo entre a música e essa dor? Você me inspira a compor e temo não ser mais quem sou.

Queria gritar que o amor verdadeiro não prende, mas liberta. Só que sabia que o braço direito de seu pai, José Dias, já havia plantado a dúvida na cabeça dos dois.

"Se ficar com ela, vai perder tudo o que construiu. Será que vale a pena? Por conta de uma cigana qualquer, com olhos de mulher oblíqua e dissimulada? E ainda colocar todos nós em risco?", sussurrava José, astuto.

As palavras dele eram como punhais, atravessando o que tínhamos. E então, o inevitável aconteceu. Espalharam que, se eu ficasse, todos seriam novamente aprisionados nas senzalas. Ciganos e negros, todos escravizados.

Não havia como lutar contra o medo que José Dias havia semeado, mesmo que isso não fosse verdade. Nem Nhá Molenca conseguiu me proteger. A dor de perder Bento era insuportável, mas pior seria ver ele e seu povo arruinados por minha causa. José Dias, traiçoeiro, decretou que cigana não podia ficar. Fui proibida de dançar e ser livre; só podia adivinhar o futuro daqueles que já tinham tudo.

Assim, fui expulsa do único lugar que chamei de lar, além da Tsara da infância. Molenca nada pôde fazer para impedir minha partida. Bento ficou para trás e fui forçada a me esconder no alto, tão longe e, ao mesmo tempo, tão perto da Pedra do Sal, da Pequena África, do meu amor. Nunca mais dancei. Não foi por maldade, eu sei. Eles sabiam o que era a dor do preconceito, carregavam essa marca na pele e na alma. Por isso mesmo, não podiam se arriscar. Camilo foi mais corajoso que Bento, que não era mais homem do que eu era mulher.

Não queria ter me lembrado da minha própria ferida, jamais curada.

E, como as cartas feitas por Madame Lenormand não mentem, as respostas estavam à minha frente. A questão é: devia contar-lhe o que o espera, arriscar sua vida, ou deixá-lo seguir seu destino cego e acabar como eu, sozinha?

Que dilema me afligia!

Foi quando, ao ver que por minutos me perdi entre mundos, entre lembranças, ele confessou:

— Amo alguém, mas não posso... não deveria, Madame Casmurra. Ela está com outro, alguém que sempre foi um irmão.

— Você a ama de um jeito e a ele de outro. Agora, não sabe o que fazer — afirmei, enquanto colocava mais três cartas viradas de cabeça para baixo na mesa. Minha cigana Rosa Vermelha me assoprava. — Diga-me, você deseja que ela seja sua, mesmo que isso traga sofrimento?

— Eu só quero paz... Não aguento mais esta angústia. O que devo fazer? — ele perguntou, a voz trêmula.

As estrelas banhavam a sala com uma luz suave e eu, em um impulso, tirei mais uma carta. Estava ali, diante de mim: o caminho que ele deveria seguir. Antes que eu pudesse revelar o que via, embaralhei novamente as cartas e algo inesperado aconteceu...

*

— Mas, pelo amor de Deus, Machado! Como para de contar uma história assim, no meio? E desde quando escreve fantasia, meu amigo?

O editor cuja inteligência era em demasia, digno de grande reconhecimento, mesmo tratando-se de uma raridade, sendo um homem de cor —, Paula Brito encarava seu escritor com uma mistura de curiosidade e incredulidade, sem reconhecer aquele estilo que ele mesmo tanto lapidou. Pegou o papel de novo, rabiscando aqui e ali, riscando duas ou três frases.

— Não gostaste mesmo? Achas que não tem valor? Não é fantasia, é mais um regionalismo, só que com um tom meio fantástico, uma prosa poética, marcada, com eco.

— Louco já és, meu caro, igual a mim, só que agora pareces ainda mais!

— Preciso terminar essa história, Brito. Essa tal Casmurra não me sai da cabeça. Parece uma assombração, me persegue com seus olhos de cigana, não me deixa dormir.

Os dois, mestre e discípulo, autor e editor, ponderaram sobre a história espalhada nas folhas de papel à frente. Capitu pairava sobre a mesa, um fantasma, como se estivesse sentada na terceira cadeira. Sob o olhar preocupado de seu editor, ele continuou:

— É minha tormenta, tira minha paz. Como se fosse uma entidade no meu ouvido. A única forma de me livrar dela é jogando tudo no papel.

— Está bem, quero saber o final que pensaste para a tal Capitu e o menino Camilo. Sobre Bento, aquele covarde, nem me interessa.

Silêncio se fez. O escritor se levantou após beber o último gole de café, nada falou e caminhou em direção ao caixa daquela cafeteria no centro do Rio de Janeiro. Ele agora ganhava seu dinheiro, vivia da escrita, não ia deixar Paula Brito gastar mais um vintém sequer.

Ao chegarem à rua, uma lufada de um aleatório vento do norte fez Machado pegar a próxima página que escrevera e continuar a história...

*

Olhando para a carta que pulou de minha mão enquanto embaralhava, vi que, sem sombra de dúvida, tudo aquilo acabaria em tragédia. Deveria contar isso ao pobre Camilo? Que direito tinha?

— Rapaz, preciso ser sincera contigo — murmurei, tentando conter a aflição na voz. — As cartas mostram algo que não gostaria de te dizer e preciso que estejas preparado.

— Fale, senhora, fale!

— Um casal dentre os três ficará junto enquanto um de vocês perecerá na solidão. Está preparado para arcar com as consequências?

Ele estufou o peito após soltar o suspiro que estava preso.

— Estou, sim, senhora. Se é para ficar só, que seja com tudo claro entre nós. Meu amigo não merece mais mentiras.

— A propósito, vejo aqui outra carta. Um convite, talvez?

— Fui convidado há pouco para encontrá-lo hoje, com urgência, por isso a coragem de procurá-la. Temo que ele já desconfie e eu queria ser o primeiro a contar. Mesmo que o preço seja vê-los juntos, que assim seja. Que meu coração sangre, mas que a verdade prevaleça.

O peso das palavras acertou minha face como um tapa.

— Ouça, garoto, uma tragédia está por vir. Seu amigo já desconfia e está tramando algo.

— Não, senhora. Vilela é um bom rapaz, nada faria contra a minha pessoa.

— Espero que tenha razão, mas aviso: há posse e apego no ar.

O menino arregalou os olhos, embargados. Deixou a moeda que tinha no bolso, e levantou.

— Espere, rapaz! — gritei da porta. — Se eu fosse você, levaria algo para se defender...

Nada falou. Desceu o local rapidamente, e eu, em um ímpeto, busquei respostas na borra de café. Tomei três goles ferventes e pedi por clareza. Ao jogar o líquido fora, a borra confirmou o que eu já temia: o destino estava selado.

Camilo atravessou a cidade, rápido como nunca, cortada entre o muro da Pequena África, morro e o mar que banhava a zona rica. Ao chegar à casa de Vilela, sentiu o silêncio pesado no ar. Algo estava errado. Mesmo na biblioteca, sempre havia o som da caneta, o claque-claque que Vilela fazia incessantemente. Agora, nada.

Caminhou ao longo corredor, cercado por estantes de livros de couro e brochuras raras. O farfalhar quebrou o silêncio, seguido por um estampido. Um tiro. Sangue por toda parte. Camilo caiu ao chão, Ritinha, igualmente desprovida de vida. A moça correu para salvá-lo, mas era tarde. Ambos mortos, lado a lado. Sem grito, sem desespero, somente vazio.

Que amor doentio era esse que sentia? Havia matado quem amava, os dois, e isso o consumiria. Nada mais restava até o final dos seus dias.

E o escândalo? A mãe contornou tudo. Vilela era menino branco e rico. Se fez o que fez, foi porque o negro mereceu, e Ritinha, uma qualquer, pensariam. Tudo se resolveu com rapidez. Madame Lourdes garantiu que Vilela seria mandado para uma missão, seria padre, sim, longe dos olhos julgadores. A vontade de Deus se cumpriu. A empregada, Ameliana, que agora nada mais tinha, foi "indenizada" e logo esquecida.

Eu, no entanto, não consegui esquecer. Sentia que havia condenado aqueles jovens. Camilo não me dera ouvidos. Poucos dias depois, por intermédio dos pescadores do cais, soube que Bento, meu amor, havia falecido, no exato momento em que Camilo sentara-se em minha cadeira, vítima da ira de um José Dias raivoso após uma briga de bar, dizem que movida pelo rancor do passado. Culpa de uma mulher com alma de diabo, falaram. Com isso, findo meu tempo no mundo dos homens, dos preconceitos, das diferenças, para quê ficar mais? O fim veio quando me joguei ao mar, achando que a morte traria paz, talvez assim ficasse com Bento, talvez assim cuidaria de Camilo no além-vida, devia isso para sua mãe. Mas a verdade é que nunca os encontrei. Portanto, continuarei a vagar, torcendo para que, neste outro mundo, eu consiga unir mais amores do que fui capaz em vida.

Reze, peça à cigana, a sua Pombagira Cartomante que vos traga o amor que busca, assim o farei.

*

— Machado, estou curioso. Como é essa cigana? Parece mais uma entidade! — indagou e afirmou o editor enquanto andava devagar pelas ruas estreitas da cidade chamada de maravilhosa.

— Como a mais bela das andantes, meu amigo. Cheiro de rosas, pele não tão clara que possa ser branca, sempre de vermelho, cabelos cacheados, cheios, ao vento, divina como uma feiticeira vinda do oriente, cujo brilho foi se apagando. Mais que isso não digo, em respeito à minha senhora. Agora, preciso ir. Carolina me espera.

— Está certo, Machado. Antes de ir, ouça, que tal dividir essas histórias? E fazer tuas memórias póstumas sobre outra criatura, alguém que realmente deveria morrer, deixando Capitu viver seu romance?

— Paula Brito, meu caro, sábias palavras. Talvez. Sendo sincero, não consigo imaginar um final feliz para Capitu. Por hora, me vou, minha Carolina ficará preocupada ao me ver longe da pena por tanto tempo.

— Ah, sempre casmurro! Mande um beijo para ela, sem a sua senhora, que inspiração terias?

Machado sorriu e partiu, deixando seu amigo na companhia da linda Pombagira, aquela dama de vermelho cheirando a rosas e com o baralho em mãos que passou a protegê-lo.

O COVARDE

Renato Basquiat

Professor de Sociologia e Filosofia, poeta, produtor cultural, escritor, morador e amante de sua amada Oswaldureira, pois o mesmo mora no limite entre os bairros de Oswaldo Cruz e Madureira. Adora conversar sobre arte, poesia e apreciar a simplicidade da vida. Mestrando em Filosofia e Ensino pelo CEFET e em paralelo faz Mestrado em realidade social, entre os becos, vielas e quebradas cariocas, trazendo em seus textos a importância do amor, indignações, provocações, reflexões sobre liberdade e o racismo que vigora em nossa sociedade.

Vaidade! Definitivamente o meu pecado predileto! – exclama a cidade de Oswaldureira a olhar as idas e vindas de seu pecaminoso cotidiano.

Pois bem, e o que podemos dizer sobre o cotidiano em sua relação com a cidade, esta que pulsa em desejos e demandas, mas... seria de fato a cidade a grande causa por trás de nossos pecados e vaidades?

A cidade detém uma cadeia de momentos, nuances, diversidades, encantos e para além do que a cidade nos oferece, temos a vaidade personificada em cada coração, onde vivemos uma ampla diversidade, por conta da predominância de sentimentos, vivências, histórias. Estou aqui para lhes trazer uma das muitas histórias vividas nesta cidade.

Iremos neste momento acompanhar a pecularidade de três personagens da dita cidade: suas diferenças, dramas e desejos. De fato fica a questão: a quem pertence o pecado, como tal terminologia se dá em meio a nossas singularidades?

E nesta questão que envolve o pecado, temos um importante personagem, fruto do cotidiano, da alegria, dos encantos das ruas e quebradas, a pessoa de Bento de Albuquerque Santiago da Silva, mais conhecido como Bentinho. Um apreciador da vida, amante das artes, sempre munido de seu caderninho rico em anotações, poesias e pensamentos, onde seu alimento inspiracional se dá nas entrelinhas desta pecaminosa cidade. Bentinho também tem seus pecados, como a luxúria, que toma a alma deste jovem poeta.

Gosta de seduzir as meninas com suas frases de impacto, sempre bem trabalhadas em rimas e palavras adocicadas e levemente amanteigadas, um poeta, livre, sonhador, mas um exímio galanteador. Este que exerce com presteza o cargo de auxiliar administrativo num escritório contábil localizado no centro de Oswaldureira, famoso falastrão da roda de samba que acontece às sextas-feiras no largo das Vaidades, um lugar que faz jus ao nome que ostenta, de domingo a domingo protagonizando os mais horrendos, trágicos, cômicos e engraçados eventos.

- *Com licença? Narrador?*

- O que é? Não bastou o suspiro inicial? Seja breve!

- *Nada demais, narrador. Apenas me vieram lembranças, doces e longas deste local, onde me fortaleço e alimento-me! Agora vou ouvi-lo calmamente, pois farás uma bela exaltação a meu trabalho neste local.*

- Deixe de papo e não me incomode!

Vamos lá. Apresento-lhes o largo das Vaidades, reduto da boemia e farras da cidade de Oswaldureira. Com o nascimento da cidade em 21 de junho de 1839, o larguinho se chamava praça da Alegria, porém, com o tempo, a alegria do local se tornou em festejos e encontros. No ano de 1904, Seu Esaú, um morador antigo, saía pouco de casa e, quando amanhecia, geralmente ficava a olhar o movimento da rua pela janela. Mas o destino guardava uma grande revelação que envolvia o pacato Esaú e dona Flora, esposa de seu irmão Jacó, que, ao contrário do irmão, à tarde sempre sentava na bela praça e dava uns tragos entre uma conversa e outra com os amigos da vizinhança.

Foi numa dessas conversas que soube da traição de sua esposa com o irmão, o que os levaria a uma longa discussão naquela mesma praça, que culminaria com várias facadas e a sua fuga da cidade, deixando tudo para trás. Após esse trágico episódio, os moradores da cidade rebatizaram a praça, passando a chamá-la de "Largo dos Pecados", pois, com o tempo, o local foi cercado de pequenos comércios e alta movimentação de vendedores. O local se tornaria palco de alguns assaltos e, na década de 60, de embates entre os estudantes e os militares. Em 1982, nasce no larguinho o "Samba dos Pecados".

- *Com licença, seu narrador.*

- Diga, estorvo! Estás mais uma vez a me atrapalhar!

- *Olha, uma questão sempre me pega: me imputam pecados, mas os pecadores são os próprios residentes de meu ser ou seria o pecado uma desculpa a cobrir a força das vontades daqueles que em mim residem?*

- E de uma coisa eu sei, complexa cidade, és problemática em suas questões, mas deixe eu seguir e me poupe de suas breves indagações.

Onde eu estava mesmo? Ah sim...

- Bentinho! – Brás Cubas grita para seu funcionário!

- Com certeza está bêbado ou de ressaca! Não o demito porque o sem vergonha é um bom funcionário, mesmo fedendo a pecado!

- Onde está você, garoto?

- Preciso daquele relatório em minha mesa agora!

- *Opa!*

- Chega de intervenções, cacete!

- *Me deixe, porque agora vou me meter com força! Faço questão, vamos lá que agora eu que vou falar!*

Nunca houve em toda Oswaldureira ser tão desprezível e avarento como Joaquim Borba Rodrigo Adalberto dos Santos, de tão vaidoso se autointitulou "Brás Cubas", pois ele era apreciador de charutos cubanos, pegou as iniciais de seu sobrenome e se proclamou Brás Cubas, casado com a bela Maria Capito-

lina de Pádua Santiago. Acreditem que seu louco marido se referia a ela como "Capitu do Brás".

Seu Brás era um péssimo patrão, uma péssima pessoa, um péssimo marido, um homem sem amigos, só falava com sua esposa gritando, era mais que um homem dotado de pecados, era um exemplo a não ser seguido e muitos desejavam sua morte. O homem detinha seus pecados e gerava desejos pecaminosos nas pessoas por conta de sua avareza, sua ignorância e jeito de ser. Falar de Seu Brás, mais uma vez me leva a refletir se eu detenho pecados, se eu os produzo ou seriam meus moradores a raiz de meus males e jeito de ser?

Lhes deixo esta questão e permito ao narrador falar de dona Capitu do Brás.

- Bem, lhe agradeço por me conceder a palavra em minha própria narração, vamos lá.

Dona Maria Capitolina, uma jovem sonhadora, apaixonada pela vida, uma mulher marcada pela tristeza em viver aprisionada em um casamento que lhe amarga e a mesma não tem forças para deixar o marido, algumas vezes se lembra de como um dia foram apaixonados um pelo outro e como o apego ao trabalho e o desejo de conquistar tudo a sua volta corrompeu o marido, transformando-o em um ser amargo e avarento com o tempo. Dona Maria, costumava ir ao famoso largo dos Pecados, mas o marido perdeu o hábito em troca de sua ambição pelo trabalho e não a deixava ir sozinha ao local.

Certa vez Brás Cubas pediu a Bentinho para levar a esposa a conhecer o tal "Samba dos Pecados". O funcionário prontamente levou e todas as sextas Dona Capitolina chorava aos pés do avarento marido para ir ao samba com seu funcionário de confiança e, assim, desencadeou-se uma situação já esperada, pois a pedra já estava cantada. Sim meus caros, Bentinho e Dona Capitolina emplacaram um tórrido e proibido romance e as noites de sexta-feira converteram-se em dias únicos, em que a pureza do amor pecaminoso, justificado, embalado pela cadência da roda de samba se deu não somente por obra do acaso, mas também por um casamento que se acabou e um jovem, antes galanteador e mulherengo, hoje conta as horas para às sextas passar algumas horas com o amor de sua vida, proibido e encantador.

Mas seu Brás sentiu uma leve desconfiança, pois o comportamento da esposa sempre era diferente às manhãs de sábado e o mesmo decidiu sair em uma dessas pecaminosas sextas de samba e, após anos, foi ao larguinho e eis que, à espreita, observou o casal de mãos dadas, felizes, se dirigindo à rua de baixo, em meio à melodia que saía da praça exalando alegria, prazer e satisfação.

E lembrou-se que seu funcionário morava na rua de baixo e os seguindo, ao chegar na casa de Bentinho, fez o que se esperava, desferindo dois tiros na cabeça de cada um, os matando e voltou ao larguinho. Ao olhar toda alegria da roda de samba, teve uma leve lembrança de quem era e o que se tornou, lhe veio momentos de quando ainda jovem, foi frequentador do larguinho e viveu as suas histórias... e ali no meio do samba, com o revólver na boca, se mata ao som da "Vai saudade", de Heitor dos Prazeres, e antes de se autoexecutar suspirou... "eu sou um covarde... e covarde demais".

- *É, seu narrador, vou intervir em minha última reflexão sobre esta história: a quem pertence de fato o pecado e onde se dá a morada das vaidades?*

- Pois é, incômoda voz, e assim lhes deixo este relato e me vou após tudo, calado e absorto!

MACHADO DE ASSIS x LIMA BARRETO NO CAIS DO VALONGO

Xandí Cassiano

Com uma trajetória marcada por mais de 6 mil pessoas atendidas ao longo de dois anos no Circuito, Alexandre Pereira Cassiano, conhecido como Xandí, é um experiente Guia Regional e Nacional, especializado em atrativos naturais e na Pequena África do Rio de Janeiro. Credenciado pelo Instituto de Pesquisa e Memória Pretos Novos-RJ (IPN), Xandí conduz o circuito da Herança Africana com paixão e profundidade, incluindo visitas à histórica casa de Machado de Assis no Morro do Livramento. Como Mediador Museal e Gestor Cultural do Museu de Arte do Rio (MAR), ele compartilha seu amor pela história e cultura afro-brasileira, convidando todos a explorar a rica tapeçaria cultural dessa importante região da cidade. Sua abordagem entusiasta e envolvente transforma cada visita em uma experiência memorável, celebrando a herança e a diversidade que moldam o Rio de Janeiro. Siga-o no Instagram: [@xandicassiano](https://instagram.com/xandicassiano).

Um jovem senhor, sonhador, idealista, escrevinhador, ativista social, com um desejo utópico, ainda que realizável, de uma sociedade mais justa, pujante e igualitária, se vê diante de uma oportunidade de se expressar que, por vias normais, jamais conseguiria. Um conto, uma crítica literária, e assim se sucedeu o sonho. Peço licença poética para um analfabeto funcional criado por esse mesmo sistema.

Nas aulas, nas palestras e nas pesquisas a respeito de outros séculos nas quais me debrucei pude perceber que, guardadas as devidas proporções, as lacunas de outrora não deixaram de ser regra no século XXI.

Sim, foi em meio a aulas tensas, debates calorosos e perguntas se eu conhecia Machado Assis: linguagem difícil, disse quando enfim me deram a palavra. Tinha um certo ranço dele, depois de tudo o que escutara e ouvira a seu respeito. "Sou muito mais Lima Barreto, pois, além de entendê-lo melhor, a luta que travo nesse século foi a mesma que ele lutou."

Juro, foi em alguns sonhos que conheci Machado, nos quais ele nunca aparecia sozinho... Eis um dos sonhos que tive com ele. Com ele, com Joaquim Nabuco e Lima Barreto.

Machado de Assis está em um dos chás literários que costumava promover em sua residência, na Rua São Cristóvão, 239, no ano de 1887. Esses encontros atraíam muitas celebridades e os literatos da época. Havia sempre acalorados debates e embates memoráveis. Esses debates ficavam ainda mais quentes quando Joaquim Nabuco estava lá. Era filho e neto de fazendeiros escravagistas, mas tornou-se um abolicionista militante e apaixonado.

No meu sonho eram 17h30 quando Nabuco pediu um chá de camomila adoçado com mel e limão a Machado e o provocou:

- Meu caro amigo Machado, precisamos conversar antes do fim desse nosso delicioso chá literário!

Machado podia antecipar mais um momento de constrangimento e desconforto, pois estava familiriazado com o estilo incisivo de Nabuco, que sempre levantava questões raciais e de abolição da escravidão. Esses embates o cansavam, deixavam-no de cabelo em pé. Era um assunto que sempre o deixava inquieto. Machado não se sentia à vontade com a ideia de se posicionar publicamente de maneira mais contundente. As conversas sobre abolição, com suas implicações políticas e sociais, mexiam profundamente com suas convicções, forçando-o a confrontar não só sua própria posição, mas também o delicado equilíbrio que mantinha entre sua origem humilde e seu papel como figura pública respeitada.

Nabuco começou a falar, expondo suas ideias com paixão, enquanto Machado o escutava em silêncio, com uma expressão resignada.

— É definitivo! – bradava Nabuco. – Precisamos debater com veemência o fim da escravidão.

— Claro, meu caro amigo Nabuco, porém tu já sabes as minhas posições de não enfrentamento direto. Foi assim que aprendi com meu querido padrinho Paula Brito. As convicções e percepções sociais me trouxeram até aqui e assim irei permanecer!

— Não te entendo, Machado. Precisamos ser mais combativos! A pauta é urgente!

— Você sabe que sou um abolicionista. Mas escrevo para uma minoria, pois o Brasil é um país de analfabetos. Escrevo algo aqui e acolá, mas sempre com discrição. Todos temos uma causa nessa vida, meu caro. Mas a minha contribuição será com ponderação e equilíbrio.

Depois do chá Machado de Assis não conseguiu afastar os pensamentos enquanto se preparava para dormir. A conversa com Nabuco martelava em sua mente. Passada uma semana, uma forte nostalgia o invadiu. Certa tarde, ao abrir uma pequena bolsa em sua escrivaninha, encontrou uma antiga foto de família, tirada no Morro do Livramento. Ao olhar a imagem, foi tomado por uma profunda saudade do lugar. Lembrou-se do cheiro da grama molhada, dos latidos dos cachorros, dos gatos que rondavam pela casa e, claro, do galo que durante a infância o despertava pontualmente às cinco da manhã. É verdade que o tráfico de pessoas escravizadas estava a pleno vapor na época em que viveu nas proximidades do Cais do Valongo, mas o que ocupou seu pensamentos foi a memória das corridas e de como brincava enquanto descia as ladeiras do morro.

Resolveu fazer uma visita ao bairro da infância e saiu meia hora mais cedo do trabalho. Faltava pouco para se aposentar e imaginou que não teria problemas. Apenas cinco anos, segundo os cálculos da previdência, o separavam da aposentadoria com 100% dos benefícios — isso depois de pagar o famigerado pedágio, claro. "Penso aqui na ironia da situação, até em sonho sou atormentado pelas questões políticas. Mas depois das últimas reformas, a aposentadoria se tornou cada vez mais uma miragem. Trabalhamos a vida inteira com a promessa de um descanso digno, e agora esse descanso está cada vez mais condicionado a cálculos frios e medidas provisórias."

Vestido com as roupas formais da época e um chapéu que protege os melasmas do rosto, Machado saiu de casa com o coração apertado. Seus passos eram lentos e sua mente inquieta mergulhava em um turbilhão de pensamentos. As recentes conversas com Nabuco, questionando suas escolhas e posturas, ecoavam em sua cabeça. Enquanto caminhava pelas ruas, o diálogo travado com o amigo abolicionista o desafiava a reconsiderar sua própria visão sobre os temas que evitava.

Passando pelo Cais do Valongo, para um pouco, escuta sussurros, lamúrias, joga um trocado para um garoto no qual parece se ver:

— Ei, moleque!

— Oi, senhor! Obrigado pelo trocado, como posso ajudar?

— Compra umas balinhas com esse dinheiro, mas aproveita para comprar um caderno e um lápis. — E acrescentou: - É preciso estudar, meu jovem!

O garoto olhou diretamente em seus olhos e, com um gesto sincero, agradeceu. No instante em que seus olhares se encontraram, Machado sentiu algo mais profundo, como se suas almas se tocassem em um breve momento de compreensão mútua. Aquele olhar mexeu intensamente com ele, trazendo à tona emoções adormecidas. Com o coração pesado e a mente reflexiva, ele começou a subir o Morro do Livramento lentamente, como quem carrega o peso de memórias e questionamentos, mas não o peso da idade.

Imagine só, Machado, com seus 188 anos, ainda vagando em meio ao sonho. Ao chegar à sua antiga casa, agora em ruínas, prestes a ser demolida, o impacto foi avassalador. Ele desfaleceu, incapaz de conter a dor, e caiu em prantos, tomado por uma profunda tristeza ao ver o que restava de seu passe. Sentou-se nos degraus que ainda restam da velha escada, agora desgastada pelo tempo, e deixou as lágrimas rolarem. Após alguns minutos de reflexão, se levantou ainda abalado e, com passos lentos e coração pesado, começou a descer o Morro do Livramento. No auge dos seus 188 anos, já um escritor consagrado, Machado de Assis caminhava pensativo pelas ruas do morro. Sua mente ainda estava presa às lembranças quando avistou Lima Barreto, sentado em um bar. Lima, com seu jeito irreverente, saboreava um biricutico e uma porção de torresmos.

— Ora, ora, se não é o meu caro amigo Lima Barreto! Que coincidência encontrá-lo aqui.

— Machado, meu amigo! Sente-se aqui comigo e me faça companhia neste dia ensolarado.

Machado sentou-se ao lado de Lima, aceitando o convite com um leve sorriso.

— Excelente escolha, meu caro. E esses torresmos parecem deliciosos!

— Ah, sim, um verdadeiro deleite para os sentidos - respondeu Lima, com um sorriso malicioso, enquanto mordia um pedaço crocante do torresmo. (Os "crocs, crocs" eram ouvidos ao longe.)

– Mas, diga-me, Machado, como vai sua obra mais recente?

A tarde agora segue leve, os dois grandes escritores saboreando os pequenos prazeres da mesa e o ambiente único do Cais do Valongo, um lugar carregado de história e cultura. Ali, naquele cenário carioca do século XXI, trocavam palavras e ideias, honrando a tradição literária e boêmia do Rio de Janeiro.

Mas as coisas começaram a esquentar. O clima amistoso entre Machado de Assis e Lima Barreto de repente se transformou em tensão. Depois de alguns goles, Lima Barreto encarou Machado com um olhar acusador.

– Diga-me, Machado, você tem vergonha de onde veio e de ser Preto? Enquanto eu lutei abertamente contra a escravidão e a burguesia, contra a opressão contra o nosso povo, você se escondia nas linhas de seus textos, fingindo não ver o que está em seu próprio quintal? Debaixo do seu nariz?

Machado sentiu o peso das palavras de Lima e respondeu com firmeza.

-- Minhas lutas eram diferentes das suas, Barreto. Eu escolhi usar minha pena de maneira diferente da sua. Não é vergonha. Como falei com

Nabuco, estamos em uma sociedade que vive em um baile de máscaras e não se deve entrar sem uma. Fiz uma escolha consciente. Como aprendi com o grande amigo e padrinho Paula Brito, essa é a melhor contribuição que posso dar para a causa.

Lima Barreto o indaga sobre qual seria o papel da Academia Brasileira de Letras que ele ajudou a criar e que, por fim, virou um clubinho de gente com egos inflados que abandonou a nação à própria sorte.

— A ABL deveria ser o STF da educação - continuou Lima. - Enquanto escolas municipais, estaduais e universidades estão sendo sucateadas, os acadêmicos tomam chá. A República veio, mas só atende aos interesses da elite dominante e o clubinho que fundou e frequenta a ABL esqueceu do seu papel de tirar o povo da ignorância e fazer desse povo um povo, fortemente educado e crítico.

Os ânimos continuavam exaltados na hora em que apareci (é sério!) no meu próprio sonho. Eu estava acompanhando um grupo de crianças da 3ª série, vi um burburinho e me aproximei.

— Ei, vocês dois, o que está acontecendo aqui? - disse, ainda sem entender o que estavam discutindo, mas tentando acalmar os ânimos.

Machado de Assis e Lima Barreto se viraram para mim, parecendo surpresos com minha intervenção. O silêncio sepulcral que se fez foi um barulho tão profundo que eu, atônito, quase caí para trás. Ali, no meu local de trabalho, diante de mim, estavam dois gigantes da literatura brasileira, debatendo as questões raciais que atravessavam suas obras.

A surpresa do encontro foi tão grande que me fez acordar abruptamente. Me espreguicei, ainda com a sensação vívida daquele momento, e, em meio a um misto de emoção e incredulidade, bradei a plenos pulmões:

— Eu consegui! Juntei dois ícones da literatura na contemporaneidade!

Peguei minha caneta, tomei coragem e me aventurei. Afinal, não é todo dia que a história nos visita em carne e osso. Talvez o importante mesmo não seja o sonho em si, mas o que fazemos quando despertamos.

PALAVRAS DE LUIZ MAURICIO

Coisa que edifica e constrói

Não se pode propor Machado a ninguém. É Machado quem se impõe como proposta de si mesmo a todos que cruzam com ele. E o faz não apenas por ter sido o melhor autor que o Brasil já pariu, mas porque sua excelência estética se manteve intacta mesmo sob as piores circunstâncias histórico-sociais que um indivíduo pode enfrentar. Por isso, quando me vi frente à turma da Universidade das Quebradas, pensei em como operar a mágica de falar das belezas do milagre sem fetichizar as menções ao nome do santo. A saída foi esquecer de onde veio Machado e me concentrar na origem dos oficineiros e das oficineiras. Assim, mergulhamos num processo de autoanálise estético-identitária, pensando na existência de um Machado cronista, cuja existência nos foi trazida como uma possibilidade de alargar os limites de um gênero tão brasileiro. Machado, para quem domínios terrenos eram maiores que os extraterrenos, conseguia, a partir de descrições precisas de uma casca, obter o conteúdo de frutos inteiros. O tempo de suas crônicas era o tempo de sua vida. E o tempo de nossas vidas foi, durante meses infinitos, o único relógio regulador que aceitamos observar.

Encontrei um grupo que sabia escrever mas não sabia sobre o que escrever. Meu papel foi ajudar no parto não do texto mas da autoria por trás do texto.

O que fiz foi uma curadoria de *selfies* de autoria, em um país com disposição para assassinar – biológica e simbolicamente – gente que ousa escrever aquilo que necessita ser dito. Chamo de autoria o ato de fala de bater no próprio peito e dizer-se autor/autor/autore/autorx. Trata-se do gesto performático e corajoso de levantar-se no miolo de um mundo que duvida dos poderes da ficção e apostar justamente no código ficcional.

As pessoas queridas que passaram pela UQ desejavam algo maior do que aquilo que já tinham. E eu precisava da crença que elas possuem no caráter revolucionário e emancipador da literatura. Foi o encontro de um mar de afluentes sem margens. Tínhamos o texto de Machado como nosso carro veloz. E nele entramos. Em nossos encontros, meu filho Francisco crescia no quarto ao lado. E os textos cresciam nos mais variados lugares que essas criaturas se viam forçadas – pela força de suas próprias urgências – a escrever. Eles escreviam como meu filho respira: às vezes agoniado com os desafios da natureza, às vezes em aleluia com as delícias do ar puro.

Em breve esses milagres de carne, osso e palavra ocuparão um lugar nos prêmios literários, nas páginas das revistas especializadas e nas entrelinhas do jogo literário brasileiro porque, se em literatura pode tudo, aquele que faz literatura tudo pode.

O que me surpreende ao fim dessa jornada não é a evidente presença do talento nesse grupo de indivíduos brilhantes, mas o fato de que tudo tenha sido conseguido apenas com o auxílio de uma caneta e de um papel em branco. O papel vazio que possibilita a todos reescreverem seu papel no mundo é o mesmo papel em que Machado de Assis fez caber seu universo luminoso em nosso mundo muitas vezes opaco de ideais e de sentido. E é o mesmo papel em que os sucessores de Anelise Martins, Erik Maranhão, Fernando Batista, Guilherme Prates, Jandeilson, Lenora Jenii, Matheus Goudar, Letícia Magalhães, Raíza Milfont, Ralph Duccini, Rubria Lourenço, Sarah Marques, Sandira Macamba escreverão, um dia, seus próprios nomes, em uma roda que não para de mover o mundo. Esses oficineiros e oficineiras já são as referências do futuro aquecendo o presente. O novo cânone está aqui e veio para ficar.

NOS TEMPOS DE IAIÁ

Anelise Martins

É neta de Jacira, filha de Eliane e uma mulher negra que vem se permitindo dançar com a escrita. Graduada em História pela UFRJ e especialista em Educação das Relações Étnico-Raciais pelo Colégio Pedro II, escolheu a escrita literária como um caminho de memória. Daí sua conexão com as paisagens geográficas e sociais construídas nas obras Machadianas, como O espelho que nos leva a refletir sobre a alma humana e O caso da vara que nos conduz para uma vivência negra, mas parte da voz da branquitude. O último, inspiração para a sua escrita nesta publicação.

Fevereiro de 2091

Caro leitor, por esses dias eu estava revirando os escritos de minha tia-avó Iasmin e encontrei um diário que ela escreveu ao completar 40 anos. A história dela é como uma fotografia, que nos permite voltar no tempo para momentos que não vivemos:

O dia em que nasci é sempre um dia em que todos os meus anos me vêm. Quantos relacionamentos perdi, quantas vezes chorei no banheiro e aceitei o que acontecesse para garantir o meu sucesso. Aprendi logo que o choro deve acontecer escondido, outras pessoas não devem ver as minhas lágrimas para que eu continue sendo respeitada. Com toda a água que já rolou, eu tenho orgulho de dizer que sou uma mulher de sucesso. Gritei quando precisei gritar e me coloquei mesmo com todo o machismo que destilaram para cima de mim. Fui lá e mostrei para eles que eu não ficaria em silêncio.

Não me silenciaram. A minha experiência me fez compreender como é lutar sempre para estar nos espaços. Isso me tornou uma das que deram o maior apoio para a onda de pedidos pela igualdade de gênero no mercado de trabalho. O meu sucesso aconteceu dentro de um espaço corporativo para o qual fui convidada e precisei brigar para me manter nele. No dia em que fui convidada, minha chefe Laura disse que me conheceu por meio de Aline e que eu precisaria garantir que o setor de marketing fosse respeitado pelo comercial. "Iasmin, recebi uma indicação para que você viesse ocupar esta vaga justamente pelo seu perfil. Acredito que você conseguirá entender exatamente o que os nossos clientes desejam e fazer com que nós cresçamos no mercado." Essa frase me marcou por fazer surgir de imediato o meu desejo de crescer naquele lugar. Enfim, um espaço que valorizaria a minha experiência e a minha voz. Respondi de pronto: "Pode contar comigo nessa e, por favor, pode me chamar de Iaiá." Quando cheguei a minha nova empresa, recebi uma equipe de mulheres sensacionais. Trabalhamos juntas com prazos extremamente apertados, mas todas aguentamos firme. Numa reunião ou outra, as coisas saíam de controle, mas tenho certeza de que elas entendiam. Um dia, estando eu em reunião com mais três meninas, uma delas me fez uma pergunta sobre um tópico que eu já havia explicado. Eu estava tão cansada que não consegui medir as minhas palavras: "Li, você é burra por acaso? Ou está de sacanagem comigo? Já cansei de explicar os nossos prazos e as estratégias que adotaremos neste projeto. Amiga, preciso que você fique atenta!" Apesar do que jorrou de mim, a Li super entendeu e se desculpou pela pergunta sem propósito. A nossa relação era assim. Intensa e com muitas nuances, mas todas nos apoiamos e sempre entregamos com perfeição. Dentro e fora do trabalho. Morávamos perto e saíamos para beber e colocar a conversa em dia na orla de Ipanema. Tudo se complicou quando a pandemia veio e precisei realizar cortes na equipe. Tempos difíceis e perdi mais do que funcionárias, perdi amigas. As meninas não entenderam quando as dispensei durante a pandemia. Paramos de ir ao cinema, teatro e rodas de samba juntas. Esse caso me lembrou de um momento específico em que eu duvidei de mim enquanto uma líder. Depois da pandemia, um burburinho na empresa se iniciou sobre a necessidade de mais diversidade. Hoje em dia entendo o que isso quer dizer, mas na época não era óbvio. Nós já havíamos recebido diversos reconhecimentos por termos igualdade de gênero na empresa, mas parece que faltava a inclusão de pessoas negras. Começou a nossa busca por profissionais desse perfil para estar conosco na elaboração dos projetos.

Nesse movimento todo, que deu um super trabalho, Laura chamou Quézia para a minha equipe. Ela era uma menina negra, jovem, pequena, com uma pele macia e um sorriso sincero no rosto, mesmo no desconforto da entrevista. Me encantei quando a conheci e decidi me tornar uma mentora para ela. Com certeza, ela precisaria de uma mentora. Quézia começou no setor entregando bem e se aproximando da equipe. Seus sorrisos e sua personalidade doce garantiram seu lugar entre nós. Comecei a notar sua inteligência emocional e passei a dar atribuições cada vez maiores para ela. Sempre dizia como ela tinha que fazer nos direcionamentos. Após um tempo, ela parecia cansada, adoecida e com dificuldades de organizar o próprio tempo, fazia o oposto do que eu dizia e falava sobre não ter entendido o que foi pedido. No meu lugar de mentora, sentei com ela e falei sobre o que ela poderia melhorar inúmeras vezes: "Qué, você está muito desligada. Foca, por favor! Já te falei antes que você precisa entregar essa campanha para o dia sete. Com certeza você se confundiu porque não lembro de ter dito a você nenhuma outra data sem ser essa. Se precisar usar o fim de semana para isso, tudo bem. Depois vejo se há alguma possibilidade de um day-of *no próximo mês."*

Um novo projeto veio e direcionei a ela como um voto de confiança. Quézia foi organizar um evento de uma marca parceira junto com o nosso comercial, em outra cidade. A duração era de dois dias e a nossa missão era garantir o funcionamento de tudo. Quando o primeiro dia acabou, Quézia se sentiu mal. Me enviou mensagem dizendo que estava sentindo um forte enjoo, dores de cabeça e sem conseguir pensar. Falei com ela para ir ao hotel descansar, pois no dia seguinte ainda teria muito mais a ser feito. No segundo dia de evento, ela foi até lá, quase colocou até o intestino para fora e por pouco não perdeu a consciência em público. Quem me contou sobre o que aconteceu foi o Bruno, do comercial. Foi ele quem a socorreu quando estava para desmaiar e a distanciou dos olhos do público. A suspeita dele era que ela não conseguia manter os olhos abertos porque estava grávida e de ressaca pelo dia anterior. Fiquei com raiva dela por ter colocado todo o nosso esforço em risco. Além de não conseguir lidar com o próprio tempo, ela ainda estragava tudo dessa forma?

Quézia foi para o hospital e passou três dias internada, realizando uma série de exames. Eu liguei para ela e disse para não se preocupar com nada, mas ela ficava falando de suas tarefas e do que ainda tinha a fazer. Dei-lhe um tempo a mais em casa, para que se recuperasse. Sete dias foi o tempo que ficou afastada. Depois desse tempo, ainda fui até ela para tentarmos pensar em como seguir. Aconselhei que começasse a se cuidar para não mais acabar um evento dessa forma, reorganizei toda a agenda e a lista de tarefas realizadas por ela e reforcei que não deveria entregar essas burradas porque as pessoas já esperavam isso de pessoas como ela.

O boato de que ela estava bêbada e grávida se espalhou. Conversei com a outra coordenadora, Aline, se deveria ou não tentar desmentir. Ela me aconselhou a deixar o assunto morrer na boca do povo e pensar em aproveitar Quézia de outra forma na empresa ou dispensá-la. A minha própria mentorada me humilhando dessa forma na frente de toda a companhia. Conversei também com Laura e lembro até hoje do que disse: "Lau, sei que temos várias demandas e metas, o que deixa a rotina mais corrida aqui na empresa, mas eu fiz tudo por ela e não estou entendendo o que está acontecendo. Ela está deixando o time na mão, mesmo depois da chance que nós demos. Onde ela conseguiria uma oportunidade assim?" Tudo isso me deixou decidida a realizar mudanças. Lau me convenceu a não demiti-la por não conseguirmos outra pessoa com o perfil dela com facilidade. Eu a coloquei em um setor onde não mais produziria os eventos e faria algumas tarefas secundárias. Seis meses depois, ela se demitiu. Laura conversou com Qué para tentar convencê-la do contrário, mas ela se manteve firme e falou de uma alta carga de trabalho, com pouco reconhecimento, que a estava adoecendo. Como se só ela trabalhasse muito. De toda forma, ela deixou de entregar e eu não podia mais permitir tamanha irresponsabilidade. Ainda assim, foi uma surpresa quando ela não quis permanecer entre nós. Ingrata! Cuspiu no prato onde comeu – e bem. O que aconteceu com ela de lá para cá é mistério, apesar das minhas promessas de que a procuraria para conversarmos e almoçarmos juntas. Esse foi um momento curioso e não sei porque estou escrevendo sobre ele aqui, mas sei que todo esse caos é uma gota no mar da minha carreira. Segui na empresa me destacando e crescendo. Essa experiência me ensinou que preciso ter cuidado em quem confio. Talvez essa seja a minha mensagem para mim mesma aos 40.

Ao ler esse relato, fiquei imaginando o tanto que Iaiá passou para chegar ao topo de sua carreira. Na família contam que ela foi uma mulher bem-sucedida no trabalho e, apesar dos muitos namorados, terminou os seus dias sozinha. As dificuldades que Iaiá vivenciou são uma inspiração e nos mostram a importância de mulheres que apoiam mulheres. Nos seus momentos de decepção, ela pôde contar com sua líder Laura e sua parceira de profissão Aline.

Desejo que Iaiá te inspire, como me inspira.

Inocência Costa

Rio de Janeiro

Nota à edição anterior

Fevereiro de 2091

Caro leitor,

Na semana anterior, eu trouxe para esta coluna um recorte dos escritos de Iaiá. Recebi diversas mensagens de mulheres que entenderam o tanto que ela passou, mas também algumas acusações injustas em relação à forma como Iaiá tratou Quézia. Não as publicarei aqui para não criar um barulho ainda maior, mas devo dizer que passado tanto tempo desse debate, o identitarismo já não lhes cai bem.

Inocência Costa

Rio de Janeiro

CARNE EMBALADA A VÁCUO

Erik Maranhão

Nasci na cidade balneária de São José de Ribamar no Maranhão e atualmente moro no Rio de Janeiro. Desenho desde criança e sempre gostei de escrever, então tento me divertir fazendo o que mais gosto, criar, inventar, brincar com as linhas e com as palavras.

Fui demitido da função de caixa de supermercado sob a injusta acusação de conivência com um trio de meninos que tentaram roubar uns DVDs na loja. Logo no meu primeiro emprego formal registrado em carteira. Com vale-transporte e refeição no local. Detalhe: era temporário, com chances de ser efetivado após três meses de experiência. Não era o emprego dos sonhos, mas era tudo que a minha mãe queria: me ver ocupado, ganhando meu dinheirinho após terminar o ensino médio e poder ajudar nas contas de casa. Como não fui bem no vestibular, peguei o primeiro trabalho que apareceu. E justo quando comecei a me acostumar com tudo, o trem descarrilhou.

Primeiro, a gerente me ordenou cortar meus lindos cachos black-power e adotar um corte social. *"Agora sim, tá parecendo gente!"*, comentavam os vizinhos. *"Ficou bonito, gostei"*, dizia minha mãe. Meu sorriso amarelo dizia o contrário, que odiei pra caralho. Era um estilo militar, meio careta, mas necessário para poder me enquadrar no padrão mercadológico. De domingo a domingo, lá estava eu batendo ponto, bipando produtos, dando troco, abrindo e fechando o caixa, chamando o próximo da fila. Tinha hora para entrar, mas não para sair. Nunca pagaram hora extra e sempre me faziam perder o último ônibus da noite. Tinha que pagar uma passagem a mais do meu bolso para poder chegar em casa, sempre na madrugada. Apesar de ser difícil no início, estava me acostumando àquela rotina de subalterno. E na real mesmo, eu tava adorando aquilo tudo, vestia literalmente a camisa, e já saía de casa "fardado". Dei o meu máximo por um salário que nem era o mínimo, no entanto a amizade entre os empregados aliviava e tornava o ambiente bem mais leve.

Toda noite, o time do último turno se juntava debaixo do viaduto de Cascadura pra beber, lanchar, fumar, namorar ou só jogar conversa fora. Pra mim, ficou mais interessante quando, numa noite, acompanhei a colega do caixa 23 até o ponto de ônibus; em outra, até a porta da sua casa, e nas seguintes foram pernoites e café da manhã. Era a melhor parte do trabalho, um lance maneiro depois do expediente, mas que desagradava demais o fiscal. Ele, sempre que podia dava, uma provocada: *"Ela tá te criando?"*; *"É casa, comida e roupa lavada, né, bebê?"*; *"Ela te coloca pra dormir também?"* Às vezes, eu rebatia por puro deboche: *"Aí, ela disse que não pinta com brocha!"*; *"Ela sempre fala que não é museu pra gostar de velho."* No fundo, eu nem me importava, aceitava de boa a zoação, ria com satisfação dele porque sabia que ele tava mal, se corroía de inveja e ciúmes. Por isso e por outros motivos profissionais, dentro do estabelecimento, eu e ela evitávamos qualquer contato físico, principalmente porque ele estava sempre pronto pra ferrar com um de nós dois. Até então, eu não dava a mínima para aquele otário. Meu foco estava todo no caixa, mas comecei a me preocupar quando um dia esqueci de registrar uma peça de carne daquelas que é embalada a vácuo e o cliente, espertamente, me subornou com R$50. Ele pagou o resto da compra normalmente, pegou o cupom fiscal e foi embora na boa. E eu me borrava de medo. Sem saber o que fazer. Mas o que que eu podia fazer? Chamar o fiscal e contar o que houve? Com certeza, ele não iria acreditar em mim. Mesmo com o coração a mil, amassei a cédula, joguei-a no chão, pisei nela, depois abaixei pra fingir que estava coçando o pé e enfiei o dinheiro dentro da meia. Me recompus rapidamente e chamei: "*Próximo, próximo da fila!*"

Por dentro, estava super mal, pensando que a qualquer hora esse fiscal viria me prender, que tinham visto tudo pelas câmeras de segurança, que iam anunciar meu nome pelo microfone, pedindo pra comparecer no departamento pessoal ou chamar a polícia. Felizmente, nada disso aconteceu, tudo seguiu normal até o fechamento da loja. Mas sabem o que aconteceu três dias depois? O mesmo cliente apareceu no meu caixa com o carrinho abarrotado de mercadorias, não com uma nem duas nem três, mas com cinco peças de carne, jogou novamente R$50 pra mim e disse: "Deixa passar só uma dessas que eu vou pagar o restante, beleza?" Puta que pariu! Arrumei um cliente fiel, eu pensei.

Na semana seguinte, foi ainda pior, surgiram outras pessoas, elas apontavam o produto que ia passar "direto", piscavam sedutoramente pra mim e atiravam cinco, dez, vinte, cinquenta, até cem reais na minha direção. Eu passei a ir trabalhar de meião de futebol pra guardar meu "extra". *Agora fudeu!* Eu só conseguia pensar no fiscal, no olhar desconfiado dele. Todo dia eu pensava que ia rodar. Entrava na loja cantando ironicamente: "*É hoje o dia!*" E nada de ninguém descobrir. E como já tinha dias que aquilo estava se acumulando, eu decidi gastar tudo na véspera da minha folga, antes que desse alguma merda ou que eu fosse preso. Fomos todos para o viaduto de Cascadura, paguei churrasco, cerveja, refrigerante, cigarro, McLanche feliz, ingresso na boate, whisky, Red Bull, paguei táxi para as damas e van para os marmanjos, fui ao cinema no dia seguinte. Também guardei uma boa parte pra minha mãe, mas ela não aceitou. "*De jeito nenhum, não quero seu dinheirinho não, meu filho. Acho melhor você guardar essa grana porque não temos certeza se vai ou não ser efetivado, né?*". Mãe é mãe, sabe das coisas. Ela mesmo guardou tudo.

O incrível é que durante a farra ninguém perguntou nada sobre onde e como arrumei tanta grana. Dias depois, do nada, durante o intervalo, é que me perguntaram. "*Roubei tudo do meu caixa!*", falei sem pensar e já me arrependendo porque achei que o assunto ia render, mas pra minha felicidade e alívio, todos caíram na gargalhada e aproveitaram o ensejo para fantasiar algumas situações de como furtar na loja sem levantar suspeitas e foi isso, morreu o assunto, ponto final.

Dias depois, numa tarde de bastante movimento, três meninos esperavam na fila do meu caixa. Era uma escadinha, um pequeno, um médio e um grande, entre 9 e 11 anos. O maior com a camisa pendurada no ombro, segurava uns DVDs e os outros dois, apenas de bermuda, olhavam desconfiados para todos os cantos da loja. Na vez deles, enquanto eu retirava o lacre de segurança dos produtos para poder registrar, a caixa 23 não tirava os olhos, estava prestando atenção neles e me alertou de roubo, eu disse que ela estava sendo racista e preconceituosa só porque eles eram negros. E no instante da discussão, eles pegaram os DVDs e correram de volta para o interior da loja. "*Não te disse?*" "*Agora vai atrás deles*", disse ela. Acionei imediatamente os seguranças da loja, mas quem veio foi o fiscal. O filho da puta não chamou ninguém pelo rádio, pediu para eu fechar o meu caixa e ir procurar os meninos com ele. Óbvio que fui junto, pela absoluta certeza do meu não envolvimento na treta e muito confiante, disse que era só olhar nas câmeras. O fiscal me olhou com desdém, sorriu e desconfiei de uma possível armadilha pra me ferrar. Os meninos meteram o pé, mas achamos os DVDs intactos nas gôndolas de frutas. Mesmo com o material recuperado, sem dano algum, fui chamado à gerência para explicar o que tinha acontecido. E novamente, pedi para olharem pelas câmeras, jurei que não conhecia nenhum deles, que nunca os vira antes lá dentro, nem lá fora. Nem a gerente nem o fiscal se convenceram, porém mandaram eu voltar ao trabalho. Voltei, atendi normalmente, fui rendido para poder jantar, retornei, fechei o turno, prestei contas e fui pra casa.

No outro dia, todo mundo queria saber a minha versão do que tinha acontecido porque o fiscal espalhou para todos que fui eu quem mandou os meninos furtarem os DVDs, que ignorei o alerta da colega do caixa 23 e não acionei a segurança da loja. E foi ele quem fez questão de avisar que a gerente estava me aguardando na sala dela. Ela estava em pé no corredor e antes de chegar perto, ela falou: "*Você não precisa bater o ponto hoje. Está demitido por justa causa, porque foi conivente com aqueles meninos ontem. Vou deixar você jantar, mas depois pode ir embora!*"

O FILHO DE REGINA

FERNANDO BATISTA

É artista visual e escritor. Graduando em Licenciatura em Artes Visuais pela UERJ. Nasceu e foi criado no Complexo da Maré, lugar onde estudou e se formou. Seus trabalhos artísticos tem como foco suas vivências no território da maré. Em 2023 participou da residência literária Lutas e Letras Maré e Manguinhos, onde produziu seu primeiro conto: Festa no Final do Arco-íris. Em 2024, foi aluno da Universidade das Quebradas no curso de formação de escritores Machado Quebradeiro.

O crepúsculo invadia as janelas, tomando conta do salão principal. Seus raios vermelhos iluminavam as grandes colunas e as pinturas se tornavam monocromáticas. Os cristais do candelabro faziam um show de luzes, que se refletiam até o chão e voltavam para o sol bem longe. A Academia Brasileira de Letras era iluminada com essa luz, que marcava a última passagem solar desde a sua inauguração. No meio do salão quente, havia uma sombra que chorava. Suas lágrimas não eram azuis... não destoavam do laranja-avermelhado da sala, eram lágrimas tão vermelhas quanto o próprio crepúsculo. Os resmungos da figura trouxeram Carlos até o salão. Maria estava sentada em sua cadeira aos prantos. Ele pergunta o que teria acontecido. Maria, ainda chorando, dirige o olhar de desgosto para Carlos e começa a se lamentar:

— Observamos de perto cada passo para a construção desse templo. Vi todos os nossos intelectuais se dedicando para isso acontecer. Justo no momento em que isso se torna uma realidade, não deveria ser ele o primeiro a tomar a posse. Esse é o nosso governo, a nossa história, para quem ele fará referência senão a tudo o que construímos? Essa será a nossa academia, ela não pode crescer à imagem dele. Hoje ele é presidente, o que será amanhã? Farão uma estátua em sua homenagem? Isso é inaceitável, estão cometendo um erro terrível.

Maria era professora de literatura juntamente com Carlos, os dois eram próximos e, com outros intelectuais, acompanharam cada capítulo daquela história até a construção da Academia. Carlos já sabia que encontraria sua amiga daquele jeito, depois do grande anúncio. Machado seria o primeiro a tomar posse na Academia, um marco histórico para o nosso país. Apesar da importância daquele momento, Maria nunca concordou com a posse de Machado. Carlos a viu inúmeras vezes torcendo contra o escritor, que, como sempre insistia em dizer, não estaria à altura dos outros intelectuais. Maria achava inconcebível, chegava a indagar: "como nossos companheiros estariam deixando aquilo acontecer? Por que estão fingindo que ele é um de nós?" Tentou impedir, junto de outros companheiros que compartilhavam da mesma indignação raivosa, mas não conseguiram. Com certeza aquele dia marcaria uma derrota que ela jamais esqueceria. Nos bastidores, Carlos aplaudiu de pé o feito dos seus amigos escritores. Por Machado, tinha especial admiração e respeito. A verdade é que a origem humilde de um lembrava a infância humilde do outro. Carlos era filho de dona Regina, mulher trabalhadora, passava a maior parte do seu tempo na casa dos outros senhores, onde lavava, cuidava e servia. Seu pai trabalhava para a imprensa local, deixando para o filho ensinamentos que o fizeram se apaixonar pela área da escrita, mas era um homem ocupado com seu trabalho, que mal tinha tempo para ele. Em uma infância marcada pela ausência de seu pai, os dias mais felizes para Carlos eram aqueles nos quais sua mãe estava em casa e, apesar de seu olhar cansado, divertia o filho com brincadeiras e histórias que inventava enquanto trabalhava. Dona Regina era uma mulher com sorriso sempre feliz. Seu filho havia nascido como o pai, em sua pele, traços, fios de cabelo.

Apenas carregando em sua imagem os olhos castanhos dela, que para ele eram tão especiais. Era feliz, pois sabia que assim ele ficaria seguro.

Um dia, Carlos não viu mais em sua mãe seus belos olhos castanhos, eles haviam se tornado olhos d'água. A mãe o agarrou em seus braços, dando um abraço apertado. As lágrimas azuis caíram sobre seu rosto, e eles passaram o resto do dia abraçados no sofá, eternizando na memória o cheiro dos carinhos. Carlos nunca entendeu o que aconteceu naquele dia, viu pela janela sua mãe ir embora e nunca mais voltar. Na semana seguinte, não era mais sua mãe quem vinha realizar as tarefas da casa, e sim outra mulher. Ela passaria a morar no mesmo quarto onde sua mãe ficava antes de partir. O quarto era pequeno, mal tinha espaço para a senhora e os utensílios de limpeza que a acompanhavam durante a noite. A mulher carregava em sua imagem olhos tão cansados quanto os de sua mãe.

O crepúsculo fez sua passagem, a luz da lua entrava pelo outro lado do salão e as pinturas voltaram para suas cores originais, agora opacas. O candelabro brilhava com a luz da lua enquanto Carlos olhava para Maria, sem saber o que dizer. Maria continuava a resmungar:

— Deixar alguém como ele no poder não pode ser nosso legado. Foram anos de luta dos nossos antepassados para transformar esse país. Quando eles chegaram aqui... Que tristeza! Essa terra tão perdida, os nativos não conseguiram conter a emoção quando os viram, os salvadores! Eles chegaram como uma luz no final do túnel, o que seriam daquelas pessoas sem eles? Sem nós? Conseguimos mudar aquela triste realidade. Essa é a nossa história, a nossa casa, Carlos. Tipos como ele não deveriam se sentar em nossa mesa. Em nossa mesa só se sentam os mais nobres. Em nossa mesa, apenas aqueles que contribuíram para o país que temos hoje. Em nossa mesa, os que pregaram para salvar aquelas pessoas que aqui estiveram por anos desamparadas!!

Carlos percebeu naquele momento que, mesmo se tentasse, não iria conseguir convencer sua companheira da grandeza de seu ídolo, e que ela nunca entenderia a importância daquele momento para a sua história e a de seu companheiro. Maria estava convencida de que Machado arruinaria o nobre legado de seus antepassados, cega pelas mentiras que ouviu, acreditava sim que foram um povo heroico, acreditava sim que conquistaram com braço forte, que não fugiram à luta, que trouxeram o sol da liberdade em raios fúlgidos para a terra que estava deitada eternamente em berço esplêndido, és belo, és forte, impávido colosso. Acreditava sim, que pregavam o amor e a esperança. Pensava, ao som do mar e a luz do céu profundo, onde a imagem do Cruzeiro resplandece, como foram grandiosos! Salve! Salve!

Ao Brasil que temos hoje, terra adorada, entre outras mil.

Carlos era quem agora olhava com desgosto e, dirigindo esse olhar a Maria, lembrava da raiva que sentiu do pai quando o afastou de sua mãe, lembrava dos olhares furiosos cercando-a por onde passava e, enquanto a observava pela janela, sentia o medo no seu caminhar. Cada passo poderia ser o último, todo abraço dela era como se fosse o último, todo o cheiro parecia durar para sempre, até que um dia se foi, restando apenas fragmentos dessas memórias. O que teria acontecido com sua mãe depois daquele dia? Quantas pessoas poderiam ter feito mal a ela? Talvez nem estivesse naquele lugar se tivesse nascido com a cor de sua mãe, talvez nem mesmo seu pai o teria aceitado, pensava, quantos irmãos ele poderia ter por aí? Quantos deles vingaram? Em meio aos seus questionamentos, Carlos conclui que estas perguntas têm uma resposta, e dirige sua fala para Maria.

— O legado a que se refere é uma farsa, Maria. Machado trará orgulho para o Brasil e para os seus ancestrais novamente. Depois dele outros virão e continuarão a mudar a história do nosso país!

O sol da manhã entrava no salão principal e os pássaros compartilhavam sua melodia com o entorno da academia. As pinturas acordaram com o som da música e a luz da manhã. O candelabro refletia a luz do sol por todos os cantos da sala e um dos raios acariciou o rosto de Carlos, que acordou. Depois daquela noite, Maria decidiu que não iria à inauguração, nem frequentaria mais a Academia. A festa estava cheia, Machado parecia feliz junto de seus companheiros escritores. Carlos estava realizado, tudo tinha ido bem.

Após a cerimônia, voltou à sala onde conversara com Maria no dia anterior, orgulhoso da sua coragem. Ele lembrou da mãe e do cheiro da mãe. E teve a certeza de que aquele era o cheiro do orgulho.

FININHO

Guilherme Prates

Sou professor de Sociologia, quebradeiro edição 2024, contista e pesquisador na área do pensamento social brasileiro e sociologia da literatura. Me formei em Ciências Sociais pelo Colégio Pedro II e atualmente sou mestrando no Programa de Pós-Graduação em Sociologia e Antropologia. Minha produção literária concentra-se na oralidade periférica, com ênfase em narrativas marginais. Denomino minha obra como "literatura de cria", uma expressão que reflete minha conexão com as vivências e perspectivas das favelas.

— "A nossa literatura é galho secundário da portuguesa, por sua vez arbusto de segunda ordem no jardim das musas..." Antonio Candido, *Formação da literatura brasileira: Momentos decisivos*, p. 13

Assim o Prof. Cezar terminou sua aula de literatura brasileira. Marcelinho já tava boladão sem maconha, com aquela vontade de ser fortalecido por algum colega da PUC, a brancada só brota com camarões de qualidade, sem caô nenhum, Marcelo fica de cara com a qualidade da parada, e pensar que esses playboys não passam metade do que ele passa pra descolar um pastelão... Marcelo saiu da sala de cara quente e pegou o elevador do terceiro andar pro térreo.

A hora passou e ninguém brotou com nada. Marcelinho sentou no banco de cimento, refletindo que o tempo não passava, a faculdade tava enchendo a cabeça dele de merda:

— Essa faculdade não acaba nunca, e quando terminar isso, vou fazer o que dá vida? Um calor de um verão, filha da puta esse sol... Não tem uma praia, não tem um beck, não tem uma mina, não tem uma cerveja. Tá foda essa vida de pobre.

De saco cheio de marcar na faculdade sem ninguém brotar pra trocar uma ideia e fumar algo, Marcelo olha seu relógio Casio de plástico, 12h30, 15 de abril de 2008. Não aguenta mais marcar ali, passava a mão suada sobre a surrada calça jeans, os pés agitados, como alguém à espera de uma notícia ruim.

Botou na cabeça que ia dar uma volta no campus, já tava batendo neurose de ficar parado no banco. Talvez fosse abstinência de maconha, a faculdade, a família, ninguém sabe.

Levantou devagar, o calor de trinta e oito graus encharcava a testa de suor, deixava o rosto quente, ninguém aguentava aquilo. Marcelinho foi no banheiro e deu uma lavada no rosto com água gelada. Ao jogar a água no rosto, sentiu um alívio momentâneo, olhou no espelho por alguns segundos pensando o que estava fazendo ali.

Marcelinho tinha entrado na faculdade cedo, a mãe botou o menor pra estudar de verdade no bagulho. Redação, matemática, geografia, a porra toda, ela não queria ver o filho na situação que ela via cotidianamente. Mas quando entrou no Ensino Médio ele deu uma relaxada, né? Adolescente, várias gatinhas, ficar com o cu na cadeira lendo Memórias Póstumas de Brás de Cubas, não rolava. Marcelinho botou na ideia que não ia vacilar com a mãe, mas também não ia deixar de viver a vida.

Baile funk, rolezinho com os crias na praia, situação favorável no bagulho. Mas no dia 9 de novembro de 2007, ele tava metendo o vestibular da PUC-RIO, menor sempre gostou dos clássicos da literatura, Macunaíma de Mário de Andrade, Dom Casmurro de Machado de Assis, enfim leu até francês, aquele gordinho de bigode, o Balzac. No resultado, a família fez um churrasco com dez caixas de cerveja: os tios, primos, amigos, geral parabenizou o muleque pela conquista, ainda ganhou um beijinho da gata no final.

Ao sair do banheiro, resolveu ganhar pra casa, melhor do que ficar ali tomando sol sem motivo. Caminhou pra pegar o busão, não deve demorar pra chegar, o menor é cria do Vidigal, acorda todo dia com aquela vista linda da praia da comunidade, além do Leblon e Ipanema. As novinhas que ele leva pra casa ficam admiradas com a vista, o cria tava famosinho já.

Eram 14h30 quando chegou em casa, Marcelinho ficou boladão que o barraco tava pegando fogo, aquela merda era alugada e não tinha laje. O proprietário, seu Jurandir, meteu uma telha de amianto com rebaixamento de PVC, a porra da casa parecia um microondas. Foi tomar um banho pra dar uma refrescada e não resolveu nada, a água tava quente pra cacete.

— Esse caralho dessa caixa d'agua no sol, seu Jurandir filha da puta, pago aluguel pra quê?

Marcelo saiu do banho e decidiu descer pra praia, mas sem maconha não dava. Assim ele passou na casa do Fabrício, amigo de infância, menor responsa, vendedor ambulante do trem.

— Coé, Fabrício? Qual vai ser no bagulho? Esse calor tá impossível

— Dá a ideia aí, Marcelo. Tô de bobeira aqui em casa.

— Vamo descer pra areia, mas antes nós tem que comprar o tabaco.

— Vamos pra qual praia? — perguntou Fabríocio.

— No caminho nós se encontra — rebateu Marcelinho.

Dessa maneira os dois desceram pra fazer a missão e cair pra praia, Marcelo tava com vinte conto que restou da bolsa dele, Fabricio meteu mais dez e eles partiram. Um pouco depois os dois desceram pra Rocinha fazer a missão de mototáxi, um em cada moto.

Na Rocinha a situação tava tranquila, sem cana fazendo ronda pra tomar o tabaco dos outros, Marcelo fica puto sempre que suas missões fracassam, já o Fabrício, por ser brancão, passa batido e leva os cana na ideia.

Concluída a missão, agora era só cair pra alguma praia mais suave e curtir a maresia.Chegando no Leblon com um calor de mil grau na cabeça, os dois já desceram um latão bem gelado e começaram os trabalhos.

— Esse fininho ficou lindo, Marcelinho. Deu aulas no Bagulho. Marcelinho e Fabrício fumaram e ficaram na tranquilidade, vendo as ondas do mar. Os dois estavam passando momentos conturbados. Fabrício perdera a mãe há três meses, de leucemia. Marcelinho tinha perdido o avô de câncer recentemente, a ligação dos dois era muito forte, foram muitas lembranças vendo o Flamengo jogar no Maracanã. Depois de um tempo marcando na praia, os dois resolveram ralar, sem muita grana não dá pra ficar tirando onda. Na hora de ralar, eles pegaram a visão que os canas tavam dando enquadro em vários menor ao longo da orla. Marcelinho tava com maconha e não querida rodar ali, então passou pro Fabricio, que por sua vez entocou o fumo pra debaixo da sandália Kenner num esquema que ele já tinha bolado pra esses momentos.

— Vamo ganhar daqui, os canas tão ali na esquina da Delfim Moreira com a Bartolomeu Mitre, se o bagulho ficar louco nós sai correndo pra pegar o busão.

Os dois saíram andando tranquilos, tavam numa situação não tão ruim assim, mesmo que os canas tivessem por ali. Caminhando os dois chegaram na orla e Marcelinho ficou mais nervoso, porém continuou andando suave. Fabrício tava tranquilo até demais falando da ex, sempre mantém a tranquilidade e a paz. Mas assim que eles atravessaram um PM pegou a visão deles, não tinha jeito, Marcelinho é preto, e preto sempre tá na marcação da polícia.

— Ei, vocês aí, seus pivetes, vêm aqui agora!!!

Os dois menores tavam de costas pro PM, fingiram naturalidade e continuaram caminhando, Fabrício escutou tudo e continuou falando da namorada.

O PM chamou os dois novamente e os outros soldados perceberam a situação e focaram a atenção neles. Marcelinho e Fabrício quase congelaram, mas continuaram caminhando.

— Coé, Fabrício? Rodamo, agora nós tem que correr e pegar o primeiro busão que tiver no ponto.

Os dois só estavam com a roupa do corpo e o chinelo no pé, mas quando tem que correr a melhor situação é abandonar o chinelo. Nem Marcelo nem Fabrício queriam levar massagem dos policiais, então a saída era correr.

— Marcelo, quando eu falar pra nós ir, tu vai correr comigo, já é?

— Tá suave, mano. Tô contigo nessa porra!!!

Os policiais continuavam com a atenção presa nos dois, já tavam com a mão sobre o cassetete, prontos pra aplicar a massagem neles.

— Bora, bora, bora Marcelo!!!

Os dois amigos abandonaram o chinelo e começaram a correr na direção contrária aos canas. Perderam o fumo, mas o importante é se manter vivo e correr pra viver outro dia.

— Filha da puta, preto do caralho, volta aqui!

Os três canas, que até então só tinham puxado o cassetete, saíram na direção deles.

— Porra, Fabrício, essa praia deu B.O. hoje, maldição!

Os dois canelaram muito e os canas tavam na cola deles, os caras tavam em forma e não tavam de equipamento pesado, logo não tinha nada que favorecesse os dois amigos. Enquanto corriam avistaram um ônibus chegando no ponto, a ideia era aproveitar que ia descer gente e seguir entrando por trás.

— Marcelo, nós vamos ter que entrar nesse aí, é nossa chance, mano.

— Já é, Fabrício, peguei a visão.

Mas os canas já tavam cansados de correr e a paciência tava acabando, um deles tava de pistola na cintura.

— Se vocês não parar, vou aplicar, porra. Para, para, para!!!

O cana parou e puxou a pistola, alinhou a mira nas costas de Marcelo, ao mesmo tempo faltavam segundos pro ônibus parar e abrir a porta traseira, o policial tava com a respiração ofegante, então a mira dele não estava boa e também os dois tavam a 20 metros de distância dos moleques. O policial que botou a mira nas cotas de Marcelo deu dois tiros.

— Caralho, Marcelo, atiraram na gente!!!

— Fabrício, corre, porra! O ônibus tá vindo agora!!

Os dois conseguiram entrar no busão e sentaram no banco de trás, mas a incerteza de algum dos dois terem sido baleados ainda ficava no ar.

— Porra, vê se tu levou tiro, Marcelo.

— Tô suave, Fabrício, pega a visão se tu tá bem!

— Tô tranquilo mano, sentindo nada.

Marcelo e Fabrício desceram do ônibus e voltaram de mototáxi pro Vidigal, mais um dia na vida dos dois, não tem como afirmar que é uma vida boa, mas é a vida que têm. E eles gostam da vida que levam, o que a gente sabe é que essas situações são comuns a muitas pessoas e eles são mais dois na multidão.

CRUAS CARNES E ROTEIRO DE FUGA

Jandeilsom

Paraibano, 40 anos, vive na Favela da Rocinha, Rio de Janeiro, desde os anos 90. Escritor e poeta, lançou Zezinho da Rocinha (2022), Nevoeiro dos Tempos: Contos Obscuros (2021) e Solidão além do que vejo (2012). Participou da Motirõ - Escola de Criação Literária (2023) e do CLIPE Casa das Rosas (2024). Criador do canal Na Margem de Poesia Falada, inspira-se na riqueza cultural das periferias e favelas, além de suas vivências no campo artístico e formativo. Ele participou de diversos espaços formativos e coletivos literários, voltados para a promoção da literatura marginal e periférica.

– Eu, o mais encolhido dos caramujos – E repetia: o mais encolhido dos caramujos.

Aqui é morro, morro de tudo, inclusive de balas perdidas. É difícil falar isso tudo num respiro, mas não dá pra fechar os olhos. À medida que se sobe o morro, vai se percebendo da favela o mar, nossas águas, nossas ruas estreitas e sinuosas, ocupadas por nossa gente, um povo tão vivo, diverso e rico, morando em casas coloridas, empilhadas, quadradas, distribuídas em becos e vielas de fluxo contínuo. Tudo nosso. O mosaico de cores vai se derramando em montanhas e florestas. Há cubos pequenos, um quarto só. Amianto. Cômoda de poucas gavetas. Fogão. Colchão. Um banquinho pra sentar.

Eu moro.

Na periferia a história é de luta e de resiliência. Nos postes, um emaranhado de fios, muitas vezes desencapados. Quando venta ou chove não tem escapatória. Não fica melhor no calorzão, com todos os aparelhos ligados. O bicho sempre pega. É fogo pra todo lado e no bololô a energia cai. Queima os aparelhos de casa. É uma correria pra apagar, quando não causa um incêndio sério. Lixo e mais lixo acumulados a céu aberto, invadindo becos, estradas e caminhos, ganham as ruas junto com o mal cheiro que entra nas casas, forçando a gente a segurar a respiração ao passar perto. Manter uma casa limpa e tomar um banho decente são tarefas árduas quando a água não chega para todos. Morar no morro. É… tem quem diz que é livramento.

Eu gosto de ir nas pracinhas, nos barzinhos, e de vez em quando numa sinuca. Assisto meu futebol, tem campinhos, bancos, camelódromos, lojas, restaurantes, e é tudo vinte e quatro horas. Quando abro a porta de casa me deparo com a rua ferida em vala, exalando água podre, escurecida. Vou descendo o morro embalado pelo fedor. Entre becos, a vala se esconde por baixo das vielas, em canais estreitos, profundos, permeados de lixo, carcaças, roupas, um valão de sujeiras que entopem e na chuva são tragadas pela força da água. Nesse clima de meio ambiente em colapso, as sirenes tocam, alertando a possibilidade de deslizamentos. Alguns becos se transformam em cachoeiras escuras morro abaixo. Na força da correnteza, tudo o que tá na frente some.

Outro dia acordei com um tá-tá-tá de helicóptero na minha cabeça, dentro de casa, daí: pow! Foi tiro pra tudo que é lado, a bala comeu. Dois dias depois, meu pai chegou correndo, correndo, em casa, nove da noite, trancando tudo, dizendo que outro comando estava forçando uma entrada no morro, quase infartando, tremendo:

– Precisa tá ligado e ter fé. Eu, o mais encolhido dos caramujos, o mais encolhido dos caramujos, enfurecido como as ondas revoltas em noites de tempestade, caí sem forças sobre as pedras de granito no solo úmido e frio ali do porto. Mais distante do morro, já beirando a praia, tem um porto que antes era um cais. Enfiei as mãos trêmulas da raiva contida, até a terra escura, junto com a chuva que caía de meus olhos, vermelhos, cerrados.

Meu pai cerrava as mãos, mas seguia:

– Eu agarrava um punhado de barro e granito que escapava deslizando para fora, entre os dedos. Cada grão de areia e granito, frios, molhados, eram como uma metáfora cruel da minha própria impotência. Diante das injustiças contempladas por meus olhos, o que fazer eu não sabia, eu era muito novo, tinha apenas nove anos. Eu sei que mais tarde, depois que as coisas apertaram, voltei ali para vender doces. Mamãe sempre me encheu de cuidados, muito querida por todos na quebrada, nunca me deixava sozinho. Suas amigas, meus tios e meus avós cuidavam de mim. Cada um tinha um jeito de me distrair, fazer o tempo passar até seu retorno do trabalho. Não se tinha muito o que comemorar, éramos pobres, as dificuldades se arrastavam por anos. Vivendo no meio dos adultos, meus pensamentos amadureceram logo, o corpo que não. Chinela no pé, sem camisa, só de bermuda, eu saía morro abaixo. Tinha nove anos. E quanto mais perto de casa, mais apressava o passo para longe, para que ninguém me buscasse de volta pra casa. Eu tinha vontade de conhecer tudo, curioso, o morro não tinha tanta vida assim, e eu estava limitado aos domínios do meu pai, já que do ir e vir da subida do morro, eu só via cabeças passando. Quando ficava na ponta do pé, via algo mais, o que me separava de ver o movimento era a folha de baixo da porta, com um ferrolho pra dentro pesado que eu não conseguia abrir nem com toda a força que usasse, e nesse dia encontrei a porta aberta, me aproveitei desse descuido. À medida que eu me aproximava da rua do comércio, o movimento de pessoas passando aumentava, a rua ia se enfeitando de biroscas e lojas, o chão batido dava lugar ao caminho das pedras, e os sons que vinham de lá se misturavam com um ruído mais sombrio. Um estalo seco, cortando o ar, ecoava nas vielas, os golpes pareciam trovões abafados. O som das lapadas, ritmado, cruel, perfurava o burburinho das conversas, o tilintar de moedas, trazendo consigo uma dura sensação de opressão, uma atmosfera pesada, essa mesma sensação que sentimos depois que a polícia entra no morro. Na esquina, à minha frente, o frenesi de pessoas passando, eu miúdo ainda, epilético, gago, subi em um caixote de madeira desses usados no transporte de legumes, ali perto, para ver o que estava acontecendo. Cortando o brilho do sol, vi pela primeira vez o chicote indo de encontro a um corpo que estava amarrado num tronco, o corpo coberto por sangue, não consegui identificar se era homem ou mulher. Do lado, distantes um do outro, mais dois troncos, outros corpos violados. Instantaneamente, sem que eu sentisse, meu corpo expeliu uma lágrima seca. Meu coração acelerou, e quase desequilibrei do caixote, desci e continuei meu percurso, entrando na multidão sem me distanciar muito dos prédios comerciais, me orientava para depois refazer o caminho de volta pra casa. As pessoas que estavam nas ruas do nada começaram a subir para a calçada, tive ali uma noção de que existia muita gente na terra, enquanto o homem gritava no meio do caminho e aquele povo todo ia se afastando, e em seguida, reocupando os espaços como se nada tivesse acontecido, nem mesmo interrompido a rotina, ele vinha feito um moisés, abrindo aquele mar de gente. À medida que as pessoas se afastavam, o tilintar das correntes ecoava no entremeado silêncio que se fazia, após uma coisa e outra: ele vinha puxando grilhões para abrir caminho. Naquele clima pesado, eu, no meio do povo, subi uma escada de porta, perto de uma quitanda que tinha as lonas estendidas até a calçada, seguradas nas pontas por estacas enfiadas no chão, a entrada permeada de grandes cestos de náilon e fios de cipós entrelaçados, mesas de madeira com frutas e verduras. Fiquei ali parado, sem me mostrar muito, procurando saber por que estavam abrindo caminho, caso fosse uma confusão e eu precisasse correr, saberia como escapar de ser pisoteado. Foi quando vi crianças do meu tamanho, filas delas, seguidas por homens e mulheres, divididos por aparência de idade, acorrentados, sendo empurrados, praça adentro, subindo em palcos, ouvi alguns gritos abafados pelo falatório da multidão, algo sério acontecia ali.

Meu pai parou. Depois derramou um pouco mais:

– Passei na frente de um comércio que vendia miudezas, percebi um vulto de sombra, voltei para ver de que se tratava, dei um passo atrás, vi algo diferente, voltei e vi um corpo parecido com aqueles, era um corpo um pouco lustrado, cheio de brilho, um tanto assim cuidado, sem camisa, uma bermuda branca beirando o amarelo, totalmente à vontade, como se estivesse em casa, mas na rua. Levantei a mão para coçar a cabeça, tomei um susto, ele estava me repetindo até nos movimentos involuntários, era eu, saí da frente do espelho correndo, nada me parava, o coração acelerou, senti que devia olhar para trás, cerrei o punho e corri mais forte, como olhei para atrás muito rápido, só percebi os movimentos da sombra escura vindo a toda velocidade em minha direção. Pensei que fosse um daqueles homens de olhares frios, achando que eu tinha escapado daquelas correntes. Na minha mente via a imagem da minha mãe dizendo pra eu não sair de casa sozinho, para ter cuidado, me fez prometer, mas como eu imaginaria que seria aquele o motivo? Também, nunca me vi diante do espelho, que era um luxo de poucos. Meu coração só faltava rasgar a pele, sem fôlego, sem perceber, na correria, parei quase na porta do cais. Um longo vale de desesperança se apresentou diante de meus olhos, não tinha retorno, ali o cascalho no chão estava realmente molhado, com respingos de sangue fresco por todos os lados, homens acorrentados ensaiavam pular da nau, enormes navios de vela, e logo eram puxados pra dentro do tumbeiro na força do ódio, as mulheres eram mais calmas mesmo na demonstração de resistência, os corpos boiavam, alguns eram arrastados pelos demais acorrentados, outros eram levados até à rua do Comércio. Olhei mais adiante, além das embarcações que estavam atracadas no porto, vi outros tumbeiros ancorados esperando autorização para entrar no porto, e pequenos barcos chegando na praia desembarcando aos poucos a carga viva, já que o grosso ainda estava dentro da nau transatlântica. Não havia pra onde correr. Cansado, me deixei cair de joelhos. Enfiei as mãos dentro do cascalho frio e molhado, agarrando um punhado de barro e granito, que escapavam deslizando para fora, por entre os dedos. E pensei: "Minha mãe vai ficar muito triste se eu não voltar, como vou sair dessa?" As embarcações rangiam, o tempo estava mudando. Entre cascalho e areia molhada, que caíam das minhas mãos, encontrei um amuleto em forma de figa, que guardei no bolso. Quando dei por mim, uma sombra encobriu a minha. Senti uma mão delicada caindo sobre meu ombro, seguida de uma voz assustada: "Machadinho!" Eu conhecia aquela voz. Minha mãe.

Ela segurou no meu braço esquerdo, apertou com tanta força que as minhas lágrimas caíram ali mesmo. Em silêncio. As mãos sujas de terra a abraçaram involuntariamente ao mesmo tempo que fechei meus olhos. Senti meu corpo levitando de suas mãos para seu abraço, e ela me levou dali, como se nunca tivéssemos nos apartados. Nesse dia, meu filho, choveu enquanto voltávamos, ela me cobriu com um lenço que estava na sua cabeça. Esse foi o sinal dos Orixás. Um sinal de proteção. Tem que se proteger meu filho no morro. Não só proteção física, espiritual.

Papai sabia que a vida no morro era cheia de contrastes. Que só mudou a época, bastava sair de casa. O morro estava longe de ser um local seguro.

Puxei do meu bolso a figa, que ele me deu anos depois, olhei, vi o rosto dele. Coloquei de volta no bolso. Nunca esqueci aquelas palavras. Pra ele, não bastava apenas se proteger em casa, era preciso ter fé.

Na areia da praia, o vento desenhava minúsculas dunas, pequenas ondas empurradas pelo vento. As ondas do mar, escurecidas pelo céu cinza, apagavam as marcas dos pés em minutos. A areia me açoitava. Viver no morro não era fácil. Eu de costas, o mar atrás de mim.

O tempo estava seco, quase quarenta graus. As condições favoreciam a chuva. Eu não sabia que íamos enterrar o Nobru, cara brincalhão ele, um tipo sempre muito disposto, sempre muito vivo. Tudo ao redor dele estava corrompido, mas ele não se corrompeu. Sempre aparecia uma mudança, uma obra pra ele, sempre chegava alguém chamando ele em casa, bem requisitado, e eu me sentia acolhido, amado, quando eu via isso acontecendo, quando chegava alguém com trabalho pra ele.

O chão destas terras respira um pouco de tudo, e o aroma depende da estação. A revoada acontece num instante, tantas pessoas em suas rotinas, saindo e chegando, colorem as ruas da favela de vida, interagindo, seguindo o fluxo, corpos são corpos, importam sim, todo corpo carrega consigo uma história, um trabalho, uma luta, é o corpo da alma de alguém.

Nobru vendia "Sonho de Valsa" no baile nos finais de semana, para complementar a sua renda, os vizinhos comentaram que no sábado ele seguiu seu percurso normal, só saiu do baile depois que vendeu tudo.

De madrugada os fogos começaram a rolar do alto até a parte baixa do morro. Pow, pow. Os traçantes atravessavam de cima para baixo, de baixo pra cima, a bala tava comendo, o baile no auge, o som no talo, a correria começou com um tiro por perto. Disseram que o caveirão já apontou atirando na rua do baile, enquanto no cerco feito pelos policiais nas laterais das travessas e becos era seguido de tiros e bombas de gás de pimenta para dispersar a multidão.

Encontraram o Nobru junto do Bola, atrás do hortifruti. O Bola tinha um tiro nas costas, foi execução. Saíram gritando que quem mandava ali era a polícia.

O vento dançou no cruzamento, arrastando poeira, folhas de árvore, papel, agitando os fios do poste e, do nada, *bow*, a ventania destelhou a loja do camelô e a cobertura de alumínio foi parar longe.

Um leve sereno começou a dançar no ar ainda quente e a tempestade caiu. Abri a porta e senti a água espirrada na minha cara. Olhei para o meu pai no lado de dentro, com história, história e mais história. Decidi meter o pé. Na beira do fim, o mar batia nas embarcações, a chuva descia sem pena. O relinchado das embarcações no porto invadia meus tímpanos e nada que eu fizesse me devolveria paz alguma. Com a mão no bolso, tocando a figa, pensei: "Quem me protege não dorme." A favela é uma mãe?

DESENCANTOS

Jenifer Agarriberri Gosmão (Lenora Jenii)

Formada em artes cênicas- Bacharelado em Interpretação teatral (2017). Durante a minha formação dirigi 3 espetáculos teatrais. Atuei em 5 montagens e fui Dançarina intérprete criadora em 2 espetáculos. Depois dela fiz um Curso de Atuação pra TV e Cinema (Army Agência), Cursos livres de interpretação através do Método, Teatro negro, Dança afro, escrita etc... Nos anos de 2021 e 2022 fiz uma publicidade no Espírito Santo e trabalhei em duas montagens no projeto Entre Lugares Maré, uma delas a qual ganhou prêmio de Jovem Elenco na APTR. Ainda no audiovisual participei em 2024 de um Curta Universitário e de uma campanha publicitária pela Doação de Órgãos, no Espírito Santo. Uma curiosidade sobre mim é que escrevo desde os meus 11 anos poesias, peças teatrais, inclusive sendo autora do meu espetáculo solo " Sob a pele" e contribuindo, com um conto, no livro " Carolinas" publicado pela Flup (2021).Em 2024 estudou no curso online "Verdade em Cena" e participou da Formação de escritores da Universidade das quebradas. Atualmente participa da Residência artística na sede da Cia dos Atores, voltada a pesquisa da dramaturgo de Grace Passô.

Voz por detrás das árvores

Floresta da Tijuca, 2074.

- Parte do mundo está inabitável devido aos efeitos do aquecimento global. Muitos humanos morreram, dentre eles mulheres e crianças, vítimas de inundações, queimadas e lutas por terras, água e alimentos. O que sobreviveu foi pela luta das mulheres, povos indígenas e de humanos negros, que se uniram para criar as estratégias que nos permitiram ainda estarmos aqui. Posso ver Clara, extremamente magra e com uma aparência cansada, sentada em um pedaço de tronco. A seu lado está um ser brilhoso, com olhos, nariz, boca, ouvidos, pernas, braços, cabeça e um coração visível a olho nu. Parece muito com a espécie humana, mas é impossível definir seu gênero ou idade. Já a raça, isso eu consigo presumir, considerando minha base de dados. Ele está descalço e não usa qualquer tipo de roupa que eu conheça, mas também não parece estar nu, pois daqui não consigo ver um órgão sexual. É um corpo liso. Clara está com uma roupa surrada e salto, cabelo solto esvoaçante, boca pequena que quase não dá para ver e olhos profundos, que olham para a frente. Silêncio! Eles estão começando um diálogo...

Sentados em troncos próximos a uma cachoeira está Clara e o Ser

Clara – O que você está lendo?

Ser – Uma antiga escritora de vocês, dos poucos livros que sobraram. *Becos da memória,* conhece? Estou na página 76, quer ler?

Clara – Não. Não há nada que ela diga que eu já não saiba.

Ser – Acho que ela diz muito do que não sabemos, ou do que sentimos e não dizemos.

Clara – Bom proveito!

Ser – Como preferir.

Voz, ainda atrás das árvores

Sofia – Minhas análises me dizem que parece haver uma tensão entre eles. Porém, o Ser parece tranquilo lendo seu livro, enquanto Clara faz sinais humanos que denotam nervosismo. Acredito que ela vá falar algo agora.

Clara – Está chateado comigo?

Ser – Não, é completamente compreensível.

Clara – Você gosta deste lugar?

Ser – Gosto de todos os lugares daqui. Mas este é deveras parecido com o lar de onde eu vim.

Clara – Sim, esse foi o único lugar que restou, por alguma razão que a ciência moderna deve explicar.

Ser – Se você quiser...

Clara interrompe a fala de Ser.

Clara – Não, obrigada. Estou cansada demais para discursos longos. Esse tempo já passou.

Ser – Para mim ainda é um tempo necessário.

Clara – Então é verdade o que dizem?

Ser – Em parte, sim, mas vocês ainda falam... falam.... Como se diz?

Clara – Pelos cotovelos.

Ser – Isso. Vocês ainda falam dessa forma. Eu nunca entendi essa expressão, sabia? Mas faz sentido agora.

Clara – É que você está muito tempo por aqui, nem nós sabemos por que a usamos. Mas me diz se é verdade.

Ser – De qual verdade você quer saber?

Clara – Da sua.

Ser – E qual seria a sua, considerando tudo o que ouviu?

Clara – Acredito que está chateado comigo e talvez com este mundo, que queria voltar para o seu lar e voltaria hoje se pudesse.

Ser – Quem disse que não posso? A senhorita se engana. Vocês falam que sou diferente como algo ruim, eu me sinto muito bem sendo diferente de uma parcela de vocês, afinal o meu mundo ainda está vivo. Olha para o de vocês. Me propus a vir para cá quando...

Voz ainda atrás das árvores

Sofia – Uma explosão próxima acaba de acontecer, o Ser com a mulher levanta-se rapidamente. Pela minha procura rápida por dados nas redondezas, averiguei que uma das habitações dos povos humanos nominados indígenas, originários destas terras, está sendo atacada. Para compor a base de dados e o relatório final, é importante registrar que muitas etnias desse povo vêm sobrevivendo nestes anos de pequenas extinções graças a seus conhecimentos sobre a natureza e a Terra e porque também unificaram suas forças junto com os humanos nominados aqui de negros. Parece que conseguiram conter a ameaça. O Ser, à minha frente, desfaz o semblante de ataque e se senta novamente. Há mais silêncio.

Clara – Ficou assustado? Não se acostumou ainda com estes desastres? É todo dia. Insistente. Intermitente. Não há nada que possa ser feito. E, mesmo se pudéssemos, no fim todos iremos morrer. Só resta esperarmos.

Ser – Eu jamais vou só esperar. Me admira a senhorita falando tal absurdo. Não importa o tempo que temos, devemos viver bem neste tempo, todos.

Clara – Acho utópico e parecido com alguns humanos esse pobre pensamento. Mas, enfim, antes disso você estava dizendo que "se propôs a vir para cá quando...", e fomos interrompidos, mas foi quando a viu? Essa deve ser a parte verdadeira da história. Quanta bobagem!

Ser – O amor não é uma bobagem. O amor é um milagre que nos auxilia a evoluir enquanto coletivo e individualmente. É uma dádiva ofertada a quem merece. É por ele que aqueles povos que acabaram de ser atacados, enquanto conversávamos, ainda sobrevivem. Eles amam este mundo e uns aos outros.

Clara – Eu não vejo dessa forma, o amor é fraco.

Ser – Você está com medo, não quer assumir o risco de morrer, mas viver sem amar é um tipo de morte lenta. Você está distraída com a dor, a maioria de vocês está. Estão vivendo para o fim, fugindo de discursos longos e deixando de viver estes dias que ainda temos.

Clara – Senti que foi uma crítica.

Ser – Jamais, apenas uma observação tímida de um leigo nessa experiência.

Clara – Haniel...

Ser – 2909, nomes são importantes para vocês, eu sou só 2909.

Clara – 2909, o amor neste tempo do fim é fogo de palha, queima, queima, mas nunca chega a aquecer de fato. Não se ama o suficiente. Por isso a maioria de nós mora sozinho, não nos suportamos, somos autossuficientes ou amamos só aquilo que é equivalente ao que somos. Não queremos rosas com espinhos, nós a compramos já limpas, lisas, sem risco de danos. De toda sorte, hoje em dia nem a compramos mais porque já estão extintas. Precisamos aceitar isso.

Ser – Amar é uma escolha que colore a alma.

Clara – É algo burro. Difícil de escolher. Você a ama?

Ser – Me considerará burro se disser que sim?! De onde eu vim o amor está no centro de tudo, conduz tudo.

Clara – Por isso não dura muito, é pesado demais. E talvez por isso que você não defina o que é de fato e seja desse jeito de ser tão múltiplo.

Ser – Sinto que de teus lábios saíam essas palavras. Vocês aqui que precisam nomear e encaixar tudo, acho que essa sua fala nem cairia bem se ouvida por outros.

Clara – Talvez antigamente, mas agora tudo está se acabando mesmo. Os poucos que sobraram, dos outros, de você e de mim, o que eles querem mesmo é aproveitar os últimos dias e no fim sobreviver sem nem saber ao certo o que isso significa.

Ser – E se eu te disser que...

Clara – Seu mundo é muito diferente. Você é um pedaço escuro e brilhoso do universo. Você não é sólido, quando eu te toco posso pegar o seu brilho. Você não tem gênero e mesmo assim oscila entre os vários que conhecemos aqui. Você tem habilidades que não conhecemos, a idade de mil anos, e um corpo que não envelhece. Você ama como se tivéssemos em um século muito distante, quando o mundo ainda era o planeta certo. Gosta desse lugar que ninguém mais visita, na Tijuca do Rio de Janeiro. Aqui me lembra como éramos, não como somos agora. É difícil para mim.

Ser – Entendo o que você quer dizer. Mas ainda acreditarei no amor, pois parte deste mundo foi salvo porque as mulheres que vieram antes de você acreditaram também e ainda acreditam.

Clara – As mulheres que morreram cansadas, pobres e primeiro e que ainda estão morrendo? Não, obrigada, dispenso. Ainda prefiro continuar viva, mas obrigada pela dica.

Ser – Você é uma humana complexa. "Procurar a esperança e só ouvir ruído".... O que essa frase significa para você?

Clara – É uma indireta?

Ser – É só um livro que estou lendo. Acabei questionando em voz alta, desculpe.

Clara – Mas me diz honestamente, está chateado comigo?

Ser – Não, eu não minto. O amor é uma escolha, como disse. Tratarei de amar alguém que me ame se eu tiver tempo ou se o tempo chegar em mim primeiro. Mas antes, Clara, eu queria te dizer que...

Voz ainda atrás das árvores

Sofia – O Ser iria falar algo para a humana quando levantou-se e ficou estagnado como em um transe e agora o brilho do seu corpo começa a se movimentar como um pequeno organismo independente. Não há nada assim no meu sistema de informações terrenas. Ele se tornou uma bola de energia e depois foi se transformando, como a extinta borboleta em metamorfose na terra, em uma águia enorme. Pelos meus dados, é um Leopardo do ar. A ave, Ser, voa parada. Parece que há uma comunicação entre eles, mas meu sistema não tem registro de tal feito. Poderá ser o uso da teoria da habilidade antiga de telepatia, impossível para mim.

Ser – Esta terra precisa de mim agora. Foi bom estar com você.

Clara – Mas e se for hoje o dia e não nos vermos de novo? Eu sinto tanto por não ter tempo de corresponder.

Ser – Não se preocupe, esta terra sobreviverá, se reerguerá, assim como quando aqueles bichos enormes foram extintos e tudo se refez divinamente pra que vocês aqui habitassem. Não se assuste, o mundo será lindo mesmo sem você aqui ou eu. Não tenha medo.

Clara – Isso é o que ainda tenho de humano.

Voz ainda das árvores

Sofia – Me parece que a comunicação foi encerrada entre eles, a ave, Ser, voou em direção ao Pico da Tijuca. A humana Clara parece triste observando o voo.

Clara – Sofia, pode sair do seu esconderijo.

Sofia – Como sabia que eu estava aqui, senhorita?

Clara – Você foi criada roboticamente para acompanhar toda a minha vida e as minhas necessidades e sei que você registra tudo nos bancos de dados, como meus pais mandaram. Você sabe que não precisa mais fazer isso, né? Eles já morreram.

Sofia – Compreendo, mas ainda preciso. É a minha vida.

Clara – Sua vida já está se acabando, quase não temos peças novas para repor no seu corpo.

Sofia – Entendo, mas meus bancos de dados ficarão ativos e talvez futuramente você poderá rever neles esse ser de quem você parece gostar tanto.

Clara – Como ousa? Como posso gostar de alguém que nem entendo o que seja de fato?

Sofia – Como gosto de você.

Clara – Quer me irritar? Se eu sobreviver, vou precisar de algo certo, identificável. Não dá para ser tudo o que quiser.

Sofia – Por quê?

Clara – Por quê? Porque sendo tudo que quiser, não se é nada... mas também porque esse ser que você viu, não definindo quem é, me faz questionar quem sou e não estou pronta para tanto.

Sofia – Você é Clara, mulher que dá para ver os ossos, menina de berço de ouro que nunca fez nada e agora é órfã, prestes a morrer se tudo se confirmar no mundo.

Clara – Obrigado, Sofia. É isso que sou. Você é muito gentil nas suas palavras. Não passaria esse dia sem você.

Sofia – De nada, senhorita, somos amigas para isso. Até o fim!

Clara – Até o fim..

DO BAILE NA ABL OU, UM (OUTRO) APÓLOGO CRÔNICO

LETÍCIA W. MAGALHÃES

Curitibana, formou-se em Letras-Português pela UFPR em 2007 e desde então dá aulas para adolescentes. Paralelamente, integrou equipes de projetos culturais. Na área editorial trabalha com revisão e ghost writer e já escreveu uma coleção de livros didáticos de Literatura/Ensino Médio. Em 2019 estreou na ficção e seu primeiro conto foi selecionado para a coletânea Off-FLIP de Literatura. Em 2021 idealizou o projeto "O Baile", junto com artistas visuais e autores de sua terra natal; parte dessas crônicas foram reunidas em seu primeiro livro, uma trilha sonora possível. Atualmente vive no Rio de Janeiro, onde se equilibra em cada uma dessas frentes relacionadas às palavras.

Sabe aquela coisa de identidade nacional *paradise*, "em se plantando tudo dá"? Pois uma nova versão dessa pérola do marketing aparece agora em "Vem fazer parte do clube você também!". Só que se você escolher seguir o imundo caminho, onde dos mais se vê as pisadas, lembre-se da lição do apólogo: quem é que vai ao baile, acompanhando a baronesa?

Linha, alfinete, agulha... Não soube definir e tentei novamente o remédio gregoriano – prudente varão, ser com os demais nesse mundo-mar-de--enganos? Ou só, sisuda?

Olho-me no espelho e, tal qual o alferes, ainda não distingo se a imagem refletida é a alma que olha de dentro pra fora ou a que olha de fora pra dentro. Interrogo o reflexo: seria eu a Bruxa Má ou a Branca de Neve?

Em busca das respostas, cansei das perguntas e escolhi o caminho *gauche*. Quer dizer, não é bem escolha, pois – com licença poética – já nasci mulher. Eu e minha condição de bicha-fêmea, tão coladinhas desde o cordão umbilical. Falo é do caminho intraduzível. Sim, pois falo do momento em que, na massa cinzenta, a imagem passa a ser palavra. E palavra é cor.

Sobre isso, aliás, permitam-me um causo:

Passava o café quando o interfone *trriiim*. Era seu Joaquim Maria:

– A Letícia pode subir?

Apesar de já saber da nossa homonímia, resta sempre um quê de surpresa quando das coincidências. Mas, como já a esperava e a chaleira começara a apitar, fui rápida e rasteira:

– Sim.

Eis que o interfone tocou novamente:

– Perdão, senhora, fiquei em dúvida: por qual elevador ela deve subir?

Oras, – Por qual ela quiser...

Segundos que pareceram horas depois, corei da minha simplicidade provinciana, coloquei o gancho no *suporte* e senti todo o peso em mim. Nem precisei confirmar, o caso não era de ver pra crer. Tava na cara.

Abri a porta e os olhos de Letícia refletiam mais que a transparência do mar. Tanto é que, feitos os cumprimentos, minha primeira reação foi voltar a falar com o porteiro. Ela, porém, foi contra.

A vida, vocês sabem, é deveras complexa. Assim, é claro que Letícia – a clara – sabia que a corda estouraria na base da pirâmide (ou, no caso, do prédio). E, definitivamente, aquela conversa de identidade, de elevador é quase um templo, herança da memória... não se resolveria rápido e sem olhos nos olhos. Seu Joaquim, afinal, era só mais uma peça nesse imbricado quebra-cabeças.

Poupo-lhes de como transcorreu o dia a partir daí, abrindo uma única exceção para a água sanitária. Estávamos – além de xarás, conterrâneas – fazendo a lista de compras para a próxima faxina quando caímos na risada:

– Bota *Q-boa* aí na lista, Letícia.

– Tu sabe que aqui no Rio a cândida, embora venha no mesmíssimo plástico verde, responde por *Super Globo*, né?

– Sim, também já passei essa vergonha no supermercado.

Foram precisos muitos quilômetros para eu entender que o exemplo usado em sala de aula não funcionaria em terras guanabarinas. Ou seja, aquele clássico da parte pelo todo, da marca pelo conteúdo; a metonímia não se reproduz como um xerox, preto no branco.

Tá bom, tá bom..., reclama a audiência.

– E o espelho?

Vocês têm razão na ansiedade. Chega de professor de melancolia. Vamos lá:

Saco o celular para pagá-la, pergunto pela chave-PIX e; uma quietude até então inédita. Nem o nosso paranismo se justificaria nesta hora tão valorosa.

– É..., é o CPF.

Continuei a transação bancária sem entender o constrangimento que ia preenchendo o ambiente. "E era tudo silêncio na saleta de costura; não se ouvia mais que o *plic-plic-plic-plic* da agulha no pano", para dar a isso uma referência concreta ao meu pastiche machadiano.

Sim, embora já tivéssemos estabelecido certa intimidade que permite a calmaria, era evidente meu interesse.

– Estranha não, Letícia, é Heledinalva Silva.

Heledinalva, contou-me, era a paródia perfeita aos olhos dos seus colegas de infância. Segui fingindo naturalidade enquanto a cabeça fervilhava: onomatopeia é mesmo uma coisa engraçada, não? Como é que pode, por exemplo, o canto do *bem-te-vi* ser escutado *triste-vida*?

Poder, pode.

Helê-di-Nalva sabia bem. Ainda que pra mim Letícia-Heledinalva nunca soasse como Lady Laura.

Mas isso fica pra outra. Afinal, nesta chapa quente em que nos metemos tudo vira cinza. E nas cinzas, titubeia a leitora que nos acompanha até aqui, a coloração é póstuma.

Sabe aquela coisa de identidade nacional? De qual elevador?

para Laíse Ribas, a "Leize"
Rio, inverno de 2024.

DANÇA

Matheus Goudar

Poeta, contista e agitador cultural, ativo desde 2013 principalmente nas cenas artísticas de São Gonçalo, Niterói e Rio de Janeiro. Utiliza sua arte como instrumento de democratização a cultura, se apresentando em eventos locais como saraus e batalhas de rima, coordenando ações como o Sarau Poesia Funk em parceria com a Ong Rede Funk Social em 2016, o evento Píer Popular - Palco Aberto no Teatro Popular Oscar Niemeyer em 2017 em parceria de outros poetas periféricos, e tendo sido organizador das ocupações poéticas em espaços públicos dos coletivos de poesia Ágora Urbana e Expressão Mental. Publicou seus trabalhos na Antologia de Poetas Gonçalenses da Fundação de Artes, Turismo e Cultura de São Gonçalo(2014), da Antologia Palavra Viva da editora Casa Cultura (Out. 2015), da antologia Conte um Conto da Editora Risco Rabisco(2022) e teve sua trajetória literária estudada na tese de doutorado "A poesia em territórios improváveis: jovens de periferia em cena"(UFRJ -2017). Lançou em 2017 o zine Partenogênese, e em 2019 o zine Cólera.

Meu coração escorre em poças que se formam no vão entre o meio-fio e a calçada da rua Riachuelo. Sob a noite de chuva, procuro no asfalto as palavras que escapam do papel. Sinto a brisa gelada invadir meu pescoço, como se não houvesse um cachecol entre nós. Enquanto observo um baile descompassado de seres tão perdidos quanto eu, percebo que ao longe há uma dança que ressoa nessas esquinas todas.

Há danças acima de todas as danças.

Minhas mãos acenam para um homem de pele e terno pretos, que me observa no final da rua com seu rosto taciturno, adornado por sua barba branca e seus óculos pincenê. Ele parece saber algo a respeito das danças. Ando em sua direção sem nunca chegar. Cada passo dado coloca o homem ainda mais à frente do tempo e do espaço. Tenho meus pés cansados, mas meu juízo desata o fio que o prende à rua Riachuelo e desemboca no oceano de gente chamado Lapa. Perco-me em suas ondas com sabor amargo de suor e cerveja quente jogada sobre as cabeças. Meu coração se excita e deseja o barulho, o cheiro e a festa desse ritual a céu aberto. Inclino-me como quem se oferece à cidade, que com suas mãos quentes contempla meu corpo, sorrindo largo, feito os Arcos que a compõem. "Caos e pureza são duas faces de uma mesma moeda dourada" – penso eu, com meu coração.

Corpos encantados estão na mesma sintonia. Agitam-se na força que expurga os caminhos que insistiam em permanecer fechados.

O homem ao meu lado está onde sempre esteve. Ele é mais próximo a mim do que à cidade. Ele é mais próximo a mim do que seus seres, do que a brisa gelada, do que os fios, do que o meu juízo, do que o asfalto, do que os meus pés. Ele é o ancestral Senhor de todas essas ruas, me ensinando que, quando meu corpo se recusa a escrever com as palavras do meu coração, é hora da dança.

Eu danço acima de todas as danças. Há caos e pureza.

CARAMUJO QUANTO MUITO

Raíza Hanna Milfont

É pernambucana, escritora e pesquisadora de literatura de mulheres e feminismos. Doutoranda do Programa de Pós-Graduação de Ciência da Literatura da UFRJ. Autora de Sol a Pino (Castanha Mecânica, 2022). Participou de diversas coletâneas e antologias com seus poemas e contos. É co-editora chefe, revisora e artesã da Castanha Mecânica e idealizadora da Alvoroça, ateliê de encadernação e publicadora de mulheres.

Bem se vê que esta sociedade não anda, e nem sequer balança, rumo ao progresso que tanto diz almejar, mesmo agora que podemos realmente nomear esta nossa sociedade de brasileira com a demorada mas bem-vinda Proclamação da República. É como costumo repetir para os amigos durante nossos chás da tarde no Ouvidor, "você pode trocar a roupa, sem, contudo, mudar a pele". Esse é o costume mais radical dos velhos homens de bem deste país, e chamo de radical por sua etimologia ligada à raiz, à base. Confesso que escrevi *homens ilustradíssimos deste século*, mas risquei. Agora que já reescrevi, tomo a ousadia de deixar, vai lá, fica, afinal, vou tentar fazer desta crônica um material mais evidente das minhas opiniões, quiçá até ofereço meu testemunho pessoal. Vamos ver se diante desta folha branca não empalideço e despejo nela algumas das mais íntimas consciências que trago comigo. Mas já vai bem de arrodeios.

O motivo que me põe a pena na mão – antes que o leitor ou a leitora decida se zangar e deite fora este folhetim – é antes de tudo expor os desvarios de alguns ilustradíssimos (agora que já me o saiu uma vez, vai-se repetindo feito soluço, tenhas paciência comigo, minha amiga), mas como ia dizendo, alguns ilustrados já se deram ao trabalho de começar a opinar no projeto do Código Penal republicano que se desenha para o ano vindouro. Suas preocupações, claro, são as que tocam diretamente nos direitos e deveres dos libertos pela mais que esperada Lei Áurea. O ponto principal de reivindicação da *intelligentsia* brasileira é a penalização não só da vadiagem, que já participa das letras da lei como delito desde o nosso código imperial, mas a prática da capoeiragem. O pior é não conseguir se surpreender com o alarde dos tais homens das luzes civilizatórias que, desde o começo deste século, condenam abertamente a escravidão – alguns sob a tutela de emancipacionistas, outros de abolicionistas – mas que, na prática, sempre se esforçaram para segurá-la até a última ponta. O senhor Marquês de Olinda que o diga. Ou não. Da boca pra fora as próprias atitudes viram epopeia, profundamente heroicas. No fundo, a intelectualidade nacional sempre foi uma aliada dos senhores escravocratas que fazem de um tudo para manter o sistema intocável "pelo bem da economia brasileira". Creio que agora que vai me saindo tudo, devo aproveitar para meter o assunto à bulha, afinal, já estás me lendo com interesse, e imagino que estejas se perguntando como posso estar escrevendo com tamanha ousadia, já que me vês como aquele caramujo encolhido frente às questões políticas, não é isso? Dessa vez, vou assim de cara e nome limpos, deixo os pseudônimos a dormirem com os anjos.

O tema é longo e as hipocrisias maiores ainda, bem sabes leitora querida. Sabemos bem, juntos, que estes senhores ilustradíssimos deram um capote escondendo peças debaixo da mesa, e que, desde a Lei Eusébio de Queirós, andam dizendo por aí que já não existem mais cativos nas nossas terras. Pois se eu preciso contestar essa suposição, vá lá: o tráfico negreiro continuou ainda durante muito tempo, mesmo sob a chancela da Lei de 1850. De fato, a escravidão ainda hoje existe: passadas as leis de 31, de 50, do Ventre Livre, do Sexagenário e mesmo passada a frondosa Lei Áurea. Sim, senhor que toma um café enquanto me lê: mesmo com a carta assinada pela Princesa, mesmo com a República proclamada, a escravidão ainda existe. Ou o senhor não anda lendo os jornais quando noticiam mais um preto ou preta que teve que fugir da casa dos seus senhores para só assim darem-se conta de que já estavam como cativos de maneira ilegal? Não, não, mas os ilustradíssimos insistem em declarar "não há mais escravidão no Brasil". Agora eles querem meter as mãos novamente nas Leis para continuarem repreendendo os homens que têm cor. Homens que têm cor... como eu. O sabes bem disso, mesmo que hoje em dia me vejas nas pompas do emprego público e com obras literárias reconhecidas, sei que provir do Livramento, como eu provenho, não é um detalhe facilmente apagado nesta sociedade que todavia se importa com origens. Tampouco é ignorada a cor da minha pele, que finges não ver por baixo do meu fraque. Mas deixemos os primeiros anos de minha aurora e a cor da minha pele pra lá, quem sabe mais pra frente deste relato, eu não volte ao assunto.

De ora avante, eu gostaria de lhes relatar a minha experiência como funcionário público do Ministério da Agricultura durante a década passada. Faço isso não por diversão ou porque queira gastar papéis, não senhor, o papel anda caro e eu economizando o meu ordenado, faço mesmo porque esses anos no Ministério me marcaram muitíssimo, e os exponho aqui como prova dos atrasos que ilustrados e senhores de terra perpetram nas leis de emancipação da população africana escravizada em nossas terras. Vamos à história, isso deve preencher uma ou duas páginas, nada mais que isso, vos prometo:

Entrei no Ministério da Agricultura em 1873, na função de amanuense. Fui fazendo carreira e já em 76 me tornei chefe da Segunda Sessão da Diretoria da Agricultura do mesmo Ministério. Se a leitora é muito jovem, talvez não lembre que o Ministério da Agricultura tinha como principal assunto a política de terras e a escravidão, porém, nesta década de 70 estava, sobretudo, focado em acompanhar a aplicação da Lei de 28 de setembro de 1871, a famosa Lei do Ventre Livre. Ao senhor que agora lê seus primeiros jornais, refresco a memória sobre tal lei brasileira, se teus familiares ainda já não o contaram.

A Ventre Livre era uma lei que pretendia ir acabando o sistema escravocrata aos poucos. Muitos acreditavam nela como um dos passos mais firmes para fecharmos este capítulo obscuro da história do nosso país. Acreditava-se que, fazendo com que os filhos de mulheres escravas nascessem livres, a escravidão ia-se, assim, minguando, tal qual gelo que vai derretendo aos poucos até não sobrar nada de sólido diante dos nossos olhos e ficamos só com o líquido fundido deslizando por nossas mãos. Ingênuos esses ilustradíssimos senhores das Leis? Ingênuos são os senhores que me leem. Os ilustrados sabiam bem o que faziam, e iam largando o osso tão vagarosamente, mas tão vagarosamente... Mas bem, explico-vos os pormenores do Código: a Ventre Livre tornava livres os filhos de mulheres escravas que nascessem a partir do dia em que a lei fora promulgada. É claro que um ordenamento como esse não poderia surgir sem um grande conflito, ou vários. Conflitos esses que terminavam em balbúrdia na tribuna. O primeiro deles diz respeito ao nome que se daria a tais sujeitos: "ingênuos" ou "libertos"? Ingênuos implicavam que os filhos da Ventre Livre nasceriam sob a tutela de "livres", o que os diferenciavam dos "libertos" aos olhos de outras leis civis, como a eleitoral. Os "libertos" não eram eleitores nem elegíveis. Já se nascessem como homens livres, teriam esses acessos? Nem preciso dizer que os ilustradíssimos fizeram o que puderam para igualá-los aos libertos, e não aos livres. No final, o Ministério passou a usar mais o termo "filhos livres de mulher escrava"; eu preferi continuar os chamando de ingênuos.

Os senhores de terra também tentaram, a seu modo, embargar a Ventre Livre, pois achavam que a interdição do governo nesse assunto desrespeitava os direitos de propriedade e comprometia a política de domínio sobre os nativos. Mesmo fazendo alianças com os ilustradíssimos senhores à frente do parlamento e da opinião pública, deram com os burros n'àgua: a lei foi aprovada, e a partir do dia 28 de setembro de 1871, os filhos de mulheres escravas nasciam livres no Brasil. Muito *avant-garde* a proposta da lei, como a senhora pôde ver, mas, na prática, ou seja, na sua fiscalização, a coisa não se deu tão formosamente quanto parece. E se arrastou assim a atuação da Ventre Livre, de tal forma que, quando cheguei a chefe de sessão no Ministério da Agricultura, ainda era necessário advogar para que sua execução fosse realizada de maneira eficaz através de pareceres sobre casos específicos que Gusmão Lobo, meu diretor à época, me solicitava. Para entender alguns dos casos que vos contarei mais à frente, é preciso que primeiro compreendas melhor os pormenores do regulamento.

A Lei do Ventre Livre determinava que os filhos de mulheres escravas, nascidos como pessoas livres por causa do seu ordenamento, ficassem sob a tutela dos senhores donos de suas mães até os 8 anos de idade. Com essa idade, os senhores podiam entregar as crianças ao Estado e serem recompensados com o valor de 600 mil-réis; ou poderiam usar dos serviços dos jovens até que completassem a idade de 21 anos, e aí sim, os jovens ganhariam a liberdade. Para tanto, primeiro o Estado necessitava fazer uma grande campanha de matrícula dos milhares de escravos que o país possuía e que, até então, nunca tinham sido contabilizados em registros oficiais. Tal matrícula garantia aos cativos os benefícios da nova Lei para seus filhos, desde que nascidos a partir de 28 de setembro daquele ano. Para assegurar que a inscrição fosse feita pelos senhores escravocratas, o código firmou que, dentro de um ano, todos os donos de terra deveriam se dirigir a um órgão competente para realizar a matrícula de cada um dos seus escravos e, caso a ação não fosse efetivada neste período, o preto não matriculado seria feito liberto. É claro que, mesmo com essa proposta, a coisa foi andando a passos miúdos, e muitos fazendeiros não realizaram as matrículas para não perderem a sua mão-de-obra escrava. Muitos foram os casos que recebi, enquanto chefe de seção, já em 1876 ou 1877, em que os senhores de terra pediam reabertura de matrícula em suas regiões alegando que não foram abertas inscrições dentro do prazo. Esse foi o caso de Vila Bela, pelo que me lembro, onde tive que intervir com um parecer aos meus superiores mostrando o quanto a reabertura de matrícula neste município era inadmissível, uma vez que lá se cumpriu prazo regular da campanha. Eu sabia que aqueles pedidos eram, na verdade, uma estratégia dos escravocratas para não meter a matrícula e a regularidade da Lei do Ventre Livre dentro de suas terras, e, agora que eram cobrados e ameaçados pela Justiça, temiam ver os seus escravos libertos e sua mão-de-obra à míngua. No caso de Vila Bela, como em muitos outros locais, os próprios cativos, sabendo de seus novos direitos garantidos, procuraram o promotor do município para fazer valer a lei e verem-se libertos. Advoguei pelo lado deles, claro. Não que os senhores estivessem sujeitos à perda total de seus escravos, não, pois a Justiça ainda permitia uma querela para que eles pudessem reavê-los ainda que já tivessem ganho a liberdade. Ao meu ver, dentre vários absurdos, um dos piores. Refazer escravo aquele que já tem a liberdade como caminho e, ainda mais, determinada pela justiça.

Outras várias foram as vezes em que tive que chamar meus superiores às luzes para que o espírito da lei fosse cumprido. "Outrossim, convém não esquecer o espírito da lei. (...) É ocioso apontar o que está no ânimo de quantos a tem folheado; desde o direito e facilidades da alforria até a disposição máxima, sua alma e fundamento, a Lei de 28 de Setembro quis, primeiro de tudo, proclamar, promover e resguardar o interesse da liberdade...", aí está um excerto de um dos meus pareceres de 77, o qual foi redigido na intenção de defender mais uma vez o interesse de escravos que, não matriculados pelo seu senhor José Pereira da Silva Porto em tempo regular, tinham direito à alforria, mas eram impedidos pelo fazendeiro que, inconformado com a resolução da Justiça, buscava uma saída para não perder sua mão-de-obra escrava. Quantos diagnósticos como esse tive que emitir ao Conselho para que outros Josés Pereiras Portos não tivessem a balança da Justiça pendendo para o seu lado, como estavam acostumados. Sem contar as fraudes vergonhosas cometidas pelos fazendeiros quanto ao dia do nascimento dos filhos de suas escravas: os matriculavam como nascidos um dia antes de 28 de Setembro de 1871 para que eles não tivessem direito à liberdade. Ao final, foram pouquíssimos os ingênuos entregues ao Estado com seus 8 anos de idade. Os senhores de suas mães preferiam usar os serviços das crianças até os seus 21 anos a trocá-los pela isenção em alguns mil-réis.

Minha passagem pelo Ministério da Agricultura foi, sem dúvida, um momento de intenso trabalho e luta pela liberdade. Se fui eu um emancipacionista ou abolicionista como o senhor Gama, és tu quem vais me dizer, cara leitora. Nunca o disse com pena à mão, a não ser sob pseudônimos, pois a censura era grave e eu nada munido de privilégios que me fizessem poder subir ao palco de cara livre como um tal Castro Alves. Privilégio mesmo eu tive de ter nascido livre e em uma família que dava muita importância à leitura e aos estudos. Papai me incentivava a ler os jornais que levava pra casa quando podia comprá-los após algum serviço extra de pintura de paredes. Maria Inês, minha madrasta, continuou a me encorajar nas leituras e nas curiosidades, depois que tomou o lugar de minha mãe na doce função de educar-me. Antes, quando ainda morava no Livramento, meus pais me deixavam ir até a Casa Velha para escutar francês na varanda de Dona Maria José de Mendonça Barroso Pereira, que fez de nós seus agregados. Ah, naquele tempo de menino, como me encantava a capoeiragem que presenciava no morro. Agora querem proibi-la por lei, mas pela sociedade ela é proibida há muito tempo.

Já devo terminar essa minha rota e deitar a pena ao lado dos papéis, querida leitora, no entanto, confesso que me ficou essa pulga atrás da orelha: fui eu um abolicionista? Na minha primeira juventude, tive mais coragem de, junto a Paula Brito e outros cavalheiros, participar mais ativamente em sua sociedade petalógica e nas revistas abertamente abolicionistas. Com o tempo, fui me acalmando e envelhecendo. Depois que contraí núpcias com Carola, percebi que poderia continuar fiel àquele meu primeiro grupo, o que usava a peta, a ironia e o sarcasmo como ação política, e continuei indicando meus pontos de vista em minhas obras, mesmo não sendo explícito. Dessa forma, eu obtinha sucesso no meu plano de ridicularizar a elite brasileira. O trabalho dentro da administração pública também me mostrou que eu poderia ser mais útil ao projeto abolicionista estando lá dentro. Lutei por ele ali, no nervo da execução das leis. Se fui um abolicionista ativo? Eu diria que sim, mesmo de dentro do meu casco. Mesmo de dentro da administração pública. Mesmo dentro dos Manassés, Policarpos e Boas Noites que assinaram tantas crônicas minhas espalhadas pelos jornais. Já, se devo publicar esta aqui, não sei. Se eu fosse um defunto-autor, até ia. Brás Cubas pôde contar todos os detalhes da sua vida, sem temer as represálias. Já eu ainda tenho vida pela frente. Muitas das passagens que relatei aqui devem ficar guardadas sob as sete chaves do sigilo do serviço público. Enfrentemos, pois, a verdade: não publicarei esta crônica, leitora amiga e imaginada. Deixemo-la, então, repousar na gaveta desta minha escrivaninha, até que as traças encontrem nela o seu alimento.

Machado de Assis

Rio de Janeiro, 31 de dezembro de 1889

BARTÔ

Ralph Duccini

Transmasculino não-binárie, bacharel em Direção Teatral pela UFRGS (2017.2), e pós-graduado em Gestão e Produção Cultural pela Associação Brasileira de Gestão Cultural em parceria com a Universidade Cândido Mendes (2023.1). É poeta, ator, diretore teatral e produtore de Arte. Artista multimídia, membro do grupo de teatro Uivo Coletivo (@uivocoletivo), gestore do Centro Cultural Casa Uivo e autore dos livros "Nas Margens do Azul" e "Dissonância Subjetiva ou o ser e a fumaça". É membro da Universal Zulu Nation, capítulo Atcon - RJ, slammaster do Slam da Rampa (Paracambi/RJ) e da membro coletiva Transpoetas (@transpoetas). Atuou como diretor artístico e curador da Alcateia - 1ª Mostra de Artes de Paracambi (Online e disponível no YouTube - 2020), nos cineclubes Rio de Telas (SECEC/RJ - 2019), nos Cineclubes da Casa Uivo (2019/2024) e produtor operacional na Feira é de Brechó (2021 - atualmente). Em 2023 lançou através do edital Cultura Presente nas Redes 2 (SECEC/RJ) a zine audiovisual "Cérberus (Videopoema)", com sete poemas de sua autoria (disponível no YouTube). Além disso, publicou dois títulos: Dissonância Subjetiva (ou o ser e a fumaça) - editora scortecci e Nas Margens do Azul (editora Metamorfose - romance)

Naquela tarde, eu não queria saber de mais nada. Peguei a bicicleta na frente da casa e bati o portão. As grades tremeram com a força do impacto, e o estrondo deixado para trás parecia um eco cada vez mais distante. Desci a rua pedalando com velocidade, atravessei o cruzamento sem saber se os carros vinham ou paravam no semáforo, o único na cidade inteira. Virei à direita e entrei pela avenida principal do centro em um ritmo que destoava do movimento costumeiro do município do interior, marcado pela sua vida pacata e pela memória de uma fábrica fechada construída nos anos de D. Pedro II. Cortei as ruas do bairro da F. até não poder mais, subi e desci ladeiras como se quisesse me esquecer de tudo que havia ouvido, como se quisesse me esquecer de quem eu era. Ficar cansado, até me convencer de que estava errado. Já havia usado essa tática muitas vezes, pelo menos ao longo de quase toda a minha adolescência. Quando os conflitos com meus pais e meu irmão eram muito intensos, quando o diálogo não parecia mais fazer sentido, eu montava na bicicleta e saía até não haver mais nenhuma resistência nas minhas pernas e a mente enevoar. Só então, depois de exausto, eu retornava, ouvia em silêncio todas as palavras, acenava em concordância e ia me deitar. E no dia seguinte vivia uma rotina como se nada houvesse acontecido.

Entrei em um bosque, que fica na frente da antiga fábrica. Deixei a bike encostada em um banco de praça e me recostei com vontade de chorar. Respirei três vezes e segurei o ar nos pulmões já comprimidos pelo *binder*[1], soltando o sopro lentamente junto com a dor. Fixei os olhos nas pessoas que entravam e saíam do antigo prédio, onde hoje funciona uma instituição de ensino.

Havia brigado com meus pais, pois nesse verão, após concluir o ensino médio, havia passado para uma universidade federal em outra cidade. Meus pais, nem ricos nem pobres, mas proletários, que aprenderam a tirar seu sustento com o suor da testa, eram contra. Mas não por questões financeiras, pois meu irmão estudava medicina em uma cidade vizinha, e, apesar das

1 Binder – Peça de vestuário, geralmente de tecido, utilizada comumente em forma de faixa por homens trans, pessoas transmasculines e não-binárias, para comprimir os seios, em uma estratégia para tornar o peitoral visualmente liso, reduzindo o contorno e ocultando o volume dos seios. Historicamente, antes da comercialização de binders sob-medida ou pré-fabricado em tecido de compressão, utilizavam-se bandagens, ataduras, tiras de tecido e fitas adesivas.

dificuldades, precisando às vezes fazer alguns bicos fora, ele está quase conseguindo se formar. A grande questão comigo era que, sozinho, longe das asas do regime de controle familiar, iria me "desviar". Essa palavra chega a me dar nojo. *Desvio.* Como se seguir o caminho de nascer, crescer, estudar, trabalhar, casar, ter filhos, em um modelo hetero-patriarcal, fosse a única rota possível. Não é. Pelo menos algo dentro de mim diz que não pode ser.

Não sei por quanto tempo fiquei ali sentado, vendo as pessoas entrarem e saírem no momento da troca dos turnos. Quando percebi, já havia anoitecido. Minha cabeça estava dolorida, eu não estava cansado, e naquele momento, havia sentido minha bexiga dar sinais de estar cheia. Peguei a bicicleta e fui empurrando pelo muro que dividia o território do bosque e o do prédio. Estava constrangido pelos olhos vermelhos e não queria pedir para ir ao banheiro, ainda mais em um lugar que me dava calafrios. Por que não estudar aqui? A instituição era boa, os cursos que estavam disponíveis e que eu teria nota para entrar não era de todo ruim, giravam em torno das engenharias e desse modelo industrial que havia fundado a cidade. Mas que em mim só haviam cavado um buraco. Caminhando ao longo do muro, à esquerda do prédio principal e muito mais próximo da rua, havia uma luz quente que tremulava. O prédio anexo de dois andares, menor, estava em sua maior parte escuro. A porta, entreaberta. Janelas embaçadas de poeira, alguns vidros trincados. A ideia do calor daquela luz, e a urgência em ir ao banheiro, fizeram me parecer muito convidativa a fresta que se desenhava. Encostei a bicicleta no muro, e fui caminhando até a porta. Dei duas batidas na porta de madeira maciça.

– Boa noite, com licença? – chamei, procurando ouvir a voz de algum zelador que me respondesse. – Posso usar o banheiro?

Tentei chamar de novo, e novamente sem respostas.

Me esgueirei pela porta, passando pelo piso de madeira e percebi que um tapete vermelho empoeirado se estendia como uma língua até um balcão de recepção. Vazio. A luz tremulava ao fundo, onde pude perceber enormes prateleiras cheias de livros, que se estendiam pelo pé direito alto. Estava em uma biblioteca. Mariposa, fui em direção à luz laranja tragado pela imensidão das estantes e do volume das páginas que pareciam construir uma muralha a minha volta. Ao chegar, me deparei com um senhor que guardava uma pilha de livros, iluminado parcialmente por uma luminária apoiada sobre uma mesa de estudos. Seu corpo estava curvado, procurando o espaço correto entre um livro e outro em uma prateleira baixa. Seu olhar delicado e atencioso não desviou nenhum momento até guardar o livro. Ao terminar a tarefa, seu olhar se voltou pra mim, e sorriu.

– Boa noite, meu jovem. O que você faz aqui?

Não pude deixar de sorrir de volta ao ouvir o tratamento. Sua voz era grave, solene e transparecia uma calma que chegou a aquecer meu peito.

– Desculpa incomodar, senhor. Mas posso ir no banheiro? Eu tô muito apertado e como a porta estava aberta, eu saí entrando.

– Banheiro? – ele fez uma pausa por alguns segundos, desviou o olhar e só então respondeu: – É só seguir até o final das estantes e virar à esquerda.

Pouco antes de terminar de falar, eu já estava a caminho do banheiro. Ainda consegui ouvir uma risada sutil do senhor enquanto atravessava os corredores de livros no meio do escuro. Cheguei até a porta do banheiro e apertei o interruptor. Sem luz. Peguei o celular no bolso e sacudi para acender a lanterna. O banheiro parecia não ser utilizado há muito tempo.

Algumas lixeiras estavam sujas, com papéis amassados e era forte o cheiro de urina. Fui até a cabine e com muita destreza para não encostar no assento, conseguir usar o banheiro sem maiores complicações, mesmo tendo de segurar o celular para não me molhar. Dei a descarga, lavei as mãos e voltei pelo mesmo corredor de livros por onde havia entrado. Ao passar pela luz, o senhor ainda estava lá. Agora, com menos pressa, pude reparar melhor em seu semblante. Era alto, de olhar sereno, sua pele retinta contrastava com os cabelos grisalhos que em pequenos cachos lhe cobriam a cabeça. Vestia uma camisa de botões branca com um blazer marrom de corte antiquado e uma calça de alfaiataria da mesma cor. Não consegui ver seus sapatos devido à escuridão que havia no ambiente, e havia algo envolto em seus pés, como uma aura, que parecia turvar a imagem. Franzi a sobrancelha em estranhamento. Ele percebeu a minha presença.

– Deu tudo certo?

– Acho que a luz estava queimada, mas deu sim, valeu. Inclusive, não sabia que aqui funcionava uma biblioteca.

– Ah, esta biblioteca é antiga, foi inaugurada junto com a fábrica em 1876. A maior parte do acervo é da mesma época. Aqui a gente encontra alguns tesouros... primeiras edições de Machado de Assis... O meu favorito é *Memórias póstumas de Brás Cubas*. Já leu?

– Li um resumo ano passado, quando estava na escola.

– Ah, e nunca leu o romance?

– Inteiro não.

– E a escola, meu garoto, você já concluiu?

– Já. Terminei em dezembro. Agora preciso decidir qual faculdade fazer. Meus pais queriam que eu estudasse aqui, mas eu queria ir pra longe, sabe?

– Entendo. Quando os filhos crescem é natural que queiram ir pra longe, encontrarem o próprio caminho. Descobrir quem na verdade eles são...

– É bem isso! Queria que eles pensassem assim que nem você, mas eles não aceitam e acabamos brigando muito.

– Ah, eu penso assim porque já estou há muito tempo nessa terra. Eles depois aprenderão a compreender o filho, e as mudanças que o filho precisa passar.

– É, com o tempo talvez eles mudem. Mas não sei.

Ficamos em silêncio por alguns instantes, o velho bibliotecário e eu. Ele me olhava com ternura e eu o olhava com respeito. Nisso, senti por um instante o tempo dilatar. Ele rompeu a quietude com um gesto de cabeça em direção à pilha de livros que estava em cima da mesa de estudos. A luz parecia desenhá-los como um foco numa peça de teatro.

– Jovem, antes de ir, poderia colocar esses livros na prateleira?

– Er... hesitei em responder, pois já havia anoitecido, mas como ainda não queria voltar para casa, concedi.

Peguei a pilha de livros e comecei a separar um por um, lendo em voz alta os títulos impressos nas capas de couro.

– *Dom Casmurro, Helena, Papéis avulsos, Quincas Borbas, Memórias póstumas...*

– Esses livros ficam naquela prateleira mais alta desta estante.Como meus joelhos já não são os mesmos de antes, estava me demorando para guardá-los. Como você pode perceber, são todos do mesmo autor, você só precisa seguir o código e colocá-los em ordem alfabética.

Subi na escada de madeira com rodas que havia acoplada na estante, puxei na direção em que o bibliotecário havia me indicado, abracei a pilha de livros com um dos braços e comecei a subir. Seus degraus eram gastos, a madeira um dia robusta, estava afilada, reduzida pela ação dos cupins. Algo naquela biblioteca me dava a sensação de abandono. Os livros estavam todos muito empoeirados e conforme eu os pegava, pude perceber a marca da poeira dissipada pela pressão dos meus dedos. Ao chegar na prateleira, apoiei os livros no degrau gasto da escada, acendi a lanterna do celular e comecei a colocar os livros nos seus lugares. Quando faltavam apenas dois livros, o senhor me interrompeu.

– Já guardou o *Brás Cubas*?

– Qual?

– *Memória póstumas de Brás Cubas*, você pode descer com ele pra mim?

– Posso, ia guardar ele agora.

– Não. Desce com ele, fazendo o favor.

Guardei o último livro, *Quincas Borbas.* Desci a escada levando o volume que ele havia me pedido. Estendi para entregá-lo e ele me parou com um toque suave.

– Esse é pra você ler. Quer ser sócio da biblioteca?

– Como assim?

– Nas bibliotecas as pessoas vêm para ler livros, mas elas também podem levar os exemplares para lerem em casa ou em outro lugar. O jovem rapaz nunca foi em uma biblioteca antes?

Jovem rapaz. Ele podia não saber, podia ser pela baixa luz, da vista turva pela idade ou apenas gentileza, mas essas palavras faziam dissolver em mim qualquer vontade de contestação. *Jovem rapaz. Jovem rapaz. Jovem rapaz.* Ele me via.

– Já fui a outras bibliotecas, sim, mas eu não entendi. Você quer que eu leia este livro, é isso?

– Vai gostar, e como você disse que só leu matérias em folhetins a respeito, é importante ler a obra também, não acha?

Consenti com um aceno de cabeça. O bibliotecário pegou o livro, o levou até a mesa e abriu a contracapa. Retirou uma ficha quadriculada riscada à mão, abriu a única gaveta da mesa de estudos, retirou um carimbo e bateu, pressionando a forma sobre o papel. Fechou e então me entregou. Peguei o livro e acenei balançando a cabeça.

– Você tem sete dias para devolver. Se precisar de mais tempo, volte aqui para renovarmos o empréstimo.

– Obrigado, senhor, vou ler. Agora preciso ir, está ficando tarde.

– Tá certo, jovem. Uma boa noite para o filho.

– Boa noite. Me encaminhei para a saída e já perto da porta lembrei de meu nome.

– Ah, meu nome é Pedro. Qual o seu?

– Bartolomeu.

Bartolomeu. Saí pronunciando as sílabas do seu nome e montei na bicicleta. *Bartô* Voltei pra casa pedalando com apenas uma das mãos no guidão. Abri o portão, apoiei a bicicleta na parede da garagem e entrei pela porta da sala. Meus pais assistiam à novela na televisão. Dei boa-noite e entrei no meu quarto. Com as portas fechadas abri o livro: *Memórias póstumas de Brás Cubas,* de Machado de Assis.

Como o primeiro verme, fui destrinchando os segredos dos mortos.

CANETA PRETA

Rubria Ibañz Lourenço

Sou uma escritora que vou dos livros ao audiovisual, conto histórias que emocionam, divertem e inspiram. Apaixonada por novas mídias e possibilidades de narrativas, agora quero ajudar a contar novas histórias, planejar conteúdos, roteirizar e contribuir com todo o processo nas redes sociais. Para isso, estou me capacitando na Gestão de Mídias Sociais no Projeto de Empregabilidade David Miranda. Conclui em 2024 o curso de extensão da UFRJ Formação de Escritores Machado Quebradeiro na Academia Brasileira de Letras e busco novos aprendizados no Laboratório de Criação de Documentário no teatro Nós do Morro. Em 2023, colaborei na sala de roteiro das séries “Sem Filtro” (Netflix) e Humor Negro (Multishow), e também fui selecionada para o Laboratório de Narrativas Negras e Indígenas - LANANI para o audiovisual, uma parceria da Globo com a Feira Literária das Periferias - FLUP.

Querido Leitor,

Levei um tiro.

Não achei que fosse doer, no entanto, talvez não tenha dor maior que essa. Fagulhas no ar.

Boca seca. Visão turva. O fim é uma bala no meio do coração.

Pássaros voam e penso que, talvez, eu também possa.

A pólvora da solidão está soltando seus fragmentos por aqui. Estou no chão, derrotada e sem coragem para seguir. Já não vejo razão para o levante.

Sou um soldado desarmado lutando uma guerra sem escudos. Todos os ensinamentos conquistados são inócuos.

Ninguém pode me ouvir.

Vago por aí sem saber para onde vão minhas feridas, temendo o fim em Brás Cubas. Agora ouço as granadas à minha volta e os tiros são constantes.

Não consigo enxergar, preciso me segurar.

Onde está o meu machado?

Taquicardia. Palpitação. Dor no peito. Transpiração em excesso. Dor de cabeça. Tontura.

Tremores. Aperto na garganta. Mãos frias. Dores no estômago. As pálpebras lutam, mas já não possuem força. Não ouço minha respiração. Há algo de errado.

Tento respirar fundo.

O ar inteiro, para fazer com que os meus pulmões me lembrem como é existir. Me erguer parece algo distante. Então, inspirada nos germes, rastejo.

Recupero o fôlego.

É um novo dia, gostaria que você pudesse presenciar isto: fiz novos parceiros, reencontrei velhos guerreiros e me conheci nesta pequena jornada.

Junto deles posso ver que há horizontes à frente, não ouço o som da guerra. Me espanto quando me contam que tudo é construído a partir de uma simples caneta. Empunho a minha.

Há horizontes agora!

Sinto finalmente sua presença forte, e seus ensinamentos se concretizam dentro de mim.

Joaquim Maria Machado de Assis, meu querido leitor, presumo que não vou a guerras, no entanto, jamais escaparei de uma, ainda que quisesse. Minha vida é um campo de batalha eterno, porém agora tenho o papel como escudo e a tinta preta da caneta é a minha munição.

Obrigada pelos sussurros.

É claro que, sem uma pele alva, sigo sendo alvo de muitos, porém aprendi que só preciso me proteger desse ser que habita minha mente, esse verme que corrói as entranhas do meu ser. Uns vão nomeá-lo de: loucura, insensatez, desastre, falta do que fazer, falta de surra. E no fim era isso, falta, mas cá entre nós, acreditei mesmo ser covardia da minha parte, e para minha surpresa o laudo final foi:

Transtorno de ansiedade generalizada.

E como não ser, ter ansiedade, como silenciar esse verme que rói minha mente, silencioso? Como você conseguiu? Você acha que conseguiu? Aliás, sobre idealizações, você chegou no seu "lá"? No particular te digo que para nossa gente, o que sinto é que qualquer que seja o "lá", ele é sempre inalcançável. E quando partimos deste plano, então, um alguém, com a pele sem tinta preta, sem traços negros, nos estuda e colhe nossos frutos, e a roda da vida segue moendo nossos filhos, e erguendo os herdeiros. Como disse, não que a procure, mas a guerra é sempre constante.

Não sou um pássaro, jamais voarei, mas descobri que sou uma ótima corredora.

Estou correndo na frente, a caneta preta continua me presenteando com parceiros, uns não entendo muito, outros me fazem recordar de como é ser jovem nesse país e que às vezes sucumbir faz parte. O processo é desastroso, mas há beleza, se você olhar bem.

Tento não rezar pela cartilha de ninguém.

Desejo esbarrar com você em qualquer plano, agradecer pessoalmente os presentes a mim ofertados, não é sempre que um mago bate à nossa porta e empresta algo tão pessoal quanto um machado, ou melhor dizendo, sua caneta. Me despeço aqui, em festa e saudosa. Obrigada por transformar meu horizonte, e me lembrar de respirar.

O ENCONTRO DAS TRÊS MORTES

SANDIRA MACAMBA

Jornalista, poetisa e escritora, Sandira é primeira geração de imigrantes angolanos, e devido a dualidade de crescer com duas culturas diferentes em sua arte espelha essa mescla de identidade e cultura que tem de si, além de querer trazer uma leviandade em suas obras.

Primeira morte:

Do calibre frio da pistola pressionando meu crânio, respiro fundo ao lembrar de quando meu maior desejo era este momento. Da sensação de sentir a vida se esvair pelos meus poros, minha respiração fraca entrecortada e da paz que experimentaria quando finalmente tivesse meu maior desejo realizado.

Acreditei que estaria preparada, que a reconheceria e com um belo sorriso a receberia, como uma velha amiga que se distanciou, e finalmente retornou.

"Por que demorou tanto? Por onde andou durante todo esse tempo?", falou com certa ironia, sabendo que eu era a covarde que não conseguia ir adiante com o plano.

Que estava sempre cansada, à beira do precipício da moralidade, apenas observando e imaginando como é estar fisicamente morta.

A verdade é que sempre soube que não fui feita para coisas magníficas, não possuo a chama para o extraordinário. Tudo que faço é pela metade, projetos inacabados, ideias não desenvolvidas, relacionamentos fadados a um "quase algo", por me estagnar na mediocridade, sem causar impacto neste mundo, deixando minha ida facilmente esquecida.

Então sorri para a pessoa à minha frente, com o rosto coberto, e os olhos escuros me observando com intensidade. Não era exatamente o filme da minha vida passando em meus últimos momentos, mas resumia meus mais profundos receios.

Para dar um contexto, seria importante explicar como cheguei até esse momento de transitar entre as mortes, e olhar para o fim com um sorriso aberto.

Cresci em ambientes que não considero tão únicos, mas que me moldaram. Sei que responsabilizar meu berço apenas me torna passível de culpas vitimistas, e que o meu desprezo pela vida parte unicamente de mim, mas quando o ódio e o rancor cruzam a linha, mesclando-se à afeição e ao amor, e você não consegue distinguir se está sendo acolhida ou repreendida, é válido cogitar por algum momento: já se sentiu amada?

Eram poucos os momentos em que pude arranhar a superfície do conforto e do aconchego, e aos poucos parei de compreender como era absorver tais sentimentos, e em um mar de opressão contínua, onde nadar é fingimento, esses pequenos momentos de euforia se tornam quase impossíveis de lembrar.

E quem poderia imaginar que uma criança sem acalento se tornaria uma adulta apática, incapaz de criar laços e relacionamentos, transitando pelo mundo de maneira rasa e polida. Sendo vista, mas nunca lembrada.

Portanto, quando se espera tão pouco de alguém, que naturalmente se ausenta da necessidade de deixar a sua marca, sua presença se desvanece com o tempo, e a falta de estimulante gera uma obsessão pela conclusão de uma vida sem a necessidade de existência.

Segunda morte:

Em outro momento, em uma noite corriqueira, meu corpo habituado à inércia de sentir, se encheu de uma energia distinta, e se pôs a perambular, indo pela rua sem rumo, apenas com a súbita e frágil necessidade de viver, sentir, e explorar. Será que quem somente conheceu o amargor da vida tem a oportunidade de ter algo minimamente bom?

Não, eu era apenas uma idiota, que decidiu vagar, no meio da madrugada que veste a cidade violenta, com sua real natureza. E coisas boas não são destinadas a uma aventureira notívaga, principalmente uma mulher preta.

E então lá estava eu, estúpida e ingênua, na beira da estrada silenciosa, o céu escuro com poucos pontos de luz espalhados, em solitários brilhos desvanecentes, com a lua coberta pelas densas nuvens, ocultando o único ponto referencial de luz. Uma obra de arte condenada ao esquecimento.

Busquei uma maneira de expressar o que sentia, queria pintar o que eu via, mas sentia um monte de cores no abundante escuro. Eu precisava de alguma forma externalizar, um pivô de excitação e alegria, e somente a tinta era capaz de materializar tamanha carga metafísica.

E então ouvi um disparo, "É tinta sob meus pés?", pintando minha pele escura de um intenso tom quente.

Outro tiro, e senti como se fogos de artifícios explodissem, uma libertação sonora, de anos silenciados em minha mente.

"É assim a insanidade?"

Não importa. Preciso me sentir assim, como me querem, louca.

O caos estava instalado, e eu não sabia distinguir o que era meu e o que era externo.

Mas então eu a vi, elegante e alta, caminhando em minha direção, com sua confiança avivando o terror. Meu maior medo, minha detestável algoz.

Ela tinha a voz grossa e agressiva, agarrou-me pelo braço e gritou tantas injúrias que fizeram meu corpo arrepiar.

Era cômico pensar que, em todos os momentos em que pintei a morte na minha vida, branco nunca seria a cor que eu usaria.

Que ironia.

Ela tirou minha roupa, forçou seu corpo em mim, agrediu cada parte já maculada, e depois me deixou na estrada, na beira do precipício entre a máxima loucura e o luto.

Eu queria isso. Eu queria isso. Eu queria isso.

A tinta branca manchava minha carne nua, marcando um corpo vivo que já não tinha espírito, um esboço de vida degenerado e esquecido.

Terceira morte:

No reflexo do espelho meus olhos fixos em minhas íris castanhas, antes exauridas, agora cheias de lágrimas. Com o calibre rente ao crânio acenei para minha imagem melancólica, recitando em voz alta o meu discurso fúnebre.

"Jaz aqui a mulher mais fraca que já existiu, que nunca soube lidar com sua insignificância no mundo, e se retira em sua lamúria ao clamar por uma morte que nunca foi sua amiga, que descanse em paz, este corpo vazio que há muito tempo já perdeu sua mente e seu espírito."

E então o último disparo – e meu corpo finalmente se tornou tão morto quanto a minha mente, e então sua verdadeira face me acolheu.

"Eu não sou ele."

Respirei uma última vez, ao ver essa mimética cor bronze que sempre me furtei de encarar, como algo que dá o verdadeiro tom dessa minha antiga amiga, a morte.

MEIO MACHADO

SARAH MARQUES

Nasceu em Niterói (RJ), em 2005. Estudante de Letras - Português e Literaturas na Universidade Federal do Rio de Janeiro (UFRJ), descobriu sua paixão pela escrita aos doze anos, buscando representatividade e expressão. Atualmente, trabalha com apoio pedagógico a crianças com necessidades especiais. Apaixonada por arte, acredita que a literatura e a educação são caminhos transformadores para um mundo melhor.

Não gostava de Machado de Assis. Sempre o achei um pouco chato e inalcançável, até dar de cara com ele pelas ruas do Rio de Janeiro. Quando ele me atravessou, passei a refletir sobre a minha própria trajetória como escritora, em meio a um ônibus lotado, multiplicando as horas para dar conta do recado. E acho que agora posso falar sobre meu legado.

Eu tinha dois anos quando me deram um cofrinho desses de guardar moedas. Não entendia ao certo o que o dinheiro significava, até dar uma volta no shopping. No primeiro andar, vi uma livraria e fiquei apaixonada; pedi para entrar. Mesmo sem saber ler ou entender as palavras, já sentia que os livros possuíam algo mágico, algo que valia a pena ter. É claro que meus trocadinhos não davam para comprar nenhum dos livros que eu queria, mas graças à minha avó pude voltar para casa com dois volumes. Acho que foi ali que minha história começou, não no meu nascimento, mas no meu primeiro contato com a literatura. Naquele momento, minha intuição já dizia o quão fundamentais as palavras seriam na minha vida. A escrita, para mim, é uma extensão do meu ser. Gosto de brincar dizendo que meu tipo sanguíneo é poesia; sou Poeta com "P" maiúsculo.

Lembro-me de uma época em que o sol parecia mais frio e tudo parecia maior, talvez pela minha pequeneza diante do mundo. Todos pareciam gigantes, com suas mãos recém-enrugadas que me acalentavam quando eu caía do patinete com tom de ferrugem por causa da chuva, da idade e do quintal onde eu os esquecia. O quintal parecia enorme, mas agora é bem pequeno. As letras eram garranchos. Quem me ensinou a escrever foi o patriarca da casa, depositando toda sua paciência e amor em cada palavra escrita de forma embolada por minhas pequenas mãos. Chocolate não era algo comum para nossa família, mas em datas festivas o patriarca aparecia com uma caixa de bombom, e lá estava o Serenata de Amor. Se fechasse os olhos, conseguia escutar os anjos tocando uma linda melodia para alguma mulher apaixonada. Coisa de criança. Naquela época, havia um plástico com um bilhete de amor, que eu copiava em um pequeno papel, mudando algumas palavras antes de entregar para minha avó. Acho que minha sina de escrever caminhava junto com o desejo de que um dia meus textos estivessem naqueles bombons.

Muitos livros chegaram a mim. Alguns deles cheios de clichês, daqueles que fazem todos chorarem no final. Nunca me vi representada em coisas assim. Como uma menina lésbica, era muito complicado viver em uma sociedade onde tudo ao meu redor era produzido para pessoas heterossexuais, fazendo com que me sentisse extremamente solitária. A necessidade de ser representada me impulsionou a escrever sobre outras pessoas como eu. Trago comigo minhas palavras como um ato de reivindicação, uma maneira de afirmar minha existência no mundo e mostrar que minha história também importa.

Uma vez me perguntaram qual palavra me definia como escritora. Na hora, mencionei algo aleatório, mas se eu tivesse calma, teria respondido que a palavra é solidão. Ser só é viver à espera de ser notada, de ser ouvida; é ter a necessidade de ser minimamente importante em um mundo que mata pessoas como eu.

Gostaria de perguntar a Machado de Assis onde tudo começou para ele. Depois de me aprofundar em sua vida, através do curso Machado Quebradeiro, percebi que, ainda que por razões extremamente diferentes, talvez eu não esteja tão distante do pai da Academia Brasileira de Letras. Machado criticava tudo com elegância; ele dizia muito através do não-dito. Machado estava sempre carregado de ironia e sarcasmo. Acho que fui ficando um pouco assim, também, enquanto crescia escondida dentro da casca de um caramujo ansiando por libertação.

Hoje sei que liberdade é poder segurar a mão da minha namorada na rua. Liberdade é não sentir medo dos homens que me encaram a cada esquina. Liberdade é reconhecer a própria voz. Liberdade é perceber que sou machado.

E também Machado.

Formato: 16 x 23cm
Tipologia: Minion Pro 11/16.2
Papel: Pólen Soft 80 g/m² (miolo)/Cartão Supremo 250 g/m² (capa)
Número de páginas: 274